魔豆

魔豆

城隍

賽米絲物語

1

蒼葵——著

城隍
賽米絲物語 1

目錄

在東方，世分陽世、陰世。

陽世即為活人居住的世界，反之，陰世則是人死後將前往之處，又稱為「地府」。凡是進入輪迴，重新投胎前都必須待在此處。

即使如今已是二十一世紀，但一般人對於地府所抱持的想像，無非是惡鬼成群，有十八層地獄折磨亡靈，是個充滿尖叫和痛苦的恐怖世界。

但事實上，並不是這樣的。

地府可說是陽世的倒影，除了終不見天日外，亦有亡靈居住的城市。舉凡未犯下大錯大罪的靈魂，在投胎時刻到來前，就像是常人般生活在名為「酆都」的大城裡。

至於罪孽深重的亡靈，則是按照判決流放到地府邊界的十八層地獄服刑受苦，直至期滿為止。若有脫逃，必定火速抓回，絕不輕饒。

負責審判和緝拿亡靈的是地府兩大機關，一為閻王殿，一為城隍府。兩者皆座落酆都之外，各踞東西，中間隔著冥河環繞。河裡浮沉帶罪亡靈，河畔則綻放著赤豔的彼岸花。

除了酆都以外，地府其餘各處都是寂靜的，尤以閻王殿和城隍府周遭。

然而就在這日，素來森嚴氣派的閻王殿卻爆出一聲憤怒大吼——

一 閻王殿、城隍府

「別開玩笑了！」

傳出這聲吼叫的地點，是在閻王殿的中樞辦公室裡。一抹修長高眺的人影摘下墨鏡，冷艷的雙眸怒視著坐在最大辦公桌後的男人。

向來擠滿職員、忙碌得像是巨大蜂窩的辦公室內，如今一片死寂。除了男人與對他砸出怒氣的修長人影外，所有人莫不心驚膽跳地低下頭，就怕無端掃到颱風尾。但每雙耳朵卻還是忍不住拉得長長，不願錯過兩人間的任何對話。

畢竟那兩位可都是地府的大人物啊！

「先前我等已勉爲其難地退讓了，爲何現在又提出如此條件？」無視周遭的閻王殿職員全都屏氣聆聽，人影對前方男人扯出冷笑，「很好、很好，羅言，這條件休想我等會答應。你要是敢再進逼一步，就別怪我把你三歲尿床的照片公諸於世了，相信這應該能登上酆都日報的當日頭條吧？」

冷冷地撂下這番警告，也不管面前臉色青白交錯的男人還沒說出話，人影就已重新戴上墨鏡，遮住半張臉，接著頭也不回地轉身離去。

過腰的黑長髮帶出俐落弧度，筆直的背影和鞋跟踩在地面傳來簡潔聲響，其氣勢令人想到出鞘的劍刃。

「等一下，夜遊巡將軍！」見人影竟眞的要離開，一身黑色西裝的男人忙不迭站起，俊雅斯文的面孔染上緊張，「請等一下！梁炫！姊！」

可就算喊出了最親密的稱呼，穿著筆挺女式西裝的人影依舊沒有停步。當她走近辦公室大門的剎那，厚重的門板彷彿被一股無形力量猛力撞開。待人影走出，又重重地關回原來位置，帶出一陣響亮震響。

閻王殿中樞辦公室內依舊鴉雀無聲，無數雙眼睛怔怔地瞪著已自動關起的大門，一時間誰也沒想到要開口打破沉默。

羅言瞪著門板好半晌，隨後一屁股重重坐回椅子上，雙手煩躁地耙抓頭髮，本該威嚴的鳳眼如今盛滿鬱悶。

「該死的，我就知道這種條件鐵定會惹我姊發飆……」他懊惱地咒罵著，「我這的門沒被她拆掉就該慶……」

羅言的「幸」字還來不及說出口，一聲轟然巨響就讓他剩下的聲音哽在喉中。

兩扇金屬門板此刻直挺挺地倒在地面，偌大的洞口就像一張咧開的嘴，無聲地嘲笑羅言這口氣鬆得太早。

羅言瞠目結舌地瞪著辦公室門口，然後脫力地將頭埋在桌上，突然覺得疲憊無比。老實說，他寧願面對像山一樣的公文，也不想面對憤怒的長姊……

「那個，大人。」一根手指忽然從旁戳了羅言的手臂。

羅言慢慢抬起頭，見特別助理正擔心地望著自己。

「大人，您到底是說了什麼，才惹得梁炫將軍如此生氣？」挽著簡單髮髻、戴眼鏡、一身套裝的助理小姐問，「我很少看她這麼生氣……您該不會是用了什麼不當的言辭騷擾她吧？如果是，我會鄙視您的。」

「……妳現在已經在用看蟑螂的眼神鄙視我了，小文。」羅言撫額嘆息，「梁炫是我姊，我哪敢用什麼不當的話騷擾她。會惹她動怒的還能有什麼事？不外乎是跟小城有關。」

「所以您是用了什麼話騷擾城隍大人，才惹得梁炫將軍動怒嗎？」助理小姐一推眼鏡，眼神不齒。

「在妳心裡我一定都跟騷擾有關嗎？小文，妳到底給我這個上司貼了什麼標籤啊。」羅言無力地說。

「抱歉，我好像不小心說出眞心話了。」助理小姐又推推眼鏡，「還請您見諒。」

「如果沒有歉意，那還不如不要道歉比較好，我個人是這麼覺得的……不過算了。」羅言搖搖頭，這麼長時間的相處，他早習慣自己這位特助的另類毒舌，「當然是在講小城要留學的事。前陣子天界不是從西方收到交換學生的邀請函嗎？希望我們東方能送一個交換學生過去與他們的學生進行交流。」

「是，這事我記得很清楚。」助理小姐嚴肅地說道，至今仍記憶猶新，「選定的交換學生人選就是城隍大人。雖說城隍大人身邊的八大將軍後來總算應允這事，但他們也差點拆了我們閻王殿，一人一扇門，八重防護門全讓他們拆得差不多屍骨無存，連酆都人民都以為我們這裡暴動，有人造反了。」

一想起這事，羅言嘴巴發苦，「小城又乖又認真，我可以理解天界指名的理由，只是他們多少也記一下小城身邊的那票變態……不，我是說將軍們。總之天界今天又來了消息，說陪同小城過去的人員最多只能兩個，太多反倒引人注目。」

「啊……」這下子，助理小姐也明白方才梁炫的怒氣是從何而來。將城隍視為掌上珍寶的八位將軍，怎麼可能接受這種要求？他們想必早已打定主意，非全體跟過去不可。

羅言自然也猜到了城隍府將軍們的打算，但要他說，只是留個學，身後還有一票人緊跟不放，反倒容易使城隍在那裡格格不入。

「跟小城說一定沒問題，但就怕我姊跟其他將軍陽奉陰違……真是的，天界就這麼把燙手山芋扔給我……」陷入苦惱的羅言又將臉貼到桌面。

助理小姐體貼地不再吵他，靜靜地退了下去。

大約過了三分鐘，羅言突然感覺到有什麼沉重的東西被放置在辦公桌上，還發出了不小聲響。他吃了一驚，反射性撐起身，沒想到卻看見桌面擺了一疊幾乎擋住他半個人的文件。

「小文，這是……」羅言睜大眼，在看見助理小姐身後還有好幾名職員抱著厚厚一疊文件時，那張斯文的臉不禁布滿驚詫，「這些是？」

「大人。」套裝上別有「文判」名牌的女子推高鏡架，眸光銳利，「我知道您在爲城隍大人留學的隨從人數煩惱，但這不代表您就可以藉此不審批公文。請提起精神吧，今日還有五百九十九名魂魄在等候您發落去向。假使您不用點心思工作，我不僅會用看孑孓的眼神鄙視您，還會跟粱炫將軍索取您三歲尿床的照片，發到酆都日報當頭條。」

羅言張了張嘴巴，然後這名西裝外套上別有「閻王」名牌的男人覺得自己必須修改一下剛才的想法。

他不想面對憤怒的長姊，也不想面對像山一樣高的公文——不知道現在尿遁還來不來得及？

❀ ❀ ❀

對自己的胞弟——現任閻王——正面臨公文大軍圍堵一事毫不知曉，也全然沒興趣想要知曉，穿著俐落西裝、墨鏡遮住半張臉的高眺女子挾帶一身冰冷怒氣，快步踏出閻王殿正大門。她後腳甫踏出門檻，右側朱紅色的門板頓時脫落，重重地砸在地上，發出巨大的音響。

目睹此景的大門守衛不敢多言，恭敬地低下頭，聽著那陣簡潔響亮的腳步聲越離越遠。

直到那抹修長人影走下長階，他們立即衝往殿內。

「拆了！拆了！夜遊巡將軍連正大門也拆了，不過只拆半邊！下錯注的傢伙們快把錢通通交出來——」

無視後方傳來的興奮嚷叫和此起彼落的模糊哀叫，梁炫堅定沉著地走向欲前往的方向。

說來奇怪，明明她維持一貫的步伐，但身影卻在瞬間消失又出現。每出現一次，她就已越過了極大段的距離。

用不著幾分鐘，那抹高眺人影就已抵達開滿妖嬈紅花的冥河河畔。

一般亡靈若想過河，唯有搭乘船隻或走過那座橫跨東西兩端的奈河橋，否則便極有可能遭到河內受苦靈魂的攻擊。

但瞥了眼此刻「人」滿爲患的船與橋，梁炫並不想花時間等待。她毫不猶豫地邁步向前，竟是踏在水面上。

乍見有人想強行過河，船上或橋上的鬼魂驚訝地投來視線，想知道是誰如此有勇無謀。然而在望清冥河上人影時，原先還吵嚷不休的眾鬼瞬間全噤了聲。就連想伸手攀抓對方腳踝的河中亡魂也受到驚嚇，飛快收回手，呻吟、悲鳴更不由自主地靜止了。

或許有不少鬼魂不知那人影的名字，卻不會認不出她的臉、她的身分。

隸屬城隍府城隍手下的八大將軍之一，夜遊巡將軍！

宛如在陸地行走一般，梁炫瞬息間已渡過冥河，回到座落在冥河西側的城隍府前。

相較於閻王殿的氣派威嚴，城隍府的氛圍更加陰森。

它的外觀宛若以奇石雕鑿而成，周邊裊裊煙氣繚繞，數盞紅燈籠平空懸掛，照亮了匾額上「城隍府」三個金漆大字。

沒有伸手推開緊閉的大門，梁炫直接穿過門板，眨眼便進入府邸中。

由於是專門緝拿罪犯的機關，因此城隍府內亦不像執掌審理、判決等事的閻王殿一樣，宛如現代辦公室，而是出乎意料地保留古風。加上常年瀰漫著自然生成的淡淡煙霧，使此處多添了幾分神祕氣息。

但對梁炫來說，這裡就只是她的家，哪有什麼神祕不神祕可言。

隨手將西裝外套一扔，梁炫大步朝深幽廊道而去。

佔地偌大的城隍府只有城隍與她的將軍們一同居住，她手下其餘兵將、官將另居他處。

「大人？城隍大人？」梁炫一邊快步走，一邊拉高聲音。

在這種大宅內，他們所有人都學會找人就一定要扯著嗓子找才行，否則大半天恐怕也找不到對方蹤跡。

只是這回梁炫喊了好一會兒，廊道也穿過兩重了，卻遲遲未有任何聲音回應。

正訝異之際，梁炫忽然耳尖地捕捉到一些聲響。

是從北方傳來的。

梁炫摘下墨鏡，將之插在襯衫口袋上，毫不遲疑地往北方廂房趕去。

隨著兩者間距離縮短，那些原本聽不眞切的聲音也越發清晰。

當梁炫能辨識出那些聲音屬於誰的，她內心一驚，總是淡然無波的冷艷面孔閃過慌張。

「大人，請住手！無論如何都請……」

「不要啊，大人！妳快改變主意，求求妳了！」

「請聽我等的話，大人，眞的毋須……」

「其實大人這樣也超級……好痛！」

「你是白痴嗎？像『大人這樣也超級可愛』這種話，當然要放心……好痛！可惡，原來我不小心也說出來了嗎？」

——那些是她同事們的聲音。

大人、大人，難道是城隍大人出了什麼事嗎？維持不了冷靜，梁炫循著那些如同在爭執的說話聲，三步併作兩步地找到聲音源頭——一間緊閉門扇的房間。

「城隍大人！」連門也沒敲，梁炫猛然推門而入。

這番舉動頓時引得房內所有人向她看去。

一、二、三、四、五、六，六雙漆黑的眼睛瞬也不瞬地望著梁炫，有詫異也有吃驚。

而闖進房內的梁炫也愣住了。

這位冷艷與英氣並存於一身的高眺女子啞口無言地看著房中景象，她見自己的五名同事將一位個頭嬌小的女孩圍在中間。

小女孩一身穿慣的紅黑服飾，長至曳地的袍袖特地捲起，還在手肘處打了個結預防滑落，露出兩截如白藕般的小胳膊。向來在兩側紮綁成髮髻的烏黑髮絲如今完全散開，東翹西翹，不復以往柔順，簡直像經歷過一場災難，上頭甚至還沾滿一層淺色泡沫。

此刻小女孩的脖子上圍著一條毛巾，明顯是要用來防止那些泡沫沾上衣物。

再怎樣梁炫也不會將對方當成是準備要去洗頭，反倒是「染髮」兩字如大石般砸下來。

「梁炫，妳也快來幫幫我們啦！」一見到門口身影，一名只比中央小女孩高上一點的褐膚少女就像是抓住救星，帶著野性的可愛臉蛋亮起光芒。

她立刻衝上前去拉著梁炫的手臂，再風風火火地跑回原先位置，「我們費盡唇舌，但大人就是堅持要染頭髮，就連必安也說服不了她。這眞的很嚴重啊，妳也知道必安的那張嘴巴有多厲害！」

「無救，妳會讓我不知道該不該將這當成讚美。」露出淺淺微笑的是一名五官典雅、膚色白皙似雪的女子，嗓音溫柔如水，與梁炫同樣擁有一頭過腰的長髮。只是不同於梁炫的筆直俐落，她的髮絲蓬鬆鬈翹，增添幾分慵懶的感覺。

「是讚美吧？范無救又不像謝必安妳一樣，說個話要拐好幾個彎，棉裡還藏針。」另一名高大青年心直口快地接話。他相貌俊朗、濃眉大眼，眼角和嘴角透著一絲孩子氣，令人見了不由自主地卸下心防，「啊，我這也是讚美，我是說眞的，不信妳問羅剎。」

「喂喂喂，阿防你不要牽拖我下水。」被指名的青年不高興地踢了自己兄弟一腳。他和對方外貌如出一轍，讓人難以分辨誰是誰，「謝必安的刻薄你又不是沒領教過。呃，我這也是讚美，眞的。」

「放心好了，我不會跟兩隻連自己在說什麼也不知道的笨狗計較。」那道似水嗓音柔柔地說，「你們倆可不准靠大人太近，以免你們的笨蛋細胞污染到大人要聞的空氣。」

「嘿，我們可不是笨蛋。」

「不過是大人的守門犬沒錯。」

宛如同個模子印出來的兩名青年對望一眼，突然雙雙咧開笑，張臂就要朝中央的小女孩撲抱過去，也不在意那些泡沫是不是會沾上衣物。

「城隍大人，汪！」

「大人，去西方就帶我們倆過去吧！汪！」

「羅剎、阿防，別想藉機奪得大人隨從之位，也不准趁機對大人動手動腳。」就在兩名青年像是大狗似地即將撲上目標之際，一道漆黑鎖鍊猛地從旁橫出，房間中的第三名男性搶先一步採取動作。

那是個俊秀卻眉頭緊鎖的少年，微挑的眼角散發與生俱來的凌厲氣勢。他一手纏繞黑鎖鍊，一手卻按壓在腹部，緊皺的眉頭不知是因爲胃部疼痛，還是眼前兄弟倆的行爲，也或許兩者皆有。

「你們去西方只會給大人添亂，所以要去當然是由我去，況且大人的衣物向來由我打理及換洗。」

「什麼？太卑鄙了，長照！」

「居然利用機會跟大人推銷自己的優點嗎？虧你看起來最沒用，心機竟然最深沉！」

「衣物什麼的，我們兄弟會洗，不一定非找你不可。大人，妳說對吧？」

「咦？」猛然發現自己被點名，頭髮還沾著一堆泡沫的小女孩彷彿一時反應不過來。

注意到不僅三名男性，就連另外三名女性的目光也停在自己身上，外貌年幼，但實際上是城隍府之主的城隍深吸一口氣，接著嚴肅又慎重地說：

「吾，吾也可以自己洗衣，所以梁炫、必安、無救、長照、羅刹、阿防，西方之行就由吾獨自去，可好？」

「什麼！」最先失聲驚叫的人是長照。

下一秒，房內的六將軍異口同聲地叫道：「當然不好！」

「……你們太快否決吾了，吾覺得有些受傷。」城隍低下頭，潔白的臉蛋看不出有什麼表情，可無意識委屈對戳的食指還是透露出她的情緒，「吾明明可以獨立了，難道吾看起來就像是長不大的稚幼孩童？」

「城隍大人，雖然妳看起來眞的沒長大，不過妳永遠都是最可愛、最……嗚喔！」羅刹的話還沒說完，就已遭人抓住領子，一把扔了出去。

那具高壯的身子撞上房內另一扇緊閉的門，頓時讓門板大力震晃一下。

「好痛痛痛……」羅刹捂著後腦，從地面坐起。嘴裡雖是哀叫，臉上卻看不出一絲痛苦，「炫姊，妳下手前好歹通知一聲嘛……」

「活該。羅剎，你眞的是白痴。」阿防毫不客氣地嘲笑自己兄弟，「誰教你偏要強調大人的蘿莉身……嗚噗！」

於是又一具高壯身軀飛出去，撞上門，滑坐在羅剎身邊。

「唷，難兄。」羅剎咧開一口白牙。

「去死吧，難弟。」阿防回了一記中指。

二 空間之鏡

「大人，我們別理那兩個只有皮粗肉厚是優點的蠢蛋。」連摔兩人的梁炫若無其事地拍拍手。從她的言行來看，不難看出她的地位是在場將軍中最高的。她蹲下身，在面對城隍時，冷淡的表情轉為溫柔，「我等當然相信大人早已成熟獨立，但我等卻不像大人那般成熟。假使大人離開我等視線，我等就會擔心得不得了。」

「就像梁炫說的，不成熟且離不開大人的是我等呢。」謝必安也柔聲說道。她的刻薄和毒舌素來只針對不相識的人，以及絕大多數男性，與城隍說話，留下的僅有似水柔情，「哪，大人，就當是遷就一下我等好嗎？」

「吾明白了。」城隍忍不住更加挺直身體，「成熟的吾一定不會輕易離開汝等視線……嗯？好像有哪裡不對勁？」

「沒有沒有，絕對沒有不對勁的啦！」范無救笑嘻嘻地說，露出一顆小虎牙。就像是要極力取信於城隍，她轉頭看了看，一把拉過仍按壓著胃的長照，再撲上他的背，兩隻黧黑的手臂圈住他的脖子，「大人，妳看長照的眉頭沒皺得那麼緊了，這表示妳的話紓解了他不少不適唷！」

「可是，吾怎麼覺得長照的臉色變蒼白了？」城隍遲疑地眨下眼。

「大人，那一定是光線關係才讓妳產生錯覺。」長照強笑著擠出話，隨即一扭頭，咬牙切齒地咒罵，「范無救，妳是想勒死我嗎？放手……還不給我放手！」

「哈哈哈哈！我忘記長照你的脖子不像阿防和羅剎那麼堅硬了！」范無救跳下來，摸著後腦哈哈笑。她一笑起來，兩顆小虎牙看起來更加明顯了，「下次要不要我和必安幫你鍛鍊一下身子？說不定你的胃也就不會常常犯痛了呢！」

「心領，不要以為我不知道五營兵將和三十六官將被妳們倆操練得不成人形。況且我相信我的胃疾，絕大多數皆是因你們……嗯？」長照驀地停下話，他蹙著眉轉向仍賴坐在地面、靠著門不起來的羅剎與阿防，細長的眼眸像是在狐疑地確認什麼。

「怎麼了，長照？突然發現我和阿防才是最適合待在大人身邊的人選嗎？」羅剎興致勃勃地問。

「夢話建議在夢裡說。」長照冷靜無比地駁回對方荒謬的說法，他還是沒有鬆開眉頭，「你們身後……」

「是不是有聲音？」謝必安輕挑柳眉。

長照看了謝必安一眼，這表示方才並不是他的錯覺。

「聲音？」阿防納悶地仰頭盯著身後門板，「這門後面的是……」

「是大人的三號書房。」梁炫的目光也停在門上。不光剛才，就連現在她也聽見裡頭有什麼聲音傳來。

「啊咧？這種聲音總覺得很熟悉耶。」范無救好奇心滿滿地豎耳聆聽。對此發言，五位將軍不約而同默認。包括羅刹也仰高脖子，雙眼大睜，瞬也不瞬地凝視裡頭動靜越來越明顯的門。

因此，誰也沒有注意到城隍淡然無波的小臉飛快閃過一抹「要糟」的神色。

「梁炫，吾先把頭髮上的泡沫洗掉，吾一人即可。」說完，也不管梁炫有沒有聽見，城隍快步奔出房間。

「泡沫？那果然是泡泡染嗎？等等，城隍大人！」梁炫突然回過神，這才想起自己居然把重要的事情忘了。好端端地，爲什麼城隍大人要染髮？「大人，請慢著！妳的體質特殊，即使染髮，兩天後也會回復……大人，請讓我替妳洗頭，以免不當水溫破壞妳的髮質！」

梁炫前腳剛追出房門外，房內驟然傳出山崩般的轟然聲響，間或夾雜有人被掩埋的慘叫。

梁炫愣了一下，她停下腳步，反射性回頭觀望，冷艷的臉蛋乍洩訝然。

房內此刻書海氾濫，各種顏色的書幾乎淹沒大半地板，而書海的源頭正是僅有一門之隔的書房。

原本作爲分隔的門板，早已因大量書籍倒下的衝擊而彈開。透過敞開的門口向書房一望，可以瞧見更加慘不忍睹的書房內景象。

簡直像是用書堆起了大座小座的山。

如今書坍方了，才會演變成衝開房門淹至這裡的結果。

「哎呀……」謝必安睜大美眸，掩嘴輕呼，「大人還眞是改不了東西亂扔的習慣哪。不過書房不是每天都有人負責整理，以免這樣的情況出現？」

「這個禮拜負責三號書房的人是誰？」梁炫撫著額角，微微地嘆了口氣，「長照，你那都有記錄對吧？」

「是。」長照伸出手，掌心倏地浮現一本小書，小書瞬間又變化爲巨大的書冊。長照只是閉下眼，手上的書就自動翻頁，直至某頁才停住，「這禮拜負責三號書房的人是……」

「那個，是我啦……」范無救皺著褐色小臉，心虛地舉起手，「因爲昨天、前天和必安跟兵將們拚酒，所以就漏了兩天沒整理，眞的只有兩天而已！」

「但是憑大人的功力，一天就可以毀滅半間乾淨的書房，兩天剛好湊滿一間。」長照收起記載各種記錄的書，苦著俊秀的面龐，看著災情絕對稱得上慘重的兩間房，胃又隱隱抽痛起來，「有這樣亂丟東西的習慣，絕對不能讓大人獨自前往西方。萬一大人被淹沒在自己房間裡，那該怎麼辦才好？」

「在大人被淹沒之前，我們兩兄弟就已經被淹在下面了！」一隻結實的手臂猛然從書堆下探出來。

「不要若無其事地忽視我們被埋在書下的事實啊！」又一隻結實的手臂自書堆下伸出。

「你們動作輕一點，別忘記你們可是銅皮鐵骨的，萬一傷到大人寶貝的書，該怎麼辦才好？」梁炫清冷的聲音帶有一絲責備。

從書與書的縫隙之間露出眼睛的羅剎和阿防互看一眼，一下子不敢亂動。畢竟有的書因太過古老而紙質脆弱，承受不了任何摧殘，但也不能讓他們以這姿勢卡在書堆裡吧？

「無救、必安，妳們倆先幫羅剎和阿防出來。小心書，書角敲到他們腦袋也不要緊，反正不會更笨了，重要的是書不能有損壞。」梁炫冷靜下令，「然後你們四人一起整理書房和房間，我跟長照去找大人。」

「等一下，炫姊。整理工作明明是范無救要負責的吧？」埋在書堆下的羅剎不平抗議。

「吵死了，笨狗。有力氣出那張嘴說話，不如拿來整理書。」謝必安彎起紅唇，溫柔一笑，「我沒有嫌棄你們的笨蛋細菌太旺盛就該偷笑了，不過我會戴著口罩工作的。」

「哇！謝必安妳那張嘴巴眞的很討厭耶。」書堆下的阿防齜牙咧嘴，「這次可就眞的不是讚美了。」

「夠了，耍嘴皮子的功夫可以省下。」梁炫輕拍一下雙手，「由我和長照去找大人，你們才會有福利。無救、必安，妳們想要大人洗髮的畫像嗎？」

「想要！想要！」范無救雙眼放光。

「請務必給我。」謝必安雙手交握。

「羅剎、阿防，你們想要大人染完髮後的第一手照片嗎？」梁炫又問。

「拜託妳了，炫姊！」羅剎和阿防立刻誠心請求。

梁炫滿意地點點頭，她手中不知何時出現一台小巧的相機，站至她身邊的長照手中則出現一枝畫筆。

范無救、謝必安、羅剎、阿防看他們倆的眼神，就像是在看著崇拜萬分的人物。

城隍府中，誰不知道梁炫的拍攝技巧最強，長照的畫技最好。幾位將軍們珍藏的城隍相關周邊，大多出自他們之手。

「很好，今夜子時再召開一次大人照片交換大會。」梁炫取出墨鏡戴上，「順便用誰的珍藏品最棒來決定誰是大人西方之行的隨從。無救、必安，記得轉告另外兩位。」

「明白啦！」

「請放心交給我吧。」

「很好，長照……不，副會長，我們走吧。」

「是的，會長。」面對梁炫的呼喚，長照沉靜頷首。

緊接著兩人並肩離開，在他們踏出房間的剎那，兩件雪白大衣平空出現，各自披蓋在他們肩頭，衣襬飛揚，像是欲振的翅膀。

大衣背面，漆黑的絲線繡出了龍飛鳳舞的三個大字：城隍命

——城隍大人後援會，城隍大人爲我等本命！

頂著一頭泡沫，脖子上圍著毛巾的城隍並沒有直接奔往浴室。

她在中途被一間大門敞開的房間吸引注意力，忍不住停下腳步，改走進了那間房。

與其他房間相比，這間房顯得格外空曠，裡頭沒有家具擺設，僅在牆邊置放一面高大華麗的鏡子。

鏡子幾乎高至天花板，周圍鑲著金色邊框，上頭雕滿繁複細膩花紋，還有好幾隻光屁股、長翅膀的小人。

城隍知道那是什麼，那正是西方的天使。

縱使她是東方地府神祇，但不代表她對於西方之事一無所知。況且現在科技發達，透過將軍們從人界搬回來的螢幕，她也看過許多天使、惡魔相關的影片。

至於她的府邸內爲何會有這麼一面格格不入的鏡子？那正是西方神祇派遣使者送來的，此物將是她前往西方學園的通道。

城隍又走了好幾步上前，烏黑無波的大眼靜靜望著鏡內映出來的影像，鏡內臉蛋白皙的小女孩同樣面無表情地回望。

然後，鏡中又出現另一抹高䠷修長的人影。

「大人，原來妳跑到這來了。」梁炫摘下墨鏡，漂亮的眼眸浮現柔軟笑意，融化了她冷淡的臉部線條，「長照已經在幫妳準備熱水了，我們到浴室去好嗎？」

「梁炫。」城隍沒有轉身，她的嗓音稚氣威嚴，又隱含著些許不安，「吾，真的適合前往嗎？吾在眾神之中尙屬資淺，吾當眞適合前往那座據說集結了神、魔、妖菁英的學園？」

「大人。」梁炫走至城隍身後，她單膝跪地，頭顱伏低，雪白的大衣衣襬在地面展開成一個圓，「請恕我失禮。倘若妳不適合，那三界中絕對再無人適合了。玉帝也必是明白這點，才特意叮囑羅言指名妳。雖然我覺得羅言眞是蠢到家，居然不推掉這命令。若非那白痴之故，大人妳也不必被迫暫離地府。」

「梁炫，不可對閻王口頭失禮，也別直呼他名諱。」城隍回過頭，頓了下，認眞地說，「盡量別在他面前這麼說。閻王很可憐，天天被文判壓榨審批公文，熊貓眼都出來了。上次吾到閻王殿，差點以為他們養了一隻大熊貓當殿中寵物。所以，還是要給閻王留點面子。」

「是，既然大人這麼說，那麼我下次不會再稱『羅言那白痴』了，而是直接喊『閻王那白痴』。」梁炫恭謹回答。

「嗯，這樣做確實比較……嗯？吾覺得好像又有哪裡不對勁？」城隍困惑地皺眉。

「那是妳多慮了，大人。」梁炫站起身，三兩句便轉移話題。她雙手輕輕置於城隍纖細的肩頭上，「我們先別管閻王那白痴了，大人，妳怎麼會突然想染髮？」

此刻人在閻王殿，被文判用鐵鍊連人纏在椅子上的羅言，猛地打了個大噴嚏。

「吾……」城隍低下頭，無意識地戳戳手指，細聲細氣地說，「吾看過電影，西方好多人都是金頭髮，因此吾想，吾是不是也該入境隨俗比較好？」

說到後來，似是想尋求梁炫的認可，城隍抬起潔白小臉，烏黑眸子眨也不眨地瞅著對方。

在那雙黑得發亮的大眼睛深處，梁炫覺得自己看見一絲閃動著「快稱讚吾」的期待光芒。

太可愛了，我們家的大人……要不是場合不適當，梁炫眞想馬上掏出手機或相機，將這表情保存下來，作爲珍貴的收藏。

若是羅刹和阿防在場，恐怕早就不管三七二十一興奮地撲過去了。

「梁炫，難道金髮不適合吾嗎？」見梁炫久未開口，城隍表情未變，可眼底光芒暗了下來。

「不，怎麼會？想必非常適合大人，我等皆迫不及待想要看金髮的大人了。」梁炫含笑回答，決定先不提醒她髮質特殊的事──不管染什麼顏色，兩天後全都會被黑色重新吃掉──以免讓眼前的小臉蒙上失落。

正打算牽起城隍的小手，梁炫忽然發覺口袋內的手機響動。她看了一下來電顯示，打電話來的居然是羅言。

爲了避免自己對現任閻王的冷漠言語被城隍聽見，梁炫走至門口接聽。

「我是梁炫。」

「姊，是我。我發現我還有事忘記跟妳說了，妳那時候走得太急。」

「若是隨從人數的事，我等自會拿捏，毋須再多廢言。羅言，你的聲音聽起來有點遠，你該不會被綁在椅子上，手跟鋼筆銬一起，只能靠別人拿手機跟我講電話吧？」

「姊……其實妳有千里眼對不對？」

「你多想了，我用我的指甲思考就可以得到這個猜測。你要說什麼快說，我很忙。」

「姊，妳剛說了超過分的話對不對？總之，我要說的是……」

眼見梁炫在門口專心地講電話，城隍也不打擾，繼續認眞研究鏡中的自己，思索著變成金髮後會是什麼模樣。

末了，她忍不住伸手摸向光滑的鏡面。

但就連城隍也沒想到，手指一伸出去，碰觸到的居然不是想像中堅硬冰冷的感覺，反而柔軟似水！

什麼⁉城隍潔白的小臉閃過吃驚，黑眸大睜。然而還沒等她發出任何驚詫的聲音，鏡中猛然傳來一股巨大吸力，簡直就像是鏡子另一端有無數隻手在抓著她。

「梁……」城隍只來得及說出這麼一個字。

「什麼叫作西方那邊已經迫不及待先開了通道？那不就表示萬一大人無意間碰到的話，會毫無防備地被拉過去？這般重要的事，拖到如今才告訴我？羅言，去將我的話傳遞給天界使者，務必用禮貌至極的口氣——『你們眞的是白痴嗎？腦袋沒鎖緊我等可以代勞』。」

冷酷地切斷與現任閻王的通訊，梁炫收起手機。

「城隍大人，抱歉耽擱時間，我們這就過去長照那……」梁炫清冷又帶著柔和的聲音突地哽在喉嚨裡，她怔怔地看著正前方。

偌大的房間裡，除了那座華麗的金色鏡子之外，再無他物，更別提城隍的嬌小身影。

梁炫的手機「啪嗒」一聲掉在地。

「城隍大人……城隍大人——」

❀❀❀

城隍好像聽見了梁炫心焦如焚的吶喊聲，她的將軍似乎在呼喊著自己的名字，可她卻無法確定。

她現在整個人就像是掉入一條光之通道，不停地往下墜落、再墜落。圍在脖子上的毛巾早就承受不住氣流的衝擊力，啪啦一聲脫離，也不知道飛到哪裡。

就算想要使用神力，也無法阻止身體持續下墜。

因此，城隍最後乾脆放棄掙扎，任憑自己往下掉落。

黑若深潭且不見波瀾的眼眸內不斷有光閃過，那是一種金色卻不刺眼的光，反倒令人感到溫暖。

鏡子是西方神祇派使者送來的空間通道，她被吸進鏡子裡，所以最後抵達的地方將會是預定就讀的學園嗎？

從來沒想過會在這種情形下前往西方，但城隍內心的緊張和不安卻忽然沖淡不少。她閉上眼睛，想著不知再睜眼後她會看見誰，會不會是光屁股的金髮小天使？

然後，她猛地一頭栽進冰冷的水裡。

三 螢火光原

西方．因帕德休島．螢火光原

「嘩啦」一聲，有什麼東西摔進水裡，不僅發出聲響，還帶出巨大水花。

「咳！呸呸呸！」一名個頭瘦小的男孩很快狼狽地從水中坐起。他摔入的地方是水潭較淺的區域，坐起來後，水也只是快淹到胸口而已。

也不管自己滿頭是水，托爾泰大力地嗆咳著，想把不小心吞進的水吐出來。咳到一張臉都漲紅了，喉嚨內也傳來燒灼般的疼痛，托爾泰才總算緩過氣，只不過還沒等他分神觀察，一雙纖細修長的腳就已踏在水潭岸邊。

「搞什麼鬼？沒用也要有個限度行不行？只是受到風壓的波及，居然整個人就飛到這麼遠的水裡來了？幸好像你這種小矮子不是我的同伴，否則我說不定會火大到捏死你哪。」那是一道除了用悅耳便再難找出字詞形容的少女嗓音。

即便吐出的都是辛辣、不留情面的語句，但托爾泰還是下意識先被這道嗓音攝去心魂。他呆呆地仰起頭，一時似乎忘了自己還坐在水裡，只目不轉睛地望著潭畔的奪目身影。

說話的少女一頭粉紅色長鬈髮，碧綠的瞳孔如同最耀眼的寶石，鑲嵌在那張白皙艷麗的臉蛋上。精緻的眉宇間盤踞著傲慢的氣勢，搭配華麗的短洋裝與過膝黑靴，驚人的美貌呈現強烈的侵略性，如同熾烈的火焰，一靠近就會被灼傷。

「喂喂，沒反應嗎？小矮子，你是連耳朵都聾了嗎？」少女雙手扠腰，居高臨下地俯視托爾泰，眉眼中散發出明顯的不耐煩。

「我、我才不是什麼小矮子！」托爾泰猝然回神，驚覺面前少女正毫不留情地嘲諷自己，他惱怒地漲紅臉，「明明是妳和另一個傢伙說要找個熟悉螢火光原的嚮導我才過來的，我根本就不知道你們要去的是螢火光原的深處！這裡……有妖獸啊！大人們交代過這地方是不可以隨便進來的，都、都是你們把我牽連進來！」

說到激動處，托爾泰揮舞著雙手，從水中站起。可他的右手才剛脫離水面，就發現似乎被什麼纏住。

又長又柔軟……托爾泰反射性轉過頭，那張尚帶稚氣的臉龐頓時刷成蒼白。

是頭髮……是頭髮啊！托爾泰的尖叫因爲驚恐而哽在喉嚨裡，他手忙腳亂地想揮扯開那些金色髮絲，一點也不想去管那些頭髮接連著水裡的什麼。

就在托爾泰慌亂之際，他忽地聽見身後傳出了有東西冒出水面的聲音。

那聲音不是很大，卻不知道爲什麼讓他直覺地生起毛骨悚然的感覺。

「喂，小矮子，沒事可不要回頭哪。」站在岸邊的粉紅髮色少女挑高眉毛，嘴角噙著好勝的笑。

托爾泰忘記手上還纏著金色頭髮，他回過頭，雙眸瞠大，臉上是瞬間凝固的恐懼表情。

水潭中央，他的正前方，有一隻外貌駭人的妖獸浮冒出大半個身子。牠有著像蛇一樣的頭顱，又粗又長的脖子，身體像魚一樣扁平。

此刻，牠正伸長脖子，由高處俯望著托爾泰，一雙眼睛閃動著不懷好意的光芒。

就算沒看見牠的全貌，托爾泰也知道水面下是四隻能讓牠水陸兩棲的鰭腳——因爲這隻妖獸就是少女和她的同伴意圖捉捕的目標。就在不久前，牠躲閃過少女的攻擊，潛入另一處水潭，而攻擊所產生的風壓則掃得托爾泰飛到這裡，卻沒想到妖獸竟也在此出現了。

猙獰的妖獸張開嘴巴，露出鋸子般的牙齒。

托爾泰大腦空白，只能放聲尖叫。

「受不了，吵死了。」粉紅髮色的少女嫌惡地用小指掏掏耳朵，另一隻白皙手掌張開，掌心似乎有幽黑色的光芒逐漸成形。

就在妖獸快如箭矢地張嘴往托爾泰咬去、少女準備揮下手之際，兩道白影卻更快一步到來。它們自後越過了少女，迅雷不及掩耳地竄向妖獸。

妖獸發出驚怒的咆哮，牠的脖子居然被兩截白色綳帶交叉纏住，再狠狠地往後拉，迫使牠只能昂起脖子，無法再鎖定底下的目標。

「什麼啊，還是老樣子，出力只肯出這麼一點點。」似乎知道出手的人是誰，少女毫不意外。她熄去掌心黑光，舔了舔嘴唇，靴尖往地面轉了轉。

下一秒，她猛地拔高躍起，背後驟然伸展開一對漆黑碩大的羽翼。

趁妖獸來不及察覺到她的意圖，少女已一腳重重踢上牠的下頷，緊接著身形再衝高，直至牠的頭頂上方，隨後一腳重擊下來，不偏不倚擊中那顆碩大腦袋。

妖獸剎那間沒了聲音，粗長的脖子擺晃幾下，連同身體一起傾斜，快速地壓了下來。

少女的那兩記踢擊竟當場剝奪了妖獸的意識。

即使看見妖獸緩緩往自己倒下，嚇傻的托爾泰卻忘記要逃跑，只呆然地看著上方的陰影越變越大，越來越靠近。

「別開玩笑了，沒想到連邁動自己的兩隻腳都不會嗎？」浮立在空中的少女不敢置信地咂下舌，背後黑翼極快地拍振了下，身影轉眼消失，再出現時已在托爾泰正上方。

「這根本是害我連笑都笑不出來了。」碧眸瞇細，外貌華麗搶眼的少女猛地拎起托爾泰扔甩出去，讓他再次摔至水潭裡。

同一時間，那應該壓在少女上的似蛇頭顱卻是靜止不動了。

踩在水面的少女掀了下眼，看見原先纏在妖獸脖頸上的兩截綳帶彷彿有生命般勒住妖獸，使牠的身體不再傾倒。

接著一截綳帶一個扭轉，竟輕而易舉讓體積比自身大上幾百倍的妖獸慢慢倒往另一方。

而另一截綳帶則化作一束白光，奇快無比地直鑽水中。

當水面又一次激濺出水花，一條白蛇拖咬著什麼從底下竄了出來。

「這是……」就算面對嚇人妖獸也無動於衷的少女不禁露出訝然之色，碧眸中倒映出一抹身著古怪紅黑服飾、垂著長長金髮的嬌小身影。她忍不住伸手將那頭濕漉漉的金髮撥開一些，露出被遮掩的臉蛋，「小孩子⁉」

不怪少女驚訝，這裡是螢火光原深處，正如托爾泰所說，因有妖獸出沒，鮮少有人靠近。而照理說不該有其他人在的水潭裡，居然撈出一名小女孩！

「沒有天使和我族的味道……難不成是哪來的妖族小鬼？」少女狐疑地湊上前嗅了嗅，沒等她研究出端倪，咬著小女孩的白蛇忽然一扭身，將那具嬌小身子甩至岸上。

「白蛇，你這是幹嘛？我可還沒研究完！」少女艷麗的臉蛋閃現不悅，可從她唇中吐出的名字，卻非是針對那條將小女孩甩上岸的蛇類，而是──

「我無意讓我的寵物咬著無聊的東西太久。」又一抹削瘦人影走近水潭邊，他聲音冷淡，彷彿沒有任何事物能引起他的興趣，「妳要研究就自己過來抓著她。」

「無聊的東西？你的蛇看不上眼的食物，你一律都稱為無聊的東西吧？算了，你的蛇要是無端吃人，我也會傷腦筋的，我才沒興趣因此遭受牽連而被學校處罰。」少女收起黑色羽翼，一撩長髮，舉步就要從水面走至岸上。

「等一下……你們等一下！」被孤伶伶留在水中的托爾泰氣急敗壞地大叫，「為什麼沒人在意我？我是你們的嚮導，我可是差點被那隻蛇瓦那吃了耶！」

「啊啊？」少女停步，她回過頭，眉梢揚高，「被蛇瓦那吃了？既然都知道牠的名字，難道還不知道蛇瓦那會攻擊敵人，卻是吃素的嗎？住在螢火光原外的小鬼居然會犯下這種不該犯的錯誤？我建議你還是別再假裝是當地的小鬼了，這種想誘騙我們到螢火光原深處引開蛇瓦那注意力的假嚮導，我們也不需要了。不管你打什麼主意，都快滾出我的視線。」

托爾泰氣急敗壞的表情猛地僵住。

「妳知道……怎麼可能？妳究竟是從哪時候知道的！」托爾泰不敢置信地失聲嚷道。他明明就偽裝得很好，眼前這個才幾歲的ㄚ頭怎可能有辦法識破？

「一開始，從一開始，可以麻煩你快滾了嗎？」少女不耐地雙手環胸，眼神睥睨，如同在蔑視什麼低等生物。

傲慢至極的輕視眼神讓托爾泰心頭火驟起，顧不得自己事跡敗露應該急急離去，他怒吼一聲，從水中站起，尚留稚氣的面龐扭曲，接著他的臉、瘦小的身體突然像是吹氣般膨脹壯大。

下一刻，男孩的外貌宛如瓷器迸出裂縫，劈里啪啦地碎裂開，取而代之的是一具虎背熊腰的壯碩身軀。

令人想到高塔的大漢張手往空中一抓，一根等身高的木頭長杖被他抓在掌心，木杖頂端發光，凝聚出火焰。

「不會吧？像你這種型的，居然擅長魔法？」少女捂著嘴，如同吃驚般地低呼，然而彷佛寶石的碧瞳卻閃動著不懷好意，「不過我建議你還是看下身後喔，大、叔。」

身後？什麼身後？托爾泰反射性扭頭，接著整個人僵住，這次臉上的驚駭表情絕不是假裝出來的。

原本應該只倒著蛇瓦那的水潭裡，不知何時竟矗立著一隻連蛇瓦那的體型也無法比擬的龐然大物。

日光輝映下，牠雪白密集的鱗片、深黝的眼睛、尖銳的獠牙和鮮紅分岔的長舌，全都讓人看得一清二楚。

托爾泰臉色一口氣刷白，作夢也沒想到會出現恐怖白蛇。

牠是哪來的……這隻大蛇究竟是哪來的……

大蛇彷彿不知托爾泰的紊亂心思，猛地彎下頭顱，嘶聲吐出長得嚇人的舌頭。

「噫……嚇啊！」托爾泰發出歇斯底里的尖叫。

蛇瓦那是吃素的，但不代表眼前這隻大蛇也是素食主義者。不，托爾泰敢發誓，這隻蛇絕對是專吃人的！

單憑體型上的巨大差異，就嚇得托爾泰連自己可以使用魔法攻擊都忘了。他一邊慘叫，一邊驚慌失措地落荒而逃，連水面上的粉紅髮色少女也無暇顧及。

但好不容易衝上岸，托爾泰便感受到一股冰涼觸感纏上腳踝，同時還帶著滑膩感。

不及細想那是什麼，托爾泰就因那股拽扯力道而狼狽地撲跌在地。唯一慶幸的是身下是柔軟的草地，才不至於讓撞上地面的臉受到嚴重傷害。

托爾泰急著想爬起來，誰知那隻恐怖大蛇會不會追過來。只不過他一撐起身，首先映入眼中的是一雙腳。

那不是屬於粉紅髮色少女的黑靴，而是設計和顏色相對單調的長褲與鞋子。

托爾泰直到這時才想起來，少女的確還有一個同伴，而那個同伴也早就來到這了。說實話，托爾泰對少女的同伴反倒沒有特別印象，只記得對方是個裹著斗篷、遮住大半張臉的少年。

托爾泰慢慢地抬起頭，果然撞見一名裹著斗篷的削瘦身影。

少年戴著兜帽，可從托爾泰這個角度卻能清楚瞧見少年的面容。

少年膚色蒼白無生氣，令人想到冰冷的大理石雕像。一雙細長眼睛是怵目的赤紅色，頰邊還分布著幾枚白色鱗片。

從色澤來看，只讓他想到剛剛的白色大蛇。

即使少年容貌俊俏非凡，但那紅眼、那白膚、那蛇鱗所帶來的異質冰冷感，只令人不由自主地心生排斥和悚然。

托爾泰再怎麼蠢，也猜想得到那大蛇定是跟這名蒼白少年有關。

少年面無表情地俯視托爾泰，那種眼神讓他覺得自己像是被蛇盯上的獵物，原始本能的恐懼驟生。托爾泰發出驚恐的大叫，連滾帶爬地衝離少年身邊，不再顧及他最初的目的。

少年看也沒看那抹逃離的背影一眼，他彎下腰，自草叢間撿起某樣物體。

「那又是什麼？」從水面上走來的少女也注意到了，「看起來金金圓圓的……喂，白蛇！」

沒想到自己的同伴竟直接扔過來，彷彿對撿到的東西毫無興趣，少女嚇了一跳，趕忙伸手接住。當她攤開掌心看清那東西後，不禁挑起姣好的眉毛。

那是一枚金色的圓形徽章，上頭以優雅字符交織出繁複的圖案。下方是兩柄長劍交叉，剛好包圍住中央的天秤。

「什麼啊？不會是那個大叔掉的吧？這可是學園成人進修組的徽章耶。」少女輕彈下舌頭，隨手將徽章一扔，「那種傢伙居然是成進組的嗎？他引我們來這是……該不會和我們申請到同一個任務吧？那可真是討厭。白蛇，你應該讓你的寵物一口吃了他的。」

「不要，我的寵物們也有拒絕的權利。」少年冷淡地說，他朝水潭邊的方向伸出手，原先像是小山盤立在潭裡的巨蛇頓時縮小體型，越變越小，接著飛回少年手臂上，纏繞一圈後又像是留意到什麼般昂起頭。

下一秒，小蛇無預警地又滑下少年手臂，一溜煙靠近地面失去意識的金髮小女孩。就連先前將小女孩甩上岸的另一條蛇，也好奇心十足地圍在她身邊嗅聞。

「等一下，你不是說這小鬼是無聊的東西，你的寵物應該看不上眼才對吧？爲什麼兩隻都興致勃勃？」少女臉色微變，立刻在手中準備一團幽黑火球，「你可不准讓牠們咬她一口，我拒絕因爲這種事被學校懲罰的。」

「顯然，不是什麼普通小孩。」少年蹲下來。或許是因爲背光加上帽兜陰影影響視線，他乾脆揭下帽子，露出一頭和膚色同樣慘白的白髮。

「嗤，你這不是廢話嗎？」少女也蹲了下來，眸子瞇起，研究著一身衣物古怪得緊的小女孩，「這是哪裡？這裡可是因帕德休島，賽米絲學園的所在地。這裡什麼都有，就是不可能有普通人類。」

也不知道是否有聽進少女的話，白髮少年默不作聲，在他的一個手勢下，本來已捲上小女孩身子的兩條小蛇自動退開。

小女孩依舊緊閉雙眼。與她的金髮不同，她的眼睫毛是黑色的，潔白的臉蛋只有巴掌大，嘴唇看起來也小小的，散發一種奇異的脆弱稚氣感。

少年忍不住伸出手，手指碰觸上那白瓷般的臉頰，然後想也不想地捏了一下。

「……熱的？」少年冷漠的聲音難得出現一絲訝異。

「噢，夠了，你這不是廢話？」少女沒好氣地說道：「你當人家皮膚白，就跟你一樣是冷血動物嗎？別捏了，先來想一想怎麼處理這小鬼吧？她沒事怎麼會沉在水裡，也沒淹死。這種水潭可是蛇瓦那出沒的地點。」

「妳想說她跟蛇瓦那有關？」少年終於收回手，紅眸冷冷淡淡，「看在同伴的份上，或許我該提醒妳，蛇瓦那並不會化作人形。」

「這我當然知道，你以為我是誰？」少女斜睨同伴一眼，接著一骨碌站起，雙手扠腰，居高臨下地看著隱約出現動靜的小女孩，「但她出現在這……有可能是螢火光原的某種妖獸化成的，或者是這裡的隱藏住民吧？不管是哪一種，她對螢火光原應該都很熟。」

「妳想讓她替我們帶路？」少年也從蹲姿恢復爲站姿，目光依舊沒從小女孩身上移開。他的兩條蛇又重新爬上小女孩的身體，像是找到窩般蜷縮起來。這很罕見，他的寵物向來只喜歡冰冷、陰濕，以及黑暗，但是小女孩看起來和這些要素都扯不上關係。

難不成，是她的原形嗎？她的原形有什麼地方能讓自己的蛇感興趣……

就在粉紅髮色少女打算愉悅地說出「賓果」兩字之際，草地上的小女孩終於因爲一個噴嚏猛地驚醒。

她睜開雙眼，那雙眼眸像是墨黑的潭水，濕潤卻又平靜無波。她似乎對自己全身濕淋淋地出現在此有些驚訝，眸子微微睜大，但小臉上卻沒有露出太明顯的情緒。

她先是怔怔地低頭，看見盤在自己肚子上的兩條小蛇，沒有尖叫也沒有驚慌失措，而是眨下眼，再怔怔地仰起頭，瞳孔內登時倒映兩抹身影。

白髮紅眼的少年和粉髮綠眸的少女正居高臨下地俯望她，一人漠然，一人傲慢。

然後，少女先開口了，「我是莉莉絲，隔壁這傢伙是白蛇。小米粒，妳叫什麼名字？」

「吾？吾乃城……」小女孩下意識回答，但才吐出幾個字，她驀地像是想到什麼般搖搖頭，「不，吾的名字……吾的名字是艾草，非是小米粒。」

「吾？這是什麼奇怪的稱呼？好了，我不管妳是什麼草，小米粒，從現在開始，妳必須乖乖地替我們……喂，小米粒？小米粒？妳怎麼又昏過去了？人形妖獸有沒有這麼虛的啊！喂！」

四 初到西方

「……大人，城隍大人，這些是今日要審批的公文，還請過目。」

「啊！大人妳又亂扔東西了！這是鞋子、這是襪子……哇，不要連外衣都隨手丟呀！大腿……大腿遮不住，會被看光光的！」

「那邊那兩隻笨狗，閉上眼睛，轉過頭。敢用下流的視線污染大人，我會溫柔地挖出你們的眼睛唷。好了，大人，亂丟東西的習慣還請務必要改一改，否則聽說會長不高，變得跟小米粒一樣呢。」

「似乎不是聽說，是眞的、眞的會變成跟小米粒一樣小呢。不過大人，就算妳變得像小米粒，我等依舊……」

不要、不要……吾不想變，吾會認眞把東西收好的……

「不要讓吾變得像小米粒一樣小！」隨著一聲驚叫，躺在床上的金髮小女孩猛然睜開眼睛，一雙墨黑的眼睜得又圓又大，裡頭滿是驚魂未定。

突然的動作令坐在旁邊的粉色頭髮少女嚇了一跳。

「哇！小米粒，妳這是幹嘛？」莉莉絲差點打翻手中杯子。將猶冒著熱氣的茶杯擱到小桌上，她離開椅子，雙手扠腰，居高臨下地站在床前，「不會是作惡夢了吧？難不成妳個子小小，膽子也小小的嗎？」

「吾，吾膽子不小。」沒有細想，眞名爲「艾草」的城隍府之主立刻抬起頭，還不忘使勁地挺直小胸膛，「吾的個子也沒有……」

話說到一半，艾草閉上嘴巴。她掀開棉被，低頭看著自己的小短腿，再轉頭盯著床前那雙穿著過膝黑靴的修長美腿。

半晌後，她小小聲地擠出聲音，「吾的個子，是有點小小的。」

莉莉絲詫異地望著那張露出打擊神色的小臉，忍不住噗哧一笑。

「噗！哈哈哈！」莉莉絲一笑就忍不了接連湧上的笑意，剛剛的盛氣凌人也不見蹤影。她笑得雙頰泛紅，眼淚差點流下來，「什麼啊？喂喂，小米粒，妳比我想像的有趣，人形妖獸都是像妳這樣的嗎？」

「人形……妖獸？」陌生的字彙令艾草愣了愣，她睜大眼，有些茫然地瞧著被輕易逗笑的華麗美少女。

一頭粉紅長鬈髮，像寶石的碧綠眼睛，還有那身滾著許多華美花邊及縐褶的短洋裝……不對，不論是地府或天界，皆不會有人穿著這樣的服飾！

艾草的臉蛋上沒有流露太明顯的情緒，可瞳孔卻震驚地收縮了。

眼前的少女是誰？印象中好像叫莉莉絲……但是，莉莉絲又是誰？

「喂，小米粒？」發現艾草出神地緊盯自己不放，莉莉絲斂起笑意，皺起眉頭。正想問對方該不會是在水裡泡太久，泡到傻了，卻沒想到艾草下一秒突然從床上爬起，連鞋子也忘記穿，就這樣跳下床，三步併作兩步地衝到關上的木窗前，將遮擋室外景象的木窗用力推開。

當艾草終於適應稍嫌熾亮的陽光後，她半瞇著眼，視線慢慢轉向窗外。

然後，這名統馭城隍府的小小神祇徹底呆住了。

木窗之外，是艾草從未見過的景象。

那並非地府的陰森黑暗、煙氣繚繞，也不是人間的鋼筋水泥叢林、車水馬龍的道路，更異於天界的閣樓亭榭、雲霧瀰漫。

在金黃日光照射下，高矮不一的樓房無止盡地朝遠方延伸，順著地形起起伏伏，屋頂與外牆是糖果般的繽紛色彩。鑲在牆上的窗戶有方有圓，窗台外清一色栽植著大量花草。深淺不一的灰色石板在建築物與建築物間蜿蜒穿梭，還可瞧見許多疑似馬匹的生物，拉著疑似車廂的東西在路上或天空奔馳。

說疑似馬車，是因爲拉車的那些生物皆背生雙翅，額前有高聳獨角。說疑似車廂，是因爲不管艾草怎麼看，總覺得那更像是放大版的南瓜、茄子，或其他蔬菜水果。

不僅有馬（暫定）拉著車廂（暫定）跑，空中甚至還有人直接乘坐掃把，或是靠自己背上的翅膀飛行。

那些人的衣物、髮色、眼色都與艾草平時看慣的截然不同，不同的色彩看得她一時眼花撩亂，頭不自覺暈了。

「嘿，小心一點。」見艾草忽然搖搖晃晃地往後連退數步，莉莉絲連忙從後撐住她的身子，「小米粒，妳是在搞什麼鬼？別跟我說妳完全不曾離開螢火光原，是第一次見到賽米絲學園都市哪。」

事實上，艾草根本不曾聽過螢火光原這地方，但她現在的注意力完全被莉莉絲的後半句話攫走。

她說什麼？賽米絲……學園都市？

艾草不自覺瞠大眸子，混亂成一團的腦海猛然間有畫面流入。

閻王派人送玉帝御旨，要她成爲西方的交換學生；她想要染髮，自己的將軍們試圖阻止；她來到將成爲東西兩地通道的鏡子前，卻被鏡子突地拉進去……

啊啊，她想起來了。

「吾，想起來了……」艾草望著窗外喃喃，「吾要前往的，確實就是名爲『賽米絲』的學園……但通道爲何提早開啓？吾又爲何……」

「喂，小米粒，妳自言自語是在說些什麼？妳有聽到我剛說的吧？妳現在待的是我住的旅館房間。」莉莉絲聽艾草在低喃，好奇地將對方轉過來，嬌艷的臉孔湊近。在這麼近的距離下，她發覺艾草的眼睛黑若深潭，她的眉宇忽然擰了起來，「奇怪，妳的眼睛像黑夜，爲什麼卻有這種不搭調的頭髮顏色？這種亂七八糟的金色跟妳的黑眼睛未免太不搭了吧？」

「不搭？」艾草頓時回過神，趕緊抓起髮尾一看，才終於注意到自己頭髮的顏色從漆黑變成了金色。緊接著她也發現了身上衣物不是穿習慣的那套，而是和莉莉絲有著異曲同工之妙的小洋裝，上頭滾滿了花邊。

艾草雖在意自己衣物的去向，但眼下更在意的是從莉莉絲口中吐出的評語。

「眞的？吾的頭髮，眞的很難看嗎？」艾草緊張地摸摸頭髮，又摸摸臉，無意間流露出了慌亂。

「那還用說嗎？金色是最難看的顏色。我啊，最討厭的就是金色了！」莉莉絲斬釘截鐵地說，不過在瞥見艾草受到強烈打擊的神色，她撓撓頭髮，又說，「但是小米粒妳還算有趣，所以勉強是不難看啦。」

「吾都說吾非是什麼小米粒了……」艾草喪氣地垮下肩膀，即使莉莉絲說出了像是安慰的話，她還是遭受前所未有的重擊。她搖搖晃晃地回到床前，面部朝下地趴上床，嬌小的身子散發出一蹶不振的憂鬱氣息。

「雖然如此，可妳這樣看起來更小隻了。而且我本來就討厭金色，金頭髮只會讓我想到那些煩死人的天使。」莉莉絲不耐煩地咬下指甲，「啊啊，眞是夠了。撿妳回來的可是我，幫妳換衣服的也是我。所以聽好了，小米粒，妳今晚得負責帶我們到——什、什麼⁉」莉莉絲猝然發出一聲錯愕的驚叫。

原本被日光籠罩的房間，不知爲何化成一片黑暗。

不僅房間，就連窗外也被伸手不見五指的漆黑隔絕，簡直像是黑夜突然提前到來。

一時間，屋外和屋內充滿此起彼落的驚叫，也有人大罵不休，全是因爲這反常的詭異現象。

艾草馬上忘記先前的失落，她迅速坐起，周遭的黑暗並未帶給她任何驚慌。她本就生活在終年不見天日的地府內，甚至在黑暗中也能輕易視物。

對她而言，黑暗反倒是生活中不可或缺的一部分。

「莉莉絲?莉莉絲?」艾草想到的第一件事就是呼喚那名粉色長髮少女的名字，她很快就發現對方的身影。

莉莉絲正抱頭蹲在地上，長髮遮住她的臉，肩膀似乎在隱隱發抖。

「莉莉絲?」艾草滑下床鋪，她本想伸出手，可在捕捉到那句破碎話語後，伸出的細白手指驀地停住了。

「不要、不要，好黑……我討厭黑暗……」莉莉絲的聲音宛若要哭出來，全然沒了先前的高傲，「討厭、討厭啊……」

艾草閉下眼，旋即在睜眸的同時，指尖快速朝前一揮劃，一簇青碧焰火猛地燃起，接著是第二簇、第三簇。

短短時間內，房裡便被幽綠光芒籠罩，驅散了大半黑暗。

感受到光源的莉莉絲慢慢地放下手，她抬起頭，映入眼內的是被多簇青焰環繞的金髮小女孩。

在幽綠焰光輝映下，那張小臉被映照成有些嚇人的青白，可凝望自己的墨黑大眼睛正寫滿關切與擔心之意。

莉莉絲愣了一下。爲什麼沒有嘲笑？爲什麼沒有趁機抓著她這個弱點諷刺幾句？

「莉莉絲，妳還好嗎？」艾草想要再伸出手，但莉莉絲瞬也不瞬地凝視自己的眼神，卻令她誤會成另一種意思，她頓時縮回手，侷促不安地捉著袖角。

「那個，是吾的火焰顏色太嚇人了嗎？吾立刻就讓它們……不對，這樣房間內又沒光了。怎、怎麼辦，吾現在應該是……」

看著不自覺陷入慌張的小女孩，莉莉絲的碧眸睜得更大了。

將莉莉絲的反應當成肯定，艾草心裡越發緊張。她急忙東張西望，接著目光落至床鋪上的枕頭。

如果換成其他火焰顏色，應該就不會嚇到將她帶到這裡來的莉莉絲了吧？

抱持著這般想法，艾草滅掉其他青焰，只餘一簇青焰飛近枕頭。

高溫之下，枕頭一角先是變得焦黑，接著被引出火苗，最後迅速壯大。

但那火仍是青色的，不是她預想的橘紅火焰。

艾草不知所措之際，房內驟然恢復光明。

黑暗消失得無影無蹤，窗外也重見白晝該有的光景。

隨著這片詭異景象消失，屋內屋外騷動更甚，罵聲也更凶。但房內的艾草二人卻是呆住了，她倆盯著彼此，一時彷彿無法相信日光又照進來了。

枕頭還在靜靜地燃燒，黑煙、焦味和火焰都變得越來越多。

莉莉絲和艾草的目光同時落至那顆枕頭上。

艾草小臉茫然，黑眸傻愣愣地眨動一下。

莉莉絲卻是乍然回神，她一個箭步躍起，猛力地拍開艾草的手。

「小米粒，妳是真傻了嗎？」莉莉絲破口大罵，同時飛快抄起桌上的茶壺，將所有茶水全澆上去。

「滋」的一聲，火焰被澆熄了，嗆鼻的焦味瀰漫在房裡。

看著地上燒到剩半顆的枕頭，再看看自己倒空的茶壺，莉莉絲忽然一屁股跌坐在椅子上。

「我的天，我真不敢相信……連我也傻了嗎？那種小火，我隨手就可以熄滅，居然還浪費我的紅茶……」莉莉絲支著額說，聲音越漸轉小，肩膀卻開始微微顫抖，然後顫抖越演越烈。

最後就像是再也克制不住，她猛地爆笑出聲。

「哈哈哈！哈哈哈哈！真、真的是我的天……噗哈哈哈哈哈！」莉莉絲笑得上氣不接下氣，比先前被艾草的話逗笑時還要誇張。她笑到抱著肚子搥桌，「我第一次看到……我第一次看到有人做出這種事……哈哈哈哈，小米粒，妳真的太、太棒了……」

「吾不是很了解，這是在誇獎吾的意思嗎？」沒有被莉莉絲突來的大笑嚇到，艾草認真問道。

莉莉絲望了下那張乍看沒有明顯表情，但眼神卻比任何表情還還生動的潔白小臉，又是一陣壓抑不住的大笑。

好不容易莉莉絲終於停下狂笑，她大大地喘了幾口氣，隨即站起。

「小米粒，我現在問妳一件事。」莉莉絲一撩華麗的長髮，碧眸倏然轉爲凌厲，「妳眞的不覺得好笑嗎？妳看見我怕黑了吧？就連我自己都覺得可笑得不得了。喂喂，惡魔竟然會怕黑？這簡直可以笑掉人的大牙了。」

「爲什麼？」艾草直直迎視莉莉絲的眼神，稚氣的嗓音依舊認眞無比。

「什麼爲什麼？妳不是聽見了嗎？」莉莉絲瞇起眼，碧眸迸出一絲危險光芒，「我是惡魔，我是『莉莉絲』，但我居然會怕黑。」

「吾不懂這有何關聯。」艾草靜靜地說，目光連移都沒移。

「小米粒，妳這是在裝傻嗎？什麼叫妳不懂得這有何關聯？」莉莉絲煩躁地咬了下拇指指甲，下一秒她背後張開一對漆黑華美的羽翼，每根羽毛都黑得能反光，充滿光澤。

艾草眼瞳微睜，被那對黑羽翼奪走了注意力。

「妳現在看清楚了吧？」如果不是莉莉絲出聲，艾草可能下意識就靠過去了，「我是惡魔，居住地獄，身爲黑暗一族的惡魔。不要跟我說妳連惡魔都沒聽過。」

莉莉絲說完，才發現這說不定是可能的事。

小米粒是人形妖獸，連賽米絲學園都市都彷彿初次聽聞，說不定她才剛出生沒多久？

不過艾草的下一句話，倒是破除了她的疑問。

「吾有聽過，吾知道惡魔。」艾草點點頭，努力克制著視線不要太露骨地往莉莉絲的黑羽翼飄去，「然，所以吾才不懂。此地可有惡魔不能怕黑的規定？」

「不，是沒有。但……」

「吾從不覺得擁有害怕之物有何可笑。」艾草抬起小臉，一字一字地說，「明瞭自身弱點，這比任何事皆可貴，並且值得稱讚。」

明明只是簡短的一句話，沒有任何華麗或花俏的辭藻修飾，卻強烈得讓莉莉絲徹底愣住，只覺得有什麼一口氣撞進她的心裡。

從來，就不曾有人對我說過這樣的話……莉莉絲望著艾草稚嫩的臉蛋，那雙筆直注視自己的凜然黑眼，成熟得一點也不像是幼童。

小米粒，真的是普通的人形妖獸嗎？

還來不及問出疑問，莉莉絲就注意到艾草雖是認真嚴肅地看著自己，可她的一隻小手正無聲無息地向黑羽翼接近。

莉莉絲啞然失笑，但心中忽地玩心大起，漆黑華美的羽翼無預警猛一拍動，發出響亮的聲響。

「哇！」毫無防備的艾草當下嚇了一跳，緊接著才發現自己的手在不自覺中竟差點摸上莉莉絲的黑羽翼。

艾草的小臉瞬間刷上淡淡的紅色，她忙不迭收回手，手指忍不住絞在一起。

「眞是失禮了，吾不是有意如此。」艾草垂下眼，但濃密的睫毛下，大眼還偷偷瞅著莉莉絲的表情，彷彿怕自己的舉動太冒犯。

「噗！小米粒妳眞的太好玩了，雖然說話方式有點奇怪。」莉莉絲又振了下翅膀，果然如她所料有一根黑羽毛緩緩飄下。她拾起那根羽毛，再塞給艾草，「給妳吧，只是一根羽毛而已，當作妳說出那些話的謝禮。那些話，我很喜歡。」

「眞的要給吾？」艾草迅速抬起頭，有些不敢置信地捧著那根羽毛，「但是吾不覺得吾有說什麼。莉莉絲，這麼貴重的禮物，吾……」

「囉嗦，叫妳收就收。只不過是一根羽毛，哪來什麼貴重不貴重？還是說，妳嫌我莉莉絲的羽毛不夠美、不夠漂亮？」莉莉絲雙手扠腰，身子威嚇性前傾，碧眸更是銳利地瞇細。

艾草立刻大力搖頭，她在陽光下高舉羽毛觀賞，小臉發光，眼裡像跌入許多星星。

莉莉絲滿意地看著艾草雖面無表情、眼神卻閃閃發亮的模樣，覺得這次順手將人撿回來眞是撿對了。沒瞧過這麼可愛的人形妖獸，要不要等任務結束後，把她帶回學園？說不準她也能成爲學園的學生……反正賽米絲的學生不限種族，人形妖獸也不算罕見。像白蛇那傢伙，也是「蛇」的後裔……

莉莉絲陷入了沉思，而不停變換角度欣賞羽毛的艾草則忽地停下動作，她捧著羽毛，像是想起什麼般眨下眼。

「吾？這是什麼奇怪的稱呼。」

「小米粒妳眞的太好玩了，雖然說話方式有點怪。」

莉莉絲說過的話言猶在耳，艾草終於發現有哪裡不對勁。

莉莉絲可以聽懂她的話，她也能聽懂莉莉絲的話。

艾草倏地瞠大眼。爲什麼？爲什麼各屬東西方世界的她們，溝通上毫無障礙？

「吾明明不會叫作英語、德語、法語，或其他語的東西……還是說，吾在吾自己沒有發覺的時候早就學會？只有這個，吾覺得最不可能。」艾草冷靜地搖頭否定，她喃喃自語的聲音雖小，不過莉莉絲仍然耳尖地捕捉到一些。

「怎麼了？小米粒，妳在說什麼嗎？」莉莉絲挑高眉梢問。

「吾……」艾草困惑地輕蹙起眉頭，「吾不明白，因何吾和莉莉絲妳能順利說話？吾並未學會汝等的語言。」

「啊？妳連這都不知道？」莉莉絲看起來眞的很震驚，「不是吧，小米粒？妳眞的是剛出生不久的人形妖獸？這可是常識了。沒辦法，我就順便告訴妳吧。那是因爲這座島，學園的最中心……」

「設有一座巴別塔，全名是巴別語言轉換編碼塔，能自行轉譯語言。」說出這話的人並不是莉莉絲。

沒想到房內驀然多出第三人的聲音，艾草一驚，抱著羽毛迅速回過頭。

一抹削瘦身影正倚在門邊。

相較於莉莉絲的華美衣著，白蛇的服飾灰沉單調，襯上蒼白的皮膚、蒼白的髮絲、頰上的銀白鱗片，以及那雙血紅色的眼睛，整個人像是缺乏生氣的冰冷雕像。

「白蛇，你是不會敲門嗎？這裡可是我的房間。」莉莉絲不悅地說道。

「我敲了，很多次，只是妳沒聽到。」手中捧著一碗冰淇淋的白蛇回話，從他冷淡又提不起勁的語氣很難辨認他說的是真是假。

沒有理會狐疑揣測的莉莉絲，他舀了一匙冰吞下，又說，「剛剛似乎是旅館裡有哪個蠢蛋在試闇系魔法失敗了，才弄出那種情況。另外，我在外面晃完一圈了，由於滿月將近，嚮導介紹所沒人願意再帶我們到螢火光原。放棄，或是另外想辦法，莉莉絲，妳自己決定。這次的任務對我來說，並非一定要完成不可。」

「開什麼玩笑，怎麼可能選擇放棄？」莉莉絲聞言惱怒，她揮動手臂，碧眸像是要噴火般地熠亮，「對你沒必要，對我可是很重要！我就是要拿到這次的任務物品，有了闇之螢石，我才有辦法將那隻拋下職責、逾期未歸的十三號地獄犬逮回來！」

闇之螢石？地獄犬？這些字詞對於初來到西方的艾草相當陌生，但她沒有立即問出口，只是張著墨色無波的大眼睛，看向說到後來越漸氣憤的莉莉絲，再看看無動於衷、只慢條斯理吃冰淇淋的白蛇。

白髮紅眼的冷漠少年將湯匙上的殘漬舔乾淨，又舀了一口，血紅色的眼瞳瞥向艾草。

他說，「妳討厭蘋果口味嗎？」

艾草下意識地搖搖頭，接著她就看見那根盛著冰淇淋的銀湯匙遞了過來。

或許是平時將軍們也常用這種方式餵自己點心，艾草自然地張開嘴巴，蘋果口味的冰淇淋被送入她的嘴裡，酸甜冰涼的滋味瞬間化開。

「白蛇，你這是幹什麼？」莉莉絲警覺地問。她從沒見過對方做出如此反常的行爲，第一時間聯想到白蛇該不會給艾草吃了不該吃的東西，可轉念一想，又否決這個可能性。

白蛇也吃了，而且他絕對不會做出糟蹋冰淇淋的行爲。

無視莉莉絲，白蛇俯視著艾草，細狹的眼像蛇一般盯住那張潔白小臉，無生氣的嗓音從唇中吐出。

「從水裡撈妳出來的是我，撿妳回來的是我，雖然幫妳換衣服的不是我。但我救了妳的命，妳又吃了我的東西，所以聽好了，小不點，今晚妳要負責帶我們進螢火光原，沒有接受以外的第二選擇。」

「……哇啊，白蛇你根本是土匪吧？」饒是同一條陣線上的莉莉絲也不禁咂舌。

艾草望著兩人，半晌後安靜地點點頭，沒有說出內心想法。

——梁炫、長照，吾好像越來越不了解西方了。爲什麼大家會想找外地人當嚮導呢？還有，吾的發音其實很不清楚嗎？否則吾的名字明明是「艾草」，爲什麼別人唸出來就變「小米粒」或是「小不點」？另，吾認識了奇妙的人。再另，吾很想念你們。

五 夜間淒啼

螢火光原，是一片座落在賽米絲學園都市外西北方的無人草原。不但無人定居，平常也不會有人特意深入。從外觀看是大片青碧，但茂密的草叢間其實藏著多處水潭，一不留心可能會失足跌落。

這些水潭有深有淺，據聞底部一脈相通，就像是張複雜的網。水潭之中棲伏著名為「蛇瓦那」的妖獸。雖不吃血肉，然而一旦遭受冒犯，就會毫不留情地攻擊敵人。

除了蛇瓦那外，草原上還存在多種妖獸，大部分時間不怎麼露面，但不代表沒有危險性。這樣的地理環境加上妖獸威脅，怎麼看都不適合人居住。不過若沒有深入內部，螢火光原邊界還算是安全的，有時仍會有人前來，特別是進入黑夜後。

那是因為一旦入夜，白日看起來尋常的草葉便會亮起幽幽微光。數以萬計的草葉一齊發光，景象可謂壯觀。

這也是「螢火光原」之名的由來。

或許是認定艾草是從未離開出生之地的人形妖獸，外界對螢火光原的印象估計她應該一無所知，因此從旅館前往螢火光原的路上，莉莉絲便先將自己知道的一切告訴她。

艾草無比認真地聆聽，如果手邊有紙筆，她甚至想將莉莉絲說的全部抄下來。

在夜晚會發光的草原？這在東方從來不曾見過。雖然小臉看不出太多表情，可艾草的內心已湧起無限期待，她瞥著馬車外的昏黃天色，巴不得夜晚快些到來。

這輛車將會帶他們到螢火光原外，接下來的路程則靠他們自己行走。

馬車內部乾淨舒適，還鋪了柔軟的椅墊，減少行進中帶來的震動。獨自佔去半邊座位的白蛇直接進入夢鄉，彷彿這是一趟輕鬆的郊遊，而不是要深入危險程度不明的螢火光原中心並完成任務。

關於任務，莉莉絲倒是沒吐露太多，只說她和白蛇接下了賽米絲學園的一項任務，必須到螢火光原內找某件物品帶回才算完成。

大致介紹完螢火光原，莉莉絲就雙手環胸，繃著一張俏臉，不怎麼說話，連窗外景色也不願多看幾眼。

起初艾草想著自己不是妖獸或不了解螢火光原的事被莉莉絲發現了，她下意識坐得直挺，小手規規矩矩地置於膝上。

但本以爲睡著的白蛇忽然掀開一邊眼皮，露出血紅的眼睛。

「她討厭坐馬車，莉莉絲。」白蛇的聲音聽起來低啞、提不起勁，似乎下一秒又會再睡過去，「我則是討厭與她坐馬車。這次要不是有小不點妳在，她早就開始抱怨了。」

「抱怨？我那哪是抱怨？我那明明是合理地提出意見！」莉莉絲放下環胸的雙手，杏眸不悅地睜大，「我告訴你，白蛇，我才沒有討厭坐馬車，我討厭的是車廂、車廂！」

「莉莉絲，車廂有什麼不好嗎？吾覺得很舒適。」艾草虛心求教。

「小米粒，難道妳都不覺得奇怪嗎？」莉莉絲猛地轉過頭，鼻尖幾乎貼上艾草，碧綠的眸子裡滿是魄力，「哪有馬車是茄子造型的？不，全世界就我們學園都市是。學園長的興趣太奇怪了，不是茄子就是南瓜！」

「吾一開始選哈蜜瓜造型比較好嗎？」艾草懊悔地垂下眼，「對不起，莉莉絲，吾不知道妳不喜歡茄子。」

「我……啊啊，算了。」莉莉絲放棄糾正艾草重點錯誤，她交叉雙手，重重地靠回椅背。

她對於要搭乘這種充滿惡趣味的馬車向來帶有排斥心理，更何況她有翅膀，拍個幾下就能到目的地。

可是，就像白蛇所說，她選擇馬車都是爲了艾草。

「不，絕對不是什麼怕妳太累……我只是不想看妳邁著那兩條小短腿苦苦奔跑的模樣……」莉莉絲喃喃地說。

沒聽清楚的艾草困惑地望著她。

在莉莉絲偶爾冒出幾句抱怨的情況下，行駛飛快的馬車一段時間後終於停了下來。

「好了，小米粒，妳動作快點。」連多待一秒都不願意，莉莉絲立刻踢開車門，俐落地自茄子造型車廂跳下。

馬車有點高，艾草小心翼翼地爬了下來。待成功落地後，還忍不住用被長長袖子包裹住的小手拍拍胸口。

最後下車的人是白蛇，他紅眸半瞇，一副睡眠不足的模樣。

「各位先生、小姐，感謝你們這次的搭乘。」坐在車上一手還拉著韁繩的年輕車夫摘下帽子恭敬有禮地說，不過他的眼神卻忍不住往艾草瞥了好幾次。

已經換回原本衣物的艾草不管怎麼看，都相當引人注目。

因爲那身服飾實在太奇怪了，一點也不像島上的風格。紅黑兩色爲主，上頭布著神祕圖騰，兩隻袖子還長得曳地，腳下則踩著一雙小巧得不可思議的花朵鞋子。

「辛苦你了，這裡已經沒你的事，快點走吧。」莉莉絲上前一步，擋在艾草身前，碧眸不耐地睨向車夫，手還不客氣地揮了揮，「回程要搭的話，會再聯絡你或其他人。」

車夫看來年輕，但載過各種客人的他很懂察言觀色，連忙收回投往小女孩的好奇視線。

就算納悶個性迥異的三人怎會湊在一起，不過他聰明地不多嘴詢問。

「如果還有需效勞之處，請務必再聯絡我。」車夫戴回帽子，語氣依舊恭敬有禮，「這一、兩天就要月圓了，螢火光原正値不穩定期，入夜後會形成小迷宮，還請先生、小姐多加留心。」

將帽簷拉低，車夫一扯韁繩，原先溫馴站著的兩匹獨角翼馬登時嘶鳴一聲，再次邁開腿，眨眼間消失在艾草等人的視野內。

「小迷宮？」艾草仰起臉，不是很明白草不及人高的螢火光原怎樣才能形成迷宮。

「就是快月圓了，螢火光原會在晚間困住人，不讓人輕易出去。月圓當天則是會變成難度加倍的複雜迷宮……慢著。」莉莉絲忽地瞇細眼，眼神銳利，像是兩盞探照燈般盯住艾草，「小米粒，妳是螢火光原的妖獸，居然連這也不知道，會不會太誇張了？難不成……」

艾草繃住背脊，心裡一陣緊張。正當她想坦白自己是來自東方地府的交換學生，只是失誤才會跌至螢火光原時，莉莉絲突然伸手搭上她的肩。

「我不該嫌棄妳個子小小的，小米粒。」莉莉絲嚴肅地說，「原來妳才出生不到半個月，那麼短時間能有這種體型，很了不起了，我說眞的。」

「咦？」艾草呆愣地睜大眼，隨即反應過來莉莉絲竟是把她當成出生不到半個月的人形妖獸，才會認爲她對月圓會出現迷宮一事不清楚。

「不是的，莉莉絲，吾已經不小……吾眞的是……」眼見誤解越來越離譜，饒是艾草素來無表情的小臉也出現動搖。

「好好，乖，我知道妳很大了，小孩子總愛認爲自己很大嘛。」莉莉絲擺明沒將艾草的解釋聽進去，她敷衍地揮下手，轉身朝著前方像是無盡頭的青碧草原走去。

「莉莉絲，吾說眞的，吾……」見莉莉絲伸著懶腰往前走，艾草想追上，但一隻蒼白冰涼的手掌從後方覆上她的肩頭。

艾草一怔，反射性停住腳步。

「妳不是住在螢火光原的人形妖獸，妳想說的是這個嗎？」冷淡輕緩的嗓音落了下來，令人想到蛇吐信時的嘶嘶聲。

艾草慢慢地仰起臉，墨黑的眼眸裡映入一雙細長紅眼。

白蛇低溫的手指從艾草肩頭移上她的臉頰，冰冷的感覺令艾草忍不住瑟縮一下。

「我看出來了，不過這並不能改變我救了妳，妳吃了我東西的事實。小不點，沒報恩之前不准逃，至於怎樣算報恩，當然是由我說了算，懂嗎？」白蛇的輕喃既慵懶又柔軟，唇邊甚至還罕見地勾起些許弧度，露出像是微笑的表情，襯著他蒼白卻俊美的臉孔，讓人不由自主地忘了他的危險性。

但是，捂著臉頰的艾草只有一個想法。

……梁炫、長照，吾眞的好想念你們。

❀❀❀

進入傍晚的螢火光原乍看像是鍍上一層金芒，整片草原都變成了美麗的金色。半人高的草葉連綿延伸，不但遮掩大半地表，也藏住散落其中的大小水潭，讓人難以發現潛伏在暗處的危機。

猛然一陣水花濺起的聲響，粗長黑影迅雷不及掩耳地自草叢後竄出，竟是一顆肖似蛇類的偌大頭顱！

蛇瓦那的眼眸裡閃動凶狠的光芒，牠張開大嘴，露出尖利的白牙齒，絕不輕饒侵犯自己領域的人。

蛇瓦那沒有猶豫，藍眼一下便鎖定下方的三條身影，率先對走在最前端、個子也最嬌小的人展開攻擊。

在牠的認知中，對方看起來必定是最無害的類型。只要嚇一嚇，就能讓對方落荒而逃。

蛇瓦那雖然不食血肉，可領地意識極強，除了同類以外，任何踏入領地的生物都會被牠視作敵人。

發現那名小巧的獵物似乎被嚇呆了，沒有閃躲的意思，蛇瓦那大喜地發出咆哮，速度加快幾分。

「真是夠了，怎麼又來了啊？」一道不耐煩的悅耳女聲無預警自蛇瓦那頭頂上方響起。

蛇瓦那一察覺這道突然出現的聲音，內心大驚，同時錯愕地發現原本該是三人的隊伍竟在一瞬間只剩兩人。

不等蛇瓦那警覺地扭過脖子，一抹張開黑翼的纖細人影已快狠準地以側踢重重掃上牠的腦袋。

蛇瓦那的龐然身形應聲倒下，不偏不倚正好摔進一旁的水潭裡，暫時被剝奪行動力的情況下，只能動彈不得地往下急沉。

「受不了，就算只是區區的蛇瓦那，但一直來也煩死了。」輕鬆一擊就擊倒駭人妖獸的莉莉絲落了地，收攏起背上的黑羽翼，卻沒有將其消隱。

大力撩了下粉紅色長鬈髮，她踩著步子，走到每次都先被鎖定為攻擊目標的艾草身前，俯身直直盯著她，「小米粒，妳真的沒帶錯路嗎？妳挑的路根本就是蛇瓦那的巢穴了嘛，走沒多久就一隻，走沒多久就一隻，蛇瓦那大放送也不是這種送法吧？我都懶得算我們進來到現在遇上……」

莉莉絲倏然注意到，艾草表面認真聆聽，可一雙眼睛不自覺地瞄向她的羽翼。

這小米粒到底是多喜歡我的翅膀啊？莉莉絲啼笑皆非，但心裡不禁生起一絲自豪與得意。不過她很快回過神，順便屈指在艾草額前輕彈一記，讓對方也回神。

「小米粒。」莉莉絲雙手扠腰，加重語氣地說，「妳老實交代，妳該不會是路痴吧？是的話早說啊，我最多只會笑妳一下，不要不說，反倒像無頭蒼蠅般繞來繞去。」

「吾不是路痴，也不是小米粒，吾的個子明明比米粒大上許多。」艾草撫著微疼的前額，使勁挺起小胸膛，覺得自己定要再鄭重抗議一次，「莉莉絲，吾的名字是……」

「我知道妳叫什麼名字，不是路痴就好。哪，快帶路吧。」莉莉絲無視艾草的抗議，雙眼期待地看著她，像是巴不得她下一秒就能領著三人到達目的地。

被那樣的眼神一望，艾草張張嘴，剩餘的語句直接哽住。她確實不是路痴，可面對一無所知之處，她又該如何替人引路？

「加油，小不點，我也很期待妳的帶路。」白蛇掩嘴打了個呵欠，有氣無力的聲音怎麼聽都不像是眞心的。

「吾，明白了。」艾草最後愼重地點點頭。

她的將軍們曾教她一個尋找方向的方法，只有緊要關頭才適合使用。

「吾這就全心全意地尋找吾等要前往的路，但吾有一個要求，在吾說好之前，務必不能睜開眼睛。」

「啊？這什麼莫名其妙的要求？」莉莉絲眉頭一皺，正欲反駁，卻見艾草睜著烏黑眼睛眨巴眨巴地凝望她。即使那張小臉沒有特別的表情，可像小動物的眼睛輕易讓人軟了心腸。

「知道了，我知道了，不會隨便睜開眼睛的。不過妳這次可眞的要帶好路，小米粒，我們要去的是螢火光原的中央，唯一有開花的地方。」說完，莉莉絲相當乾脆地閉上眼睛。

她心想，也許艾草是要恢復妖獸原形以辨認方向。如果艾草不願意讓人窺見原形，那麼擅自睜眼就是一種無禮行爲了。

確定身旁的粉紅長髮美少女雙眼緊閉後，艾草深呼吸一口氣，接著——

她認眞地脫下一邊鞋子，再認眞地往上一拋。小巧的繡花鞋飛到一定高度後落下，最後鞋尖指向右前方。

艾草滿意地點點頭，單腳跳近自己的鞋子，再好好穿上。

等到她穿好鞋子，一抬頭卻猛然撞進一對紅色眸子裡。

白蛇根本沒閉上眼。

艾草瞠大黑眸，白皙的小臉刹那間湧上紅潮。

被、被看見了……吾的祕密方法被看見了！

白髮紅眼的蒼白少年先是一臉訝然，似乎沒想到艾草所謂的方法竟是扔鞋子指方向。緊接著他鬆動冷漠的臉部線條，最後再也忍不住般別開臉，肩膀抖動，「噗哧」地笑出聲來。

「什麼？這是白蛇的笑聲嗎？你這個冷血動物也會笑？等一下，你該不會沒閉眼吧？」驀然聯想到什麼，莉莉絲的語氣從驚奇轉爲惱怒，她反射性睜眼，望見的是蹲在地上掩面的艾草，以及捂著嘴、肩膀仍舊不住抖動的白蛇。

莉莉絲立刻對眼前畫面有了想像，頓時一怒，就連背後收攏起來的黑羽翼也蓬地張開。

「白蛇，你看見了對不對？你一定是看見小米粒的原形了！可惡，到底是太奇怪還是太可愛，居然能讓你這冷血的笑成這德性！」

「原形……噗！」回想起艾草一臉嚴肅的扔鞋模樣，白蛇又忍俊不住。

「混蛋，你這是在炫耀嗎？一定小小的很可愛，對吧？你不笑時很討厭，但笑了更令人討厭，眞想捏死你。」莉莉絲做出用力握拳的手勢，像是在想像捏死白蛇的畫面。

惡狠狠瞪了像某種開關被啓動般兀自笑個不停的白蛇一眼，莉莉絲乾脆將注意力放回艾草身上。

「小米粒，我們別理那個冷血的，他終於顏面神經失調了。妳找到方向了嗎？螢火光原的正中央要往哪邊走才對？」

一聽見莉莉絲的詢問，艾草趕緊拍拍臉站起來，小臉努力擺出最不苟言笑的表情。

「往那。」艾草指向右前方，黑眸凜凜，讓人想像不出她剛還垂頭喪氣地蹲在地上捂臉。

「眞的？很好，那我們就往那走吧。」莉莉絲不疑有他，嬌艷的面孔綻放好勝的笑容。

在艾草準備邁步跟上之際，白蛇伸手攔住了她。

「小不點。」他的嗓音因剛才忍笑而變得更爲低啞，聽起來眞的就像蛇吐信的聲音，「我們來打個賭吧。妳方才那方式要是找得到，我讓妳提出一個要求。」

白蛇不知道自己爲什麼會這麼說，或許他眞的覺得太無聊了，或許面前的小不點是難得能讓他生起「有趣」之意的人，也或許，他只是想找件事打發時間。

見到小女孩嚴肅地點下頭，並說出「可，但吾要先說，吾從未賭輸」的時候，白蛇忍不住又牽動僵硬的唇角笑了。

只不過當天色暗下，螢火光原漸漸亮起微光，在微光簇擁下，一小片白花盛開在他們眼前時，白蛇就再也笑不出來了。

白髮紅眼的冷漠少年生平第一次體會到，何謂啞口無言。

黑夜完全降臨，偌大的螢火光原片刻間已亮起光芒。淺金色的微光從草葉末端透出，逐漸蔓延大半面積。

相較於遠方燈火通明的學園都市，螢火光原一點也不遜色，在夜色環繞下，彷彿自成一個小小的光之國度。

晚風吹起，柔軟的草葉陣陣起伏，整片光原就像一片金色海洋，波光粼粼，幾乎要眩花人的眼。

初次見到此幅光景的艾草目瞪口呆，她呆然地望著包圍自己的發光草葉，一時間無法回神，心中唯一所想的是被傳送到西方那時怎麼偏偏沒帶手機，否則就能拍下眼前美景，再與她的將軍們一同分享。

艾草看得出神，早已不是第一次見到夜間螢火光原的莉莉絲和白蛇，則把注意力放在微光簇擁下，顯得格外不起眼的樸素白花。

白花極爲小巧，綻放在草叢間，乍看下差點令人以爲是沾上了雪花。

說也奇怪，佔地如此之廣的螢火光原，卻只有這塊約十幾公尺見方的區域有花朵，其餘只見草葉。

「就是這個……就是這個，是『凄啼』！」莉莉絲眉眼閃過巨大欣喜，笑容在她嬌艷的臉蛋上盛綻開來，她馬上轉身用力握住艾草的手，「太厲害了，小米粒，不愧是住在螢火光原的住民，這麼輕易就帶我們找到了！」

「吾就說了，吾不是此地的……」艾草困擾地蹙起眉，只不過她的話又被莉莉絲忽略。

莉莉絲抓著艾草的手，熱切地搖了搖，接著瞥見白蛇的俊顏繃得比平常還要緊，紅眸緊盯名爲「凄啼」的白花不放。

「冷血的，你是在看什麼？」莉莉絲詫異地揚高眉毛。她的這位同伴應該是不會在意花多久時間找到花，或是有沒有找到花，至今為止都一副對任何事物提不起勁的模樣，今天怎麼好像有些反常？「喂，白蛇？」

「……無事。」白蛇收回視線，冷冷地說了一句，臉上看不出絲毫異樣。

「啊？搞什麼？怪裡怪氣的。」莉莉絲彈下舌頭，卻也不以為意。比起關心白蛇的情緒，她更在意眼前這片白花，「小米粒，妳就乖乖站在白蛇那，別亂跑也別去碰這裡的花，一朵都不行，聽見了沒有？」

雖然不解緣由，但莉莉絲是比自己還要了解螢火光原的人，因此艾草靜靜地點下頭，退到白蛇身側。

「沒想到妳那種方式，居然能找到這。」白蛇沒有看向艾草，他只是望著前方，從唇中吐出的嗓音冷漠中帶有一絲複雜。

「吾事前確實說過。」艾草歪下頭，認眞回話，「吾從未賭輸過，但你仍要跟吾賭。」

「不管是誰，都不會將妳的話當眞吧？」白蛇輕語，紅眸終於低垂，對上艾草的雙眼。

那雙血紅色的眼眸像深不見底的赤紅漩渦，要將人拉進去。

「我會實現我的承諾。小不點，妳可以向我提出一個要求。」白蛇的嗓音越發低柔惑人，「什麼都行。妳想要權勢、名利，獲得喜歡的人，除去憎恨的人……這些，我全都做得到。」

艾草凝望著白蛇的眼，然後搖了搖頭，「吾不需要你幫吾實現這些。吾不需權勢、名利，也不覺得喜歡的人一定要獲得，憎恨的人一定要除去。」

那是張稚氣的小臉，然而雙眸內的凜凜神采卻如此成熟。

「然，吾的確有一個願望，希望你答應吾。」

白蛇的眼神在聽見此言後，又暗暗變得森冷。

不管是誰，話說得再好聽，果然都有一份欲望。

似乎沒發覺白蛇眼神的變化，艾草拉了下他，踮起腳尖，以只有兩人聽得見的音量說了——

白蛇紅眸瞬睜，藏在眸底的森冷被錯愕取代，「妳……」

「喂，白蛇，任務單是放你那嗎？」莉莉絲踩著大步回來，碧眼染上不滿，「沒找到闇之螢石的蹤影，氣死了，是我漏了什麼沒注意到嗎？」

「完全沒找到？」白蛇迅速斂起錯愕，望向莉莉絲的眼眸恢復一片寂冷，不見波瀾。

「沒找到、沒找到，任務單拿出來。」莉莉絲沒好氣地撇下唇，對著白蛇直接伸出手，另一手則隨意揉了揉艾草的金髮，「金色還是有點刺目，不過看久也勉強習慣了。」

「莉莉絲，別把吾當孩童，吾不小了。」艾草嚴正抗議。

莉莉絲根本沒將艾草的抗議聽進去，在她看來，小個子、小胳膊、小短腿的艾草，怎麼看都是需要人照顧的小孩子。

「任務單快拿出來。」莉莉絲催促道。

白蛇沒有多言，他張開蒼白的掌心，掌心中平空出現一顆小巧圓球，表面光滑剔透，裡中似乎有什麼在翻騰湧動。

艾草張大眼，努力踮起腳尖想看清楚。

下一秒，一縷縷銀影從圓球內鑽了出來。它們像是小蛇在空中靈活扭動，眨眼間竟排出一行一行的銀色文字。

艾草是頭一次瞧見這種文字，但不知爲何卻能看懂意思。

「噗，因爲巴別塔的運作啦，小米粒。」莉莉絲一眼看穿艾草的疑惑，她從白蛇手裡接過圓球，碧眸漾起不帶惡意的取笑，「不只是語言，就連文字在這也會變成通用型，讓各族都看得懂……『闇之螢石，唯有在淒啼盛開之處才會生成，每三年產出結晶』……沒錯啊，時間符合，地點也符合了，可是石頭呢？」

想起自己沿著白花繞過一遍，卻沒見到闇之螢石的蹤跡，莉莉絲姣好的眉毛不禁越蹙越緊。她支著下巴，碧眸繼續快速掃過銀色文字。

「『由於闇之螢石內含濃烈的黑暗元素，請盡量避免使之破損』……這種事我也知道，而且破了也沒差，黑暗元素對我可是……等等。」

莉莉絲驀然睜大眼，目光定在最末端的幾行小字上。

注意，這是唯有到達正確地點才會出現的提示。

一、闇之螢石會在月圓前後出現，但時間不定，遇見與否端看幸與不幸。

二、闇之螢石現蹤，將會召引附近妖獸。

「召引附近妖獸……」一身華麗衣著的長髮少女喃喃唸完小字，白皙嬌艷的臉蛋越來越扭曲，最末她憤怒地打散空中銀字，「見鬼了，這是什麼爛提示？居然還要到正確地點才會出現？這種討厭的惡趣味一定是學園長，絕對只有學園長才做得出來！我詛咒他的頭髮掉得一根也不剩！」

吐出一串咒罵後，莉莉絲仍不解氣，她重重踩了地面好幾下，臉上餘怒未消。

「所以，現在？」白蛇依然一副無所謂的模樣，彷彿一切與他毫無關係。

「當然是等看看再說。」莉莉絲捏緊拳頭，說得咬牙切齒。她甚至覺得那些銀色小字不是提示，而是赤裸裸的嘲笑。

什麼叫出現時間不定，遇見與否端看幸與不幸？

可惡的學園長，詛咒你不但頭髮掉光光，還永遠長不出來！莉莉絲在腦海中想像了畫面，這才稍微平復心情。

「小米粒，妳是妖獸，視力一定還可以吧？」莉莉絲搭上艾草的肩，目光灼灼，「幫我一起注意淒啼生長的地方有沒有突然冒出一顆黑得發光的石頭，找到的話再送妳一根羽毛，或者我去拔我老爸的送妳。」

「請，絕對要讓吾幫忙。」艾草挺起胸，小臉凜然，眼中更是散發出熠亮的光采，「爲了莉莉絲跟莉莉絲爹親的羽毛，吾一定會全力以赴的。」

「很好，小米粒妳也是幹勁十足呢。」莉莉絲高興地咧出笑。

冷眼看著莫名熱血沸騰的一大一小，白蛇完全沒有出手幫忙的意思。

感到無聊似地掩口打了個呵欠，白蛇雙手環胸站著，任憑思緒遊走。

他想起艾草成熟睿智地說出的那番話，想起艾草要自己幫她實現的願望。想著想著，他的思緒越飄越遠，一雙紅眸在不知不覺中閉了起來。

「莉莉絲，他站著睡著了？」碰巧望見這幕的艾草有絲驚奇地問。

「他在哪都有辦法睡，大概是蛇的關係吧？常常會看到那傢伙忽然睡著，習慣就好。」莉莉絲回頭瞄了一眼，又見怪不怪地轉回，「別管那個冷血的，現在重要的可是闇之螢石。糟糕透了，我總覺得我們等老半天都等不到。」

莉莉絲還真的一語成讖。

隨著時間在寂靜中一分一秒流逝，開綻白花的草叢裡卻始終沒有出現任何異變。

莉莉絲盯得眼睛都有些發痠了，忍不住打了個呵欠。她轉頭看向身旁的艾草，對艾草依然精神奕奕感到吃驚。

奇怪，小米粒是小孩子，這種時間不是該想睡覺了嗎？怎麼精神看起來比自己還好？

不知莉莉絲心中所想，艾草只是聚精會神地注視前方，以免遺漏絲毫動靜。

她是東方地府城隍，專在深夜緝拿亡魂，眼下的時間點對她來說一點影響也沒有。

「喂，小米粒。」莉莉絲忽然喊了一聲。

「嗯？」艾草反射性回應，緊接著才驚覺要是自己再不反抗，名字真的要變成小米粒了。

但莉莉絲已自顧自地說下去，「妳知道凄啼爲什麼會叫『凄啼』嗎？」

凄啼？艾草一愣，隨後反應過來對方指的是開在前方的那片白花，她老實地搖搖頭。

「妳不知道？太好了，妳果然不知道。」莉莉絲喜不自勝地說，「我就想妳出生沒多久，鐵定連『凄啼』這名字怎麼來的也不清楚。沒辦法，我好心告訴妳好了，這絕對不是因爲我閒得沒事幹。」

「吾明白，莉莉絲是閒得想要找事做。」艾草慎重點頭。

「喂！」莉莉絲嘴上惱怒地這麼喊，但顯然並不影響她的心情。她興致勃勃地將手伸向白花，在艾草的目光中揚起高深莫測的笑容，「耳朵摀好啦，小米粒。」

語畢，莉莉絲動作俐落地扯下整朵花。

「嗚啊——」

剎那間，凄厲如啼哭的聲音從白花中爆發出來。

即使艾草事先摀住耳朵了，仍是被嚇得瞪大眼，震驚萬分地看著哭聲越漸微弱的花朵。

艾草瞠得圓圓的黑眼睛讓莉莉絲成就感十足。

可就在下一瞬，她的笑容猛地凍住，嬌艷的面孔覆上凌厲。

白花的哭聲已經停止，而螢火光原上還迴盪著另一聲更清晰、更低沉的危險咆哮。

嗷吼！嗷——吼——

白蛇驟然張開了血紅的眼睛。

六 地獄三頭犬

嗷——吼——嗷——吼——

夜間的螢火光原一時充斥著這陣令人感到不安的低沉咆哮，像是狗吠又像是狼嚎，一聲接連一聲，震得人耳朵發疼。

「什麼？這個聲音是……」莉莉絲一把拉起艾草，警覺地東張西望。但是充斥著微光的偌大草原上竟遍尋不著任何可疑身影。

「慢著，這個聲音……我知道這個聲音！」巨大獸類的咆哮觸動某段記憶，莉莉絲瞬間變了臉色，然而還沒等她喊出下一句，四周草叢竟傳來沙沙聲響。

此起彼落的沙沙聲疊在一起，如同大浪拍擊湧來。下一刹那，無數黑影竄出，淺金色的光芒映亮那一顆又一顆似蛇頭顱，以及像鋸子般的尖利牙齒。

「是蛇瓦那！」莉莉絲驚愕，「爲什麼牠們……這裡分明不是牠們的領地啊！」

「還有一個可能會讓牠們過來。」白蛇淡然地望著把他們圍在中央的醜惡妖獸，他抬起蒼白的手，手背底下冒出數條繃帶，潔白的繃帶脫離皮膚，圍著他的手飛舞，「莉莉絲，妳今天的運氣似乎不錯。」

「我的運氣不錯？這是哪門子的……！」莉莉絲倒抽一口氣，頓時想通白蛇的話中之意。

「闇之螢石現蹤，將會召引附近妖獸。」

莉莉絲唇角驀地綻出獰笑，「太幸運了，居然還真的讓我碰上了嗎？小米粒，妳去找闇之螢石，這些傢伙就由我和白蛇對付！」

「眞的是……麻煩死了。」白蛇喃喃地說。

就在同一瞬間，離他最近的蛇瓦那已昂起粗長脖子，迅速地朝他兜頭咬下。

白蛇連眉毛也沒動一下，他看也不看，蒼白手指一動，原先環著手臂的綳帶即刻如箭矢射出，靈活地繞過蛇瓦那的攻擊範圍，一下子狠狠纏勒住牠的脖子。

相較於白蛇並不激烈的動作，莉莉絲則是標準的行動派。她張開背後黑翼，騰空飛起，套著黑靴的雙腳毫不留情地展現踢技。

趁著數十隻蛇瓦那被莉莉絲與白蛇引去注意力，艾草不敢遲疑地鑽進生長白花的草叢中，尋找闇之螢石。

淒啼生長範圍不大，最多十幾公尺。在小小面積裡尋找一塊黑得發亮的石頭絕非難事，尤其艾草的雙眼在黑暗中也能輕易視物。

花不了多久時間，艾草就發現目標。

那是一顆約莫成人兩個手掌大的漆黑石頭，表面嶙峋，形狀怪異，但中心的確閃著光。

是莉莉絲說的闇之螢石！

艾草毫不猶豫揮動長袖，寬長的袖子飛快一捲，成功帶回那塊漆黑石頭。

懷抱著闇之螢石，艾草正準備通知莉莉絲他們，不料附近草叢又傳來沙沙聲，旋即竄出一頭體型嬌小的黑色幼犬。

艾草一愣。

擁有一雙燦金眼瞳的黑犬對她「汪」了一聲，竟無預警地朝她撲去。愣住的艾草沒想到要對一隻小巧幼犬生出提防，就這樣被撲撞在地。

然而就在下一剎那，那小小的黑爪子急速變大再變大，身軀也像是充了氣般猛然膨脹。

「把螢石給我……把螢石給我！」將艾草踩在腳掌下的巨大黑犬咆哮，聲音如驚雷砸在螢火光原上。

乍聞這陣像是狗吠又像狼嚎的吼叫，莉莉絲和白蛇皆是一驚。

一腳重重踹開蛇瓦那，莉莉絲猛地回頭，撞入眼中的景象讓她雙眼淬上最猛烈的怒火。

「誰准你踩住小米粒不放的……還不給我移開你的臭爪子，地獄三頭犬！」勃然大怒的莉莉絲張手燃出幽黑火焰，火焰眨眼間分裂無數，一下子就環繞周遭，「給本小姐乖乖地滾回地獄裡去！」

彷彿感受到操縱者勃發的怒氣，黑焰一口氣壯大，凶猛的火勢讓殘存的蛇瓦那也不敢靠近，紛紛退走。

可面對如此驚人的火焰，長有三顆頭顱的恐怖巨犬卻不見退怯之意。六雙金瞳凶戾地盯著空中的莉莉絲，三顆頭顱全露出森白利齒，威嚇的嘯聲自喉內湧出，滾滾如雷。

「都不肯嗎？那就別怪我手段粗暴了。」莉莉絲怒極反笑，碧眸熾亮，她羽翼一振，所有黑焰鎖定三頭犬而去，宛如一顆顆流星急墜而下。

與此同時，三頭犬也有了動作，卻不是反擊，牠前爪一挑轉，瞬間將掌下的嬌小身軀高高抛起，旋即右側的頭顱就要張嘴叼咬住，擺明就是要拿人爲人質。

「只不過是一條狗，目中無人也要有個限度。」那是一道漠然、無生氣的少年嗓音。

不待黑焰擊墜，不待三頭犬抽身奔離，數抹白影已迅雷不及掩耳地自四方襲來。

白綳帶化作駭人大蛇，張牙舞爪地向三頭犬咬去，森白獠牙刹那間咬上那具龐大如山的身軀。

然而下一秒，居然咬了一個空。

漆黑的身影像煙霧般變得透明，接著在莉莉絲和白蛇眼前煙消霧散，彷佛一場幻覺。

艾草從高空迅速墜下。

「小米粒！」莉莉絲連忙揮手制止黑焰的攻勢，但要拍著翅膀衝上已是不及。

艾草卻毫無驚懼，她正想揮動長袖一扭身體以改變下墜姿勢，卻沒料到有一抹灰白影子飛速掠至她的下方。

「……哎？」突然消失的懸空感讓艾草不禁睜圓眼睛，她感覺到有什麼接住了自己。

「所以說，果然是麻煩死了。」白蛇寂冷的聲音響起。

艾草的黑眼睛睜得更大，等到她意識到自己是被人橫抱著時，白髮少年已悄若無聲地落了地。

彷彿連多抱一秒都嫌棄，足尖一踩地，白蛇立刻鬆了手。

毫無防備的艾草這次結結實實地跌坐在地。

「好痛……不，好像也不是很痛？」艾草鬆開一隻抱著闇之螢石的手，摸摸底下柔軟的草地。她很快又站了起來，認真無比地低頭向白蛇致謝，「非常感謝你的搭救，吾在此向你道謝。」

白蛇淡淡瞥了艾草一眼。雖說和艾草一樣缺乏表情，可他連眼底也是一片冷漠，難以看出究竟在想些什麼。

「小米粒！小米粒！」莉莉絲飛快落了地，收攏漆黑羽翼，快步奔向艾草，「那隻蠢狗有把妳踩扁嗎？有沒有什麼地方凹下去之類的？」

「吾……」艾草依言低頭檢視一番，秀氣的眉宇微微蹙起，「吾好像原本就扁扁的，要自己說出這話，吾覺得有些難過。」

「總之就是沒事對吧？那隻該死的十三號地獄犬……」莉莉絲眼中怒焰生起，惡狠狠地做了個掐捏的手勢，「膽敢怠職藏到這裡來，還妄想和我搶奪闇之螢石？很好，等我用這玩意逮到牠，絕對要牠在地獄裡後悔，順便替小米粒報一踩之仇！」

「不，莉莉絲，其實吾覺得……」艾草不確定是不是錯覺，但被三頭犬踩在腳掌下的時候，她完全沒有感受到任何想傷害自己的敵意，就連落在身上的力道也輕得不可思議，簡直怕真的傷到她。

可是艾草還來不及說出想法，就見莉莉絲和白蛇雙雙眼神一變。

剎那間，早已不見蛇瓦那的螢火光原上竟異變再生！

一紅一黑的兩道身影快若疾電地自草叢內竄出，目標赫然是三人中的艾草！

不對，不是艾草，紅黑兩道身影探出手臂，鎖定的是艾草懷中的闇之螢石！

「王八蛋，暗中埋伏想撿便宜嗎？」莉莉絲嬌顏一沉，反手抓出一簇幽黑火焰，洩憤般地朝紅影狠狠甩去。

紅影大驚，反射性伸手捂住臉。

見同伴遇危，黑影瞬間轉了身勢，一個箭步擋在同伴身前，手中抓握平空生成的木頭法杖。

「炎之欄！」

隨著木杖猛一擊地，幽黑火焰頓時撞上了攔阻在它前方的火焰柵欄。

不在意自己的黑焰遭人化解，莉莉絲訝然一挑眉，覺得自己似乎在哪聽過這道男聲。

「白蛇，回去我請你吃冰，幫我逮住這兩隻鼠輩！」莉莉絲果斷喊道。

「必須是『華雅其麗婭』的冰才行。」白蛇看似隨意地一抬手，又是兩截白繃帶自手背下鑽出，瞬間像是飛箭般疾射而去。

「也許妳的同伴們應該要在意的是妳才對呢，冒犯了，小小姐。」那是一道誰也沒預料到的陌生嗓音。

披覆斗篷的紅影和黑影露出了得意的笑。

「什⋯⋯！」莉莉絲驚異，她猛地旋過身，竟見到第三抹身影輕巧地站在艾草身後。

怎麼可能？他們察覺到的明明只有兩道氣息！

「我不想傷妳，請將螢石交我，抑或由我親手拿取。」修長人影的嗓音溫柔含笑，卻帶著不容反對的強硬。

艾草卻僅是平靜開口，「吾友之物，膽敢搶奪者──驅！」

音落身動，紅黑長袖的速度快得任何人都抓不住。不過眨眼間，就已向著人影揮甩出去，捲起的風壓挾帶悍然勁道，飛也似地衝撞上人影。

沒想到看似無害的小女孩竟有意想不到的反擊能力，紅影和黑影得意的笑容凍住。

疏於防備的修長人影更是被逼得連退數尺。

「連小孩子都能出手，沒品到要令人笑掉大牙了！」莉莉絲沒有錯過這個絕佳空隙，她屈起五指，指間倏然冒出四根細長黑羽，隨即驟射出去。

四根黑羽就像四把鋒利的小刀，分為兩個方向，兩把瞄準紅影、黑影，兩把瞄準另一側的修長人影。

紅影閃得慢，頓聞一聲痛呼響起。

「可惡，我們走！」黑影趕忙拉住手臂負傷的同伴，法杖擊地，一陣白煙從地面冒出，吞去他們的身影。

「抱歉，今夜冒犯小小姐了。不過握在手中的，並不代表已經得到。」見兩名同伴離去，修長人影站在散發微光的草叢中微微一笑，隨後身影轉淡，轉眼間就融入黑夜，僅留下謎般的一句話。

「神經病，握在手中的不就代表已經是我的了嗎？」莉莉絲對無人的方向輕蔑地勾起一抹笑，她撩動長髮，目光轉向艾草，「小米粒，沒想到妳個子小小，趕人的架勢卻是威嚴得……小米粒，螢石！闇之螢石！」

也不知道是瞧見什麼，莉莉絲遽然變了臉色。

艾草困惑地低下頭，這一看，她忍不住也吃驚地瞪大眼睛。

不知因何緣故，在她懷中的闇之螢石逐漸變得朦朧模糊。

「等等！」莉莉絲一個箭步衝上去，試圖抓住那顆漆黑奇石，但她的手指卻穿了過去，只抓到一把空氣。

在三雙眼睛的注視下，闇之螢石就這樣消失無蹤了。

「不……不見了？」艾草看著自己空蕩蕩的雙手，愣愣地說。

莉莉絲張口結舌，一時仍反應不過來。

白蛇的反應最冷靜，或者說最冷淡也不為過。

「白費工夫了，顯然。」他打了個呵欠，紅眸睏倦地瞇起。

「怎麼……可能……」莉莉絲不敢置信地看著艾草空無一物的臂彎。

「怎麼可能？怎麼可能！」莉莉絲氣急敗壞地拔高了聲音。好不容易得到的東西突然間在自己面前消失，這教她如何接受？

憤怒和震驚在莉莉絲心頭交織，她張手又召出了外表如同圓球的任務單，銀字優雅地自球內竄出，但她完全無心欣賞，碧眸快速掃過一行又一行。

當看到內容最後部分，莉莉絲嬌豔的面孔僵住，她瞪大眼。

「又是提示，這項提示唯有在碰觸到闇之螢石時才會觸發出現。如果發現闇之螢石，請在月光消失前將它存放於密閉容器，否則會消失不見，必須再重新尋找。」白蛇瞥了眼空中銀字，用興致缺缺的平淡嗓音說，「這些其實都是書裡會提到的相關知識，要是事先做足功課，也就毋須提示了……確實是白費工夫了，莉莉絲。」

莉莉絲沒有對此做出回應，她肩膀顫抖，雙手攢握得死緊。

「那個該死的、該死的……」下一剎那，怨怒至極的喊叫劃破深夜，也劃破了螢火光原的寂靜，「混蛋禿頭學園長——」

最後，莉莉絲等人在螢火光原折騰一整夜，直到天都出現魚肚白了，卻再也不見闇之螢石的蹤影，這才終於放棄，返回旅館。

事實上，說是折騰一夜，主要在勞動的是莉莉絲和艾草。白蛇尋了一、兩個小時後就直接找個地方睡了，拒絕再多出體力。

早摸透同伴性子的莉莉絲沒說什麼，只在心裡暗暗決定，華雅其麗婭的冰只請白蛇吃最小碗的，大碗的當然是由她和艾草品嚐。

說起艾草，莉莉絲仍覺得不可思議。明明都是整夜沒睡，為什麼她精神還是好得出奇？像是現在，他們都回到旅館大廳了，白蛇已經倒在沙發上，她則是靠著意志力想撐回房間，然而艾草還在好奇地東看看、西看看，想要來番探險的模樣。

旅館外觀雖說是童話鄉村風，但內部是艾草在東方也見過的現代化。

「小米粒，妳的體力到底是有多好啊？」莉莉絲掩嘴打了個呵欠，感到睡意湧上，「妳不累嗎？」

「吾？」從櫃台阿姨那獲得糖果的艾草回過頭，輕歪了下脖子，黑眸認真望回去，「吾覺得吾體力普通，不過吾很習慣晚上不睡覺，吾可以好幾天不睡。」

「哇啊……真該叫那個冷血的跟妳學一學。」莉莉絲瞄了眼沙發上的削瘦人影，完全沒有想要攙扶他回房的意思，「但不管妳累不累，還是乖乖跟我回房間，不准亂跑。我可不想四處找一顆失蹤的小米粒，之後我們可還得再去一趟。」

「吾明白了，還有吾真的非是小米粒。」艾草極力挺直身子，重申自己的個子一點也不迷你。

然而莉莉絲慣例繼續忽略，她抓著艾草，自顧自往樓梯方向走，腦海中只剩「床鋪」一詞。

但正要走上樓，樓上忽然也下來了一批人。

不喜歡與人有肢體接觸的莉莉絲乾脆退到一邊，打算等對方全員通過，睡意和疲倦讓她連多看對方一眼的心思也沒有。

相反地，艾草是仰著潔白小臉，烏黑的大眼睛直直望著正走下樓的三人。

走在最前頭的是個高塔般的大漢，黝黑的面孔散發出壓迫感；跟在他身後的是相當瘦小的年輕男子，臉龐看起來格外蒼白、沒精神，簡直像生了一場大病或受到什麼傷。

艾草的眸子沒有眨動，她瞬也不瞬地凝視瘦小男子的臂膀——那裡，正綁著繃帶。

大漢和瘦小男子也注意到艾草的目光，雖然覺得自己就像是被一尊瓷人偶凝望，但他們也不以爲忤，畢竟對方只是個年齡稚幼的小女孩。他們很快就忽略艾草的注視，注意力被她身旁的莉莉絲拉去。

就算因爲疲累而板著一張臉，也絲毫不能減損莉莉絲驚人的美貌。

瘦小男子的目光布滿驚艷，大漢卻是表情古怪，甚至忙不迭地挪開目光。

「給。」忽地，有道男聲從艾草的頭頂上落下，優雅而悅耳。

艾草抬高臉，瞧見一名個子修長的黑髮男人在自己身前彎下腰，金瞳飽含親切笑意，伸出的掌心內放著幾顆糖果。

見艾草伸手接下了，男人直起身，唇角也微勾起來。可即使他的態度親切溫柔，也難以掩飾他與生俱來的優雅貴氣。

艾草沒有立刻收起糖果，她將之握在掌心，然後眨也不眨地瞅著黑髮男人，她說，「吾在螢火光原聽過你的聲音。」

這一瞬間，莉莉絲猛然抬起頭，沙發上的白蛇也掀開一隻眼皮。

樓梯上的大漢和瘦小男子則變了臉色，唯有黑髮男人的神情未見絲毫變動，依然維持著優雅笑意。

「小米粒，到我身後來！」莉莉絲立即將艾草扯往自己後方，在看清大漢的臉和瘦小男子臂膀上的繃帶後，她眼神倏然轉為凌厲，接著嘴角更是勾出傲慢的冷笑。

「喂喂喂，這是想要笑死誰嗎？怪不得我昨天覺得使出那兩光魔法的聲音很熟悉。」莉莉絲雙手抱胸，冷嘲熱諷，「原來又是你啊，大叔。」

「混蛋！什麼兩光魔法？那可是火系中段……！」總算想起自己這話無異是承認身分，托爾泰趕緊閉上嘴，但為時已晚。

「怎麼不繼續說下去？算了，不用說我也知道，想跟我們搶闇之螢石的，就是你們三個吧？」莉莉絲一撩長髮，眼神越發咄咄逼人，「不過這個蠢大叔和那隻瘦皮猴也就算了，我沒想到像你這樣的人，居然會和他們為伍，貝洛切爾學長。」

「沒想到像我這種無名小輩，也會被人記下名字。」黑髮男人微訝地笑開了。

面對對方無可挑剔的有禮應對，莉莉絲挑高眉毛，冷笑更甚，「無名之輩？學長，你這樣說，豈不是要讓我們這些學弟妹無地自容了？誰不知道成進組的貝洛切爾學長，是菁英中的菁英，從三個月前進入學園就展現驚人的魔法天分，成進組中根本無人可與你匹敵。」

「不，是傳言太過誇大了，我只是普通的成進組學生。」貝洛切爾有些困擾地搖搖頭，「相較之下，應該是你們兩位才廣爲學園眾人所知。」

貝洛切爾頓了下，金眸中滑過一絲奇異的笑意。

「地獄君主之女的莉莉絲，以及伊甸之蛇後裔的白蛇，希望我沒有說錯才好。對了，昨夜你們獲得的東西有好好地保存下來嗎？」

王八蛋，這傢伙一定是知道才故意說的！莉莉絲眼中竄現惱怒，巴不得手上有東西能扔向那張俊美華貴卻讓她越看越火大的臉。

「不勞學長你擔心。」莉莉絲擠出冰冷的聲音，「反倒是學長你那位瘦皮猴同伴，手臂不要有什麼大礙才好哪，我的羽毛一不小心就割太深了。」

「妳！」瘦小男子忍不住心頭火起，一個箭步想衝上去，但貝洛切爾伸手攔住了他。

「我相信不會有什麼大礙的。」悅耳的嗓音自貝洛切爾唇中吐出，「不過，我想還是要向你們介紹。這位是托爾泰，另一位是他弟弟，克魯魯，他們兩位也是成進組的。這位金頭髮小小姐是你們同學嗎？但，好似太過年幼？」

「小米粒是我們的誰與你何干？」莉莉絲不悅地擋在艾草正前方，阻隔貝洛切爾犀利的視線，「就算你們是成進組的，也別想我客氣，闇之螢石我絕不會拱手讓人！」

「那眞是不湊巧，我也非常想要完成帶回闇之螢石的任務。」貝洛切爾似乎不在意莉莉絲的敵意，他語氣溫和地說，「或者，我們可以交換一下條件？莉莉絲、白蛇，螢石的任務讓我，我願意用我手上三項已完成但尚未登記的任務作爲交換。」

莉莉絲的回答是對著貝洛切爾等人比出了一個粗魯的辱罵手勢。

❀❀❀

「可惡！那個看起來做作得不得了的男人，氣死我了！」

一回到旅館房間，莉莉絲就用力甩上門，雙手抱胸，重重地坐在床鋪上，原先的睡意早就被怒氣一口氣吹跑了。

「做作？」一塊回到房間的艾草不是很明白地問。對於貝洛切爾，她只覺對方的言行稱得上相當客氣。

「對，做作得要死！」莉莉絲斬釘截鐵地說，毫不隱藏厭惡之情，「表面有禮，說起話來卻是夾槍帶棍的，那男人骨子裡根本傲慢得不得了。小米粒，難道妳完全不覺得嗎？」

「吾不覺得。」艾草誠實地搖搖頭，「吾認爲這樣的程度，離夾槍帶棍還有一段距離，和吾曾聽過的差上許多。」

艾草想起自己的將軍，她曾見過謝必安溫柔似水地吐出辛辣刻薄的字句，將她手下犯錯的兵將刺得體無完膚，巴不得一頭撞死以示謝罪。

「和妳曾聽過的……」莉莉絲忍不住張大眼，「小米粒，你們人形妖獸之間的交流是有多驚人啊？要是有機會，我還眞想見識見識。」

「莉莉絲，吾其實非是……」艾草想趁機解釋自己的身分，但莉莉絲已經轉移注意力。

粉紅長髮少女咕噥地抱怨了貝洛切爾幾句，隨後俐落地一彈手指。當清脆的聲音在房內響起時，原先空無一物的床前竟平空冒出小圓桌，上頭擺著一大壺猶冒熱氣的茶，以及許多造型精巧可愛的點心。

艾草吃驚地看著眼前圓桌，再望向一旁。她不確定是不是自己的錯覺，在莉莉絲彈指的瞬間，她好像看見有黑影閃現。

注意到艾草注視的方向，莉莉絲挑下眉，內心一訝，「小米粒，妳在看什麼？我住的房間可絕對不會有蟑螂、老鼠的。」

「吾也未看見蟑螂、老鼠，吾好似看見黑色的影子了。」艾草說。

這下子，莉莉絲的驚訝確實地表現在臉上了，「妳看見？妳看得見我的影侍？」

「影侍？」陌生的名詞讓艾草困惑地轉過頭。

「就是……算了算了，沒辦法，今天就當我好心難得大拍賣吧。」莉莉絲嘴角一挑，她拍拍身旁的空位，「過來，小米粒，有什麼問題就抓準這時候盡量問我吧，親切的我會親切地回答妳的。」

這麼說的莉莉絲露出了自信十足的笑容，食指同時還彈了下艾草額頭。

艾草捂著微疼的前額，烏黑的眸子綻放出光采。

莉莉絲只覺艾草看起來真像小動物，她心情大好地替自己倒了杯香氣四溢的熱紅茶，等待艾草提出問題。

「莉莉絲，吾真的可以問嗎？」艾草求證似地瞅著。

「隨便妳要問什麼都行，我莉莉絲言出必行。」莉莉絲端起茶杯，唇畔優雅靠近杯緣。

艾草這次連小臉都放光了，下一秒——

「影侍是什麼？地獄君主是什麼？伊甸之蛇是什麼？莉莉絲要闇之螢石做什麼？吾的身板在這世界當真是歸於小米粒的範圍內嗎？」

「噗咳！」莉莉絲可沒想到艾草不開口則已，一開口問題根本如浪般淹來，她一口茶還沒喝下就先被嗆到，連忙抽出隨身攜帶的手帕掩嘴。

同一時間，圓桌旁無聲無息浮現一抹似人黑影。他動作快速地將桌上茶漬擦拭乾淨，再接過莉莉絲遞來的手帕，隨後無聲無息地消失了。

「咳咳咳……」喉嚨的癢意好不容易退去，莉莉絲立即以看前所未見之物的目光看著艾草，「真的假的？小米粒，別告訴我妳是認真地問我這些問題……不，別說，妳的眼神說明一切，我明白妳是認真的。噢，真要命。」

莉莉絲啞口無言地望著艾草坦率筆直的眼神，她搖搖頭。她知道艾草對這裡的認識少得不可思議，可連最基本的一些事都不了解……

「我都要懷疑妳不是人形妖獸，而是從另一個未知世界來的了，小米粒。」莉莉絲喃喃地說，可在艾草欣喜欲承認前，她又再次搖搖頭，「怎麼可能呢？沒有經過港口是進不來這邊的，小米粒妳可是在水潭被白蛇撈起來的……小米粒，妳幹嘛一臉失望悵然？」

「……不，吾無事。」又錯過解釋機會的艾草無精打采地說。

莉莉絲狐疑地上下打量好一會兒，艾草的雙眼比起她的臉容易洩露心情，怎麼看都不像是無事。想了想，莉莉絲抓起一塊餅乾塞至艾草嘴中。

「這可是本小姐最喜歡的餅乾，妳一定沒吃過，妳就一邊享用一邊聽我回答問題吧。」語畢，莉莉絲拍了下手，剛剛消失的人形黑影再次現身。這回他手裡舉著一塊白板，莉莉絲不知從哪變出眼鏡戴上，她一推鏡架，手握著筆，當下快速在白板上書畫起來。

艾草吃著餅乾，愣愣地看著白板上越來越多的文字與圖畫。

右邊簡略地畫了三層同心圓，最上層被標為「神界」，中間是「人界」，最下方則是「地獄」。而在三界之外又有個小圓圈，寫著「因帕德休島」幾個字，正是賽米絲學園都市的所在地。

「這地方是地獄，地獄君主就是我老爸，有人稱『魔王』，有人稱『路西法』，也有人稱『傲慢的金星』，總之負責管理地獄，統率所有惡魔。聽起來好像很偉大，但其實只是一個懶散、沒幹勁的傢伙。當年和上帝，就是神界的老大打撲克輸了，才答應下來地獄當王。」莉莉絲大力地在她畫出的尖角翅膀小人上再畫個圈，寫上「懶鬼」兩字，接著筆尖移向三層圓的最上方。

「再來是伊甸之蛇，我對他比較不熟，畢竟他出現時我可還沒出生。神界曾有個地方叫伊甸園，人類始祖和伊甸之蛇就住在那。據說那條蛇誘騙他們吃下不該吃的禁果，爲了避免他們再吃下生命之果獲得永生，上帝就將他們逐出天界，只能在人界生活。當然，這些都只是據說。就連我老爸和上帝打牌輸了去接掌地獄，也被人類傳成他跟上帝展開戰爭，輸了後墮天。反正白蛇就是那隻蛇的子孫，我跟他是賽米絲的同班同學。至於闇之螢石，小米粒妳還記得那隻把妳踩在腳下的臭狗嗎？」

艾草吞下餅乾，點了點頭。

莉莉絲捏緊筆，「那就是原因。我地獄大門向來由地獄三頭犬鎮守，一段時間輪班一次，但那隻十三號，三個月前竟趁休假跑到這座島上躲著不回。身爲我地獄的員工，竟敢怠忽職守，既然躲到這裡來，那我當然要親自處理。剛好這次任務是要取得闇之螢石，地獄犬是由破碎靈魂和闇之螢石的碎片組成，只要我尋獲螢石，就能利用共鳴來逮到牠。牠顯然也知道我的意圖，昨夜才會出現並試圖搶奪。竟然有膽做出這些事，不好好教訓牠一頓，我就不是莉莉絲！」

「啪嚓」一聲，莉莉絲握在手中的筆應聲折斷。

抓準時間，黑影立刻遞上第二枝筆。

莉莉絲深吸一口氣，推扶下眼鏡，「最後是影侍，就是我的侍從，只有我呼喚時才會出現。照理說其他人很難發現他的存在，沒想到小米粒妳竟然能察覺，該說不愧是人形妖獸嗎？以上，還有問題嗎？」

「有，吾還有。」艾草迅速伸直手，小臉嚴肅，「莉莉絲，吾的身板當眞是歸於小米粒的範圍嗎？難道無升級的可能？」

莉莉絲放下筆、摘下眼鏡，遣退影侍，她彎下身輕拍了一下艾草的臉頰。

「小米粒，答案有時候是很殘酷的，我們還是別說好了。乖，喝茶、吃點心。」

艾草大受打擊，她看看莉莉絲豐滿的胸部、纖細的腰身、還有那一雙修長筆直的腿，再低頭盯著自己一會兒。最後她捧著茶杯，與莉莉絲拉開距離，一個人窩到窗邊坐著。

艾草望著外頭的街景，白皙小臉凜然，心中卻充斥著滿滿的失落。

梁炫、長照，吾忽然開始覺得，人生有時候眞是不公平——來自東方地府的城隍府之主如是想。

無論是在享用甜點的莉莉絲、艾草，或是已在某個角落陷入沉眠的白蛇都不會知道，幾乎同個時間，同間旅館的某間房內也傳出了怒吼聲。

「那個可惡的臭丫頭！」托爾泰一拳擊在桌上，震得上面的東西一跳，「看不起人也要有個限度，地獄君主的女兒就了不起嗎？不，的確是很了不起……不過了不起的是她父親，又不是她！那副看不起人的傲慢態度，真是令人火大！」

「說的對，大哥，那女的真的很傲慢！」克魯魯撫著受傷的臂膀，咬牙切齒地說，「還傷了我的手臂……但她長得真夠美耶，我從沒看過那麼漂亮的女孩子。」

「克魯魯，你別傻了，那女的是披著人皮的惡魔。」托爾泰回想起在螢火光原受到的那些屈辱，越發火冒三丈。他揮下手，要弟弟千萬別被對方的美貌矇騙了，「她絕對是吃人不吐骨頭的！」

「什麼？她會吃人嗎？惡魔真的會吃人嗎？」

「我只是隨便說說……不過那丫頭這麼惡毒，說不定有可能。」

托爾泰和克魯魯的話題不知不覺變成了討論惡魔，而同樣待在房裡的貝洛切爾則垂著眼，似是在沉思什麼。

終於注意到同伴的安靜，托爾泰和克魯魯停下對話，兩人不約而同地望向貝洛切爾。

對於這名言行舉止都優雅得像是貴族的男人，雖說彼此是賽米絲學園成進組的同學，但托爾泰這對兄弟對他其實不是很了解。

這次闇之螢石的任務，還是貝洛切爾主動找上他們組隊的。

「喂，貝洛切爾。」托爾泰藏不住話，乾脆挑明問了，「憑你的本事，自己一人也沒問題吧？怎麼會找上我們兄弟？雖然老子的魔法確實修得很不錯啦。」

「大哥，你在說什麼？貝洛切爾當然是欣賞我們的實力嘛。」克魯魯自信地說，「再加上這個任務又必須要兩人以上的隊伍才能申請。」

「是的，要兩人以上才能申請，所以我只是單純湊人數。」貝洛切爾雙手交握於膝上，形狀姣好的薄唇揚起微笑，「……說笑的。」

「哈……哈哈哈哈，我就說果然是看中我們兄弟倆的實力！」托爾泰先是一愣，隨即得意地大笑起來。

「所以我剛不就說了嗎？」克魯魯也神氣地摸下鼻子。

「不過貝洛切爾，現在還是有個問題。」笑夠了，托爾泰突然緊緊地皺起眉頭，鐵塊般的臉布著嚴肅，「就算我們倆實力不弱，還加上你，但那個叫莉莉絲的丫頭實力也不弱。還有那個叫白蛇的，力量古怪，也不知道伊甸之蛇的後裔究竟有什麼隱藏技能。」

「世上對伊甸之蛇的研究還不夠深，也沒什麼特別記載。」克魯魯抱著雙臂，苦惱地思索著。

「關於這個，我倒是有個辦法。」貝洛切爾悠閒地說，眼眸微微瞇起，「很湊巧地，我知道莉莉絲害怕什麼，今晚也相當適合。既然如此，我們就針對這點下手吧。給學妹一個驚喜，然後她必須明白——」

「闇之螢石，只能歸我所有。」

日光輝映下的貝洛切爾露出溫和的笑，側面英俊優雅，然而他的一雙金黃眼瞳卻閃動著如野獸般的危險光芒。

七 月下爭戰

雙方各懷心思的情況下，夜晚再度降臨。

但是，艾草發現自己正面臨一個更大的難題。

「莉莉絲？莉莉絲？」艾草賣力地推晃在床上熟睡的人影，試圖叫醒自午後就不知不覺陷入夢鄉的粉紅長髮少女，「莉莉絲，起來了，妳不是要去螢火光原嗎？」

莉莉絲終於有點反應，她的眼睫在顫動，可還沒有睜開的跡象。

「莉莉絲。」見狀，艾草連忙再加把勁，小手抓著莉莉絲的手臂一陣搖晃，「莉莉絲，闇之螢石，妳不是答應吾了？要是吾一起幫忙找到，要給吾妳的羽毛，或妳爹親的羽毛。」

「……妳到底對羽毛有多執著啦，小米粒……」含糊的抱怨自粉唇中流洩出來，莉莉絲總算半睜開眼，細緻的眉頭擰得死緊，一張嬌艷的臉蛋因遭人吵醒而覆上殺氣。

瞪了下面前的潔白小臉，莉莉絲閉眼後又張開。她慢吞吞地從被窩中坐起，頂著一頭凌亂的粉紅長髮，滿臉茫然地看著周遭景物，還未完全清醒過來。

就在艾草擔心她會不會又閉上眼時，莉莉絲忽地抹把臉。

「我醒來了、我醒來了……」模糊的聲音從掌心下傳出，「小米粒，妳先去踹白蛇起來，那傢伙更難叫。我這邊打理好，就直接到大廳集合了。」

艾草點點頭，確定莉莉絲沒有又坐著睡著後，三步併作兩步地跑向白蛇的房間。

白蛇的房間離莉莉絲的不遠，就在斜對面而已。

敲了敲門，發現無人回應，加上門又反鎖，艾草迅速地觀望左右兩方，確定四下無人，她直接邁步向前走，身影在一瞬間變得透明，輕而易舉地穿門而入。

一進到白蛇的房間，迎面而來的是大片黑暗。沒有開燈，就連窗簾也全部拉上。遮光功能良好的窗簾阻隔了街上的全數光線，不過對艾草來說，這片黑暗並不會造成什麼困擾，她依舊能輕易視物。

她最先看向床鋪，只是上頭卻空無一人，沒有白蛇的蹤影。

「不在嗎？難不成真的沒有回到房間睡？」

艾草不死心，她繞過床來到另一側，在那裡的地板上發現了一動也不動的白蛇。

對方膚色蒼白，呼吸極淺，胸膛幾乎沒有起伏，乍看下簡直就像躺了一尊大理石雕像。

「白蛇？」艾草嘗試性地喊了一聲，但白髮少年的眼睫連動也沒動一下。

「白蛇？」艾草又試著喊了一聲，這次聲音稍微放大，可情況仍與先前一樣。

想了想，艾草決定伸手搖醒對方。怕白蛇在黑暗中無法辨認自己，萬一將她當成不法分子就糟了，於是艾草張開手掌，一簇青碧色的火焰登時幽幽燃起，接著是第二簇、第三簇。

讓三簇青焰飄浮在自己身旁，艾草點點頭，覺得這樣一定沒問題了，渾然沒發現自己潔白的膚色映著青光，形成一種詭異的青白。

若是膽子小一點的人，恐怕會被這畫面嚇到。

「白蛇、白蛇。」艾草蹲下身，就在她白皙的手指碰觸上對方冰涼手臂的剎那間，白蛇的紅眼驀然睜開，一隻手臂迅疾地向她探出。

屈起的蒼白五指鎖定的目標赫然是艾草細瘦的頸子。

但是，那隻手臂在中途硬生生停下了。

不是因爲白蛇收住攻勢，而是有什麼纏捆住他的手臂及手指。

白蛇張著鮮紅似血的眼，出神般盯著綁住自己的黑色鎖鍊。那鎖鍊如同黑色霧氣凝成，但又教人眞切地感受到禁錮。

接著，白蛇慢慢移動視線，看見詭異的青碧火焰，看見膚色被焰光映得青白的金髮少女。

凜凜黑眸、清秀白皙的臉蛋，還有淺色的柔軟嘴唇。

就在白蛇眨眼的下一秒，在他面前的已是金髮黑眸的小女孩，彷彿剛剛瞧見的只是一瞬的錯覺。

艾草小臉平靜，手中抓著漆黑鎖鍊，並沒有因爲白蛇那記突來的攻擊而浮現任何驚慌。

白蛇看著那張面無表情的臉蛋好幾秒，他閉下眼，像是終於恢復清醒，吐出了冷冽偏啞的嗓音，「妳爲什麼會在這裡？」

「莉莉絲要吾叫你起來，已入夜，稍後便要前往螢火光原。」艾草鬆開手指，由黑霧塑成的黑色鎖鍊當即消失。但她沒想到白蛇竟無預警地又伸出手，蒼白的指尖瞬間拂過臉，握住了她的一縷秀髮。

「頭髮顏色。」蒼白俊美的少年說，「不想被莉莉絲知道妳不是什麼人形妖獸，把妳扔在這，就把頭髮包起來。」

說完，白蛇鬆了手，像是對艾草失去興趣般站起身。他沒有問她是如何進來這上鎖的房間，也沒有問那漆黑的鎖鍊是怎麼來的。

頭髮顏色？艾草心生困惑，當她抓起自己的髮尾時，房內的燈光同時亮起。

艾草眼眸微瞠，在她掌心裡，本該是金色的髮絲，不知何時已重新被漆黑取代。

雖是夜晚時分，但賽米絲學園都市卻是華燈盞盞，令人想到星光的銀白路燈照亮各處。和白日相比，夜間的熱鬧毫不遜色，各式蔬果造型的馬車依舊在路上或空中奔馳。

莉莉絲這回招到一輛南瓜馬車，她對搭乘馬車仍抱持著反感，不過比起這事，另一件事更吸引她的注意力。

那就是艾草的頭髮。

打從在旅館大廳與艾草會合，莉莉絲的心裡就被莫大的疑問充斥。她不明白艾草怎會突然將一頭金髮用布巾包纏起來，不讓任何髮絲露出來。

不過任憑莉莉絲怎麼追問，艾草就是不願回答。最後在馬車上似乎被逼得急了，結巴地迸出一句「頭髮包起來，找螢石會比較方便」後，便緊緊地閉上嘴巴。

「什麼啊，原來是這樣嗎？其實叫我幫妳綁起來也是可以的嘛。」莉莉絲倒是相信這番說辭了，她又低唸了幾句類似「可以找我幫忙」的抱怨，沒注意艾草瞬間鬆了口氣。

艾草拍拍胸口，下意識瞄向一上馬車就昏睡過去的白蛇。如果不是他的提醒，她也不會發現自己的頭髮正逐漸變回原來顏色——她體質特殊，不管染多少次、染什麼顏色，只要兩天就一定會變回最原始的黑色。

「怎麼了？小米粒，妳該不會是覺得那冷血的一直睡很奇怪吧？他是蛇嘛。」莉莉絲瞥向對面的白髮少年，「那傢伙要是沒睡夠，力量會發揮不出來。不過這次估計用不著他，貝洛切爾他們比我們早出發也沒用。今天是月圓之夜，我們可是有小米粒妳負責帶路，根本不怕被困住。」

艾草一愣，接著想起莉莉絲的確說過，快月圓之際，螢火光原內會變成小迷宮，而月圓之夜則會變成難度加倍的複雜迷宮。

「吾、吾會努力加油的。」艾草認真地握起兩隻小拳頭，決定要是真找不到路，就兩隻鞋子一起丟吧，相信這樣威力也會加倍。

「很好，這次絕對不會再讓闇之螢石從我們眼底下消失的！」像是被艾草感染，莉莉絲也幹勁十足地握起拳頭，碧眸熾亮。

馬車一停下來，莉莉絲立刻迫不及待地抓著艾草躍下馬車。

即使昨夜已見識過螢火光原夜間光景，但再次見到那片如發光海洋的金色草原，艾草依舊深感驚歎，甚至下意識往前走了幾步。

「慢著，小米粒，今天可不能隨便亂走。」莉莉絲猛然一把拉住艾草的衣領，「踏進螢火光原就是進入了迷宮。要行動得三個人一起，最起碼我跟妳不能落單。」

當雙腳一踏入散發淺金色光芒的草原，艾草就隱約發覺周遭空氣的流動似乎變得與昨夜不太一樣。

四方仍能聽見模糊的獸類咆哮，整片螢火光原陷入了某種奇異的躁動氛圍。

但艾草無法將心思放在這上面太久，在莉莉絲的催促下，她靠著直覺再次展開領路任務。

只是沒多久，艾草就發現自己首先要面對的難題不是能不能成功找到淒啼生長之處，而是——

「莉莉絲。」艾草忍不住停下腳步，她轉過頭，仰起小臉，「吾覺得吾等的隊伍好像又少一人。」

「啊？」莉莉絲瞪著艾草，接著迅速反應過來，回過頭一看，一雙碧眸就像要噴出火，「白蛇！你這冷血的，你到底要落後多遠才甘心？這都第幾次了！」

就在她們兩人後方數公尺，削瘦的身影慢條斯理地走著，就算聽見莉莉絲憤怒的叫喊，依舊沒有加快的意思。

見狀，莉莉絲不禁更加惱怒。她不是不知道同伴的性子，但眼下可是分秒必爭的時刻，越早抵達淒啼生長地——也就是螢火光原的中央地帶——就越能佔得先機。

「噢，該死的，你這傢伙該不會還沒睡夠吧？」驀然想到什麼，莉莉絲咂下舌，「嘖，這樣就沒辦法了。小米粒，我們先趕過去，就讓白蛇自己慢慢走。」

「咦？」艾草訝然，可還沒問出口，就感覺身體被人一把抱住。

莉莉絲的兩隻手臂圈在她胸前，背後黑羽翼啪地伸展開來。

「有什麼好咦的？顧著等他，天亮了我們都還沒走到目的地。反正這裡的迷宮一到白日就會解除，放著這冷血的也不會出事，出事的只會是想攻擊他的不長眼妖獸。好啦，廢話少說，妳引路，我們直接飛過去！」

話聲一落，莉莉絲的黑翼大力拍振，抱著艾草拔高飛起，將白蛇留在原地。

白髮紅眼的削瘦少年只無動於衷地打了個呵欠，不在意自己或許會在迷宮裡困上一整晚，接著他移開掩嘴的手，朝前伸出手掌。

下一剎那，一條綿長的白繃帶平空出現，一端繞著他的掌心，一端則往莉莉絲和艾草消失的方向而去，看不見盡頭，彷彿末端繫於何物之上。

白蛇又打了個呵欠，接著慢吞吞地往繃帶延伸的方向走。

❀ ❀ ❀

艾草還是第一次被人抱著在空中飛，縱使潔白小臉上沒有顯露表情，但眼裡的興奮光芒卻很眞切。

聽著風聲在耳邊颳過，她沒有看下方的金色草原研究方向，而是閉上眼，以直覺引領飛行中的莉莉絲。

——螢火光原如今已成天然迷宮，倘若只以視覺判斷，恐怕會被虛假所惑。

下一瞬間，艾草驀地張開眼，「莉莉絲，下面。」

「下面？眞的假的？」莉莉絲停下飛行，她攬緊艾草嬌小的身軀，低頭往下看去。映入眼中的是僅散發淺金光芒的草原，沒有白花「淒啼」的蹤跡。

莉莉絲內心狐疑，可仍一拍翅膀，飛快地俯衝而下。

當她雙足一踩上地面，周圍空氣好似晃震了下，緊接著她吃驚萬分地瞪著前方不遠處。

「喂喂喂，眞的假的啊……」莉莉絲這次吐出的句子充滿讚歎。

就在那裡，如雪般的白色小花正開綻於草叢之間，正是她們昨夜見過的「淒啼」。

「太厲害了……小米粒，妳簡直太神了啊！」莉莉絲驚喜加交，馬上大力抱住了艾草。

「嗯，吾的確是神沒錯。」艾草認眞地說，只不過莉莉絲早已鬆開手，錯過了這句話。

「很好，接下來就看今夜運氣如何了。」莉莉絲收起翅膀，環視四周一圈，那些從模糊變得越漸清晰的獸吼讓她臉上笑容更熾。

螢火光原上的妖獸，尤以蛇瓦那爲主，向來固守自己的地盤，不輕易離開。會讓牠們主動靠近此處的原因恐怕只有一個。

「賓果。」當看見不遠處越來越多類似蛇的頭顱冒出，莉莉絲心情大好。

「闇之螢石現蹤，將會召引附近妖獸。」

「小米粒，去找螢石。」莉莉絲手一揮，多簇幽黑火焰頓時在她們周圍形成一圈防護網。

在淺金草葉的輝映下，那些黑色火焰看起來格外詭異。

直覺感受到危險，原本來勢洶洶的蛇瓦那放慢速度，警戒地打量那些在空中不住燃動的黑焰。

見防堵有用，莉莉絲沒有展開緊迫盯人的攻擊，反倒轉身加入尋找闇之螢石的行列。

眼下當然是以最快時間找到闇之螢石爲優先任務！

淒啼生長範圍不大，兩人同心協力下，艾草很快就在草叢中發現一塊內裏發亮的漆黑石頭。

是螢石！

「莉莉絲，吾找到了！」艾草眼睛一亮，立刻利用自己個子嬌小的優勢，迅速鑽進草叢裡，白細小手奮力往前一伸。

「抱歉，這可不行。」突來的溫柔男聲落下。

不僅艾草吃驚，莉莉絲心裡也一駭。

「什麼？誰！」莉莉絲馬上想再召出更多暗色火焰保護艾草，但她手指還未揮動，另一道大喝已更快響起。

「緋炎之箭！」

熾紅色的火焰箭矢倏地撕裂夜色，從左右兩方包夾莉莉絲。

莉莉絲連忙閃避，無法全力集中心思，那些飄浮在空中的黑焰瞬間全數熄滅，黑色焰芒消失在夜空之下。

發現那些危險的黑色火焰消失，守在一旁的蛇瓦那紛紛發出興奮咆哮。牠們一窩蜂往螢石擁過來，地面因大批妖獸的奔跑而震動，螢火光原上的發光草葉被毫不留情地踐踏。

同一時間，艾草仰起臉，伸往闇之螢石的手臂沒有收回，烏黑瞳孔內倒映一雙漾著微笑的美麗金黃眼睛，以及急速朝自己手掌刺來的漆黑劍尖。

那雙金黃的眼睛，跟……好像……

艾草的黑眸眨也不眨，這瞬間反倒是金瞳內竄過心急。

「小米粒！」躲過火焰攻擊的莉莉絲一扭頭，就撞見這驚險萬分的一幕。她碧眸大睜，背後羽翼展出，顧不得任何一隻蛇瓦那隨時可能伸長脖子向她咬來，一心只想阻止。

「火焰雨！」使出魔法攻擊的大喝聲又響起。

「那是我撿回來的，我有准你動她嗎？」

與此同時，現場出現第三道男性嗓音，那是屬於少年的聲音，年輕而清冷。

隨著這道聲音出現，兩束白影凌空掠出，纏上那柄漆黑的劍，以及持劍主人的手臂。

布滿雪白鱗片的白色小蛇飛快昂首，露出尖利獠牙，迅雷不及掩耳朝那手臂凶狠咬下。

不過卻是咬到一把空氣。

長劍與長劍主人如煙一般散去形體，失去攀附物的兩隻小蛇登時墜下。牠們晃晃頭部，雙眼旋即盯往抓住闇之螢石的艾草。

三雙眼睛對視。

接著兩條小蛇吐出舌信，有志一同地扭身，以親熱的態度爬上艾草身體，各自找了適合的位置窩著。

「起來，除非妳想繼續用妳的衣服擦地。」一隻蒼白的手伸到艾草眼前。

「白……白蛇？」艾草看清對方後，沒有什麼表情的小臉蛋閃現一絲吃驚。

白髮紅眸、無生氣的膚色、頰邊還布著幾枚蛇鱗，眼前的少年不是早已分開行動的白蛇會是誰？

白蛇及時出現，莉莉絲立即放下心中大石，當下揚起獰笑，背上黑翼猛地一拍振。

驚人的風勢轉眼成形，不但吹離了上方那些如雨砸下的火焰，還使得圍逼上來的蛇瓦那不得不後退。

漂亮地化解攻勢，莉莉絲輕拍翅膀，改落足在艾草與白蛇身邊，姿態傲慢睥睨，眸光冷視著前方的另三抹人影。

貝洛切爾、托爾泰、克魯魯。

「慢我們一步就想用搶的嗎？」莉莉絲扯出諷笑，「只可惜還是你們輸了，學長。闇之螢石我就接收了，放心好了，這次我可是準備得相當齊全呢。」

莉莉絲一張手掌，掌心上登時出現一個黑盒子。她讓艾草將闇之螢石放入，再把盒子交由艾草抱著保管。

眼下明顯大勢已定，莉莉絲他們獲得了螢石，人數也與貝洛切爾那方相同。若再次爭奪起來，也不會屈居下風。

可即使面對這樣的情況，一身優雅黑衣的貝洛切爾仍在微笑。

「學妹。」貝洛切爾溫和地說，「不知道妳有沒有聽過，螢火光原的光在夜間其實並不是終日不滅的？」

什麼意思？莉莉絲的心裡閃過不安預感，可表面的高傲態度依舊沒有鬆動。

「啊啊？所以呢？那又怎樣？」莉莉絲若無其事地用小指掏掏耳朵。

「喂，貝洛切爾，你說的那招真的有用嗎？」瞧著粉紅長髮少女的模樣，托爾泰的懷疑越發擴大。

「乾脆還是我動手吧。」克魯魯壓低聲音說，手握住自袖子內滑出的匕首。他對自己的速度很有信心，他可以趁機衝上前，搶回那個裝有闇之螢石的盒子。

貝洛切爾沒有回應兩名同伴的意見，他只轉頭瞥視兩人一眼，唇角仍是那抹完美的笑。

然而托爾泰和克魯魯卻在這瞬間噤了聲，心底發寒。被貝洛切爾的那雙金瞳一注視，他們竟感覺自己像被一隻恐怖猛獸震懾得動彈不得，唯一能感受到的只有本能上的恐懼。

「或許並不怎樣。但是，學妹，」貝洛切爾單手揹後，親切溫柔地問：「妳怕黑嗎？」

「什——」莉莉絲大駭，怎樣也不敢相信自己的弱點會被對方知道。

可還來不及厲聲吐出任何反駁，莉莉絲就發現頭頂一暗，她反射性仰起頭，看見碩大的圓月被雲層遮住。

然後，淺金色的微光消失了。

不是逐一滅去光芒，而是一口氣全部暗下。短短一瞬間，整片螢火光原漆黑得不見五指。大片黑暗兜頭罩下。

莉莉絲煞白了臉，碧眸瞪大至極限。

好黑，不要、不要……

「不要——」淒厲的尖叫迸出，莉莉絲驚恐地抱頭蹲下。

「莉莉絲！」艾草心焦如焚，她立即將黑盒子塞給白蛇，急急蹲下，小手攬住莉莉絲瑟瑟發抖的肩膀。

但就在下一秒，艾草看見克魯魯露出得意的笑，抓著匕首往他們的方向飛快逼來，顯然是要趁火打劫！

「汝等如此作爲，不覺太過嗎？」艾草瞇細眼，鬆開攬著莉莉絲的手，猛地站直身體，紅黑長袖迅疾一個翻轉，凌厲的聲響撕裂夜氣。

明明不是過於巨大的一聲，卻清晰無比地重撞進所有人心裡。

白蛇注意到四周的獸類咆哮不知不覺間停止了。

克魯魯不由自主地停下前衝的步伐，只不過他並不是像白蛇一樣注意到四周獸吼靜止，而是呆然地望著前方。

一盞青碧幽綠的火焰在艾草身旁浮現，緊接著是兩盞、三盞、四盞、五盞……

不到一眨眼，熄去所有微光的螢火光原重新遍布光芒，只是這次燃動的是青光。數量驚人的青碧火焰綿延伸展，使整片草原乍看下彷彿陷入青色光海。

克魯魯手中的匕首掉了下去，他驚疑地瞪著那片詭異火焰，生平初次瞧見這種光景。饒是專攻火焰魔法的托爾泰也啞口無言，火焰的數量多到太恐怖了，那具嬌小身軀究竟蘊含著何種力量。

貝洛切爾一直以來遊刃有餘的微笑終於消失，他怔怔地注視前方，不管是心神或注意力都在這瞬間被徹底奪走。

發現身周有光的莉莉絲停止顫抖，慢慢地鬆開抱頭的雙手，再慢慢地抬起頭。

「小……米粒？」莉莉絲吐出了有些茫然的聲音。

在她眼前，穿著紅黑服飾的小女孩筆挺地站著，潔白小臉威勢凜然，面無表情。包在頭上的布巾不知何時掉落了，一頭烏黑長髮連同衣角、袖角，被晚風吹得颯颯飄動。

八 三頭犬再現

在無數青碧火焰的包圍下，黑髮黑眸的艾草宛如變了一個人，與莉莉絲記憶中笨拙、害羞、在意奇怪禮節的艾草截然不同。

「小米粒，妳……」莉莉絲一時不知道要說什麼，最後只能愣愣地把目光移至艾草烏黑的髮絲上，「黑色……妳的頭髮變成了黑色？」

「莉、莉莉絲，吾沒有故意要隱瞞，真的。」艾草嚇了一跳，忙不迭想要解釋，小臉染上一絲慌張，上一刻奇異的威嚴感消失殆盡，「吾是因為染髮，但染劑撐不了幾天……」

「染髮？染劑？等一下，難道妳今晚突然把頭髮包起來，是因為變回來了嗎？妳那什麼驚人的頭髮？」忘記方才對黑暗的恐懼，莉莉絲忍不住瞠大碧綠的眸子，緊接著她猛然想到什麼，眸光頓轉銳利，「不對，出生沒多久的人形妖獸怎麼可能會染髮？小米粒，難不成妳根本就不是……」

「妳們吵完再叫我，我累了。」白蛇將懷中的黑盒子無預警往前一塞，也不管有沒有手接住它。他打了個呵欠，蒼白的臉上不見表情，彷彿剛才見到的那幕對他來說毫無影響。

「什……喂！白蛇，你該不會早就知道了？白蛇！」莉莉絲不敢置信地大叫。

「莉莉絲，妳生吾的氣？」艾草接住黑盒子，她仰起臉，細聲細氣地問，烏黑的眼眸內含有一抹不安。

「妳在開什麼玩笑？這樣耍弄我很好……噢，可惡！」莉莉絲咒罵一聲，想起兩日來都是她自顧自地喊艾草爲人形妖獸，而艾草則似乎常常有話想說卻被她打斷或無視。追根究柢，擅自將對方視爲人形妖獸的——是自己。

「那個混蛋冷血的，發現也沒告訴我……」莉莉絲惱怒地咬下拇指指甲，內心詛咒白蛇的冷眼旁觀。她瞥了下艾草緊張的烏黑眸子，輕哼一聲，一撩自己華麗的粉紅色長髮，姿態高傲地說，「就算不是人形妖獸，妳還是我們撿回來的。妳這顆小米粒敢亂跑讓人找不到，我絕對不會饒妳的。聽見沒有，絕對不准隨便跑走。」

艾草先是一怔，隨後那張總是缺乏表情的小臉綻出欣喜的笑容。

莉莉絲還是第一次見到艾草露出笑，不禁愣了愣。

「什麼啊，笑起來也太可愛了吧……以後得叫她少笑才行，對本小姐笑還差不多……」莉莉絲低聲咕噥，接著手掌伸向艾草，「小米粒，盒子給我吧，我們可以不用管那些……小米粒！」

莉莉絲神情陡然一變，她一手將艾草向後推，一手迅速凌厲揮出，黑焰拉長成劍，劍鋒直刺向另一柄同樣漆黑的長劍。

貝洛切爾速度很快，甚至就連他的同伴也沒有發現他究竟是何時衝掠出去的。

這名總散發優雅貴氣的黑髮男人，此刻如欲捕食獵物的猛獸，動作矯健快速而無聲，漆黑長劍就是他最鋒利的爪和牙。

兩柄材質迥異但色澤相同的黑色長劍越漸逼近，眼看即將擦出激烈的火光，一束赤紅火焰竟在誰也沒有預想到的情況下筆直射來。

穿過了劍與劍之間的空隙，直擊上艾草抱著的黑盒子。

火焰瞬間產生小型爆炸。

炸裂聲、艾草的痛呼聲，同時疊合在一塊。

「小米粒！」莉莉絲馬上扔了劍，也不管貝洛切爾了，急著想確認艾草的情形。

貝洛切爾也是一驚，這全然不在他的預料內，在場唯有一人最可能使出火焰魔法。

「混帳傢伙！誰讓你對小孩子動手的！」貝洛切爾暴喝一聲，優雅英俊的臉孔變得猙獰，金瞳險惡地怒瞪托爾泰。

「說、說那什麼話！鎖定攻擊那小鬼的不就是你嗎？」如高塔般的大漢憤怒地漲紅臉，不平地吼叫，「我可是好意要幫你搶回闇之螢石的！」

沒有回應托爾泰的怒吼，貝洛切爾收回長劍，放棄與莉莉絲爭鬥，轉而急著查看艾草的傷勢。

黑髮小女孩跌坐在地，迸出裂縫的黑盒子掉至腳邊，雙手則有灼傷，除此之外看起來並沒有大礙。

貝洛切爾飛快地將艾草從頭掃視到腳，然後目光忍不住被艾草腳邊的黑盒子攫住。

這次奪走闇之螢石，下一顆得等三年才會出現，如此一來，便可以……貝洛切爾的心思千迴百轉，最後全數化成一個念頭。

奪走闇之螢石！

「王八蛋，你作夢！」莉莉絲驚覺貝洛切爾的意圖，當下怒喝，右手想也沒想地疾速伸出，要搶回黑盒子。

可就在兩人的指尖幾乎同時碰觸到盒子的剎那，布滿裂痕的黑盒子竟轉瞬碎成無數塊，約莫兩個手掌大的黑石頭從那些碎片中掉出。

闇之螢石！

莉莉絲和貝洛切爾不假思索伸手再搶。

但是，那塊表面嶙峋的怪異黑石卻生生裂成兩半，內部的光芒驟然消失，取而代之的是大量如煙霧的黑暗物質鑽湧出來。

是螢石內部的黑暗元素？莉莉絲睜大眼，心中閃過一絲不安。那濃烈的黑暗元素太過闃黑，光看著就令人感到窒息。

前所未有的顫慄竄上背脊，促使莉莉絲收手。

就在這一秒，宛如煙霧的黑暗元素一口氣衝進貝洛切爾體內，轉眼消失在眾人眼前。

黑髮男人金瞳收縮，裡頭盛著滿滿驚愕。

貝洛切爾重重跪地，捏緊拳頭，身體抽搐顫抖，他彷彿無法抑制體內橫衝直撞的痛苦。

「啊……啊……」貝洛切爾臉孔猙獰扭曲，額角爆出一條條青筋，就連脖子也浮出嚇人的筋脈。他的指關節捏成青白色，緊咬的牙關中逸出呻吟。

「莉莉絲。」艾草急忙抓住莉莉絲的手，「可有辦法幫他？吾想幫他。」

「心腸太軟也不是這樣的吧？小米粒，難道妳忘了他三番兩次想對妳出手？」莉莉絲彈了下舌，雙眸卻緊緊盯著貝洛切爾的動靜。那模樣看起來很像無法承受過多黑暗元素，身體起了排斥反應，可又覺得哪裡透著古怪。

「吾記得，但吾覺得他每次皆非是……莉莉絲，他的眼睛。」艾草無意識收緊抓著莉莉絲的手，小臉不安。

莉莉絲也看見了。

像是在忍受莫大痛苦的貝洛切爾，一雙金黃眼瞳內竟滲出暗黑，黑色逐漸渲染開來，吞沒了他的眼白。

「喂！貝洛切爾！貝洛切爾！」托爾泰與克魯魯也跑了過來，「貝洛切爾，你怎麼了？臭丫頭！妳對他做了什麼事？」

這是什麼情況？莉莉絲忍不住暗悚。

「閉上你那張臭嘴，然後和那個瘦皮猴一起滾到旁邊！」莉莉絲吐出尖酸的句子，無視兩兄弟的怒目，她將艾草拉往身後，自己則謹慎地伸出手，指尖凝聚出黑色光芒，試圖導引出貝洛切爾體內的黑暗元素。

但在指尖即將碰觸之前，貝洛切爾猛地昂起頭，雙瞳闃黑，從他喉嚨裡衝出了非人的咆哮，既似狗吠又似狼嚎，如同滾滾落雷砸在恢復微光的螢火光原上。

當那道如同野獸的咆哮砸落下來，艾草睜大眼，莉莉絲臉色遽變，就連不遠處的白蛇也驟然掀開紅眼。

下一剎那，更爲響亮沉重的咆哮從貝洛切爾口中發出，與此同時，他的外貌也在快速發生變化。

他軀體脹大，一下子就撐破衣物，濃密剛硬的黑色毛髮布滿全身，撐在地面的手腳也在迅速改變形狀，成爲獸類才有的四肢，鋒利的指爪從腳掌冒出。而那張優雅英俊的面孔，早在他的身軀脹大時就已扭曲成非人樣貌。

森白的利齒從大張的嘴內露出，不僅如此，肩胛部位竟接連冒出兩顆同樣巨大的頭顱。

短短瞬間，「貝洛切爾」這個人已完全消失在眾人眼前，取而代之的是一隻如小山龐大、模樣猙獰駭人的黑色三頭犬！

「嗷吼——」

三頭犬再次吼出了如雷般的咆哮。

「嚇啊啊啊！」

「怪物啊！」

托爾泰和克魯魯駭得肝膽俱裂，也不管那隻三頭巨犬上一秒還是他們的同伴，兄弟倆慘白著臉，在那駭人的嘯聲中連滾帶爬地落荒而逃。

托爾泰和克魯魯嚇得幾乎要尿褲子了，好端端一個人突然在眼前變成恐怖的怪物，那種事他們想都沒想過。

就算這裡是因帕德休島，島上所有人都不是單純的人類，但那可是三頭犬……

別開玩笑了，那可是負責鎮守地獄大門的地獄三頭犬！

他們才不想跟那種嚇人的怪物當同學！

雖然不知道牠為什麼會出現在此，可在那地方多待一秒，小命說不定就不保了！

托爾泰和克魯魯不知道跑了多久，他們腦海內只剩下「逃，逃離這裡」的念頭，雙腳完全不敢停下，在布滿微光的螢火光原內如無頭蒼蠅般橫衝直撞。

直到覺得肺部灼熱得像是要炸開，雙腳也開始虛軟無力，這對兄弟才終於停下腳步。

「哈啊……哈啊……」

「呼哈……呼呼呼……」

沉重急促的喘氣聲逸出，托爾泰和克魯魯滿頭大汗，上氣不接下氣地拚命吸取新鮮空氣。

好不容易覺得呼吸稍微緩和，托爾泰這才意識到耳邊已聽不見那道讓人恐懼的咆吼。

克魯魯也注意到了，他抹去額上一大把冷汗，心驚膽跳地抬起頭張望四周。

放眼望去，周邊除了發出淺金色光芒的草葉外，並沒有看見那抹巨大如小山的漆黑身影。

克魯魯傻愣愣地瞪著前方，下一秒整個人虛脫般地跪下，胸口仍在劇烈起伏，但充斥全身的鬆懈感讓他眼淚差點要流下來。

「逃……逃開了？」托爾泰也一臉難以置信地瞪著先前逃離的方向，有種不真實感。

可是很快地，這對兄弟就發現他們放鬆得太早。

此刻仍是深夜時分，又是月圓之夜，如今的螢火光原可是一座渾然天成的巨大迷宮。來時是由貝洛切爾領路的，眼下的他們根本不曉得該怎麼走才能離開。

「大哥，要不我們直接在這待到天亮吧？」克魯魯提出意見，「反正天一亮，迷宮就會解除，而且也剩沒幾個小時了。」

若是平時，托爾泰一定深表贊同，如此一來可節省體力，不用毫無頭緒地繞來繞去。

但是，現在卻不是「平時」。

「不行，不行！」托爾泰強烈否定，「萬一地獄犬又出現了怎麼辦？螢火光原成了一座大迷宮，誰知道下一秒那隻地獄犬會從哪裡冒出來？」

「那、那我們該怎麼辦？」克魯魯也慌張起來。

「沒辦法，只好繼續走。運氣好，說不定真讓我們走出去。」托爾泰下好決定後也不囉嗦，隨即找了個方向大步邁出。

克魯魯不敢落後，趕忙快步追上。

沒想到他們兄弟倆走沒多久，周遭的淺金色微光驀地全數熄滅，草原再次變得漆黑。

「大、大哥！」克魯魯受到驚嚇地慘叫一聲。

「笨蛋，是『熄光之刻』又到了啦。」托爾泰其實也被嚇一跳，不過他表面上仍力持鎮定，甚至還反過來斥罵弟弟，「貝洛切爾那傢伙不是說過嗎？在闇之螢石生成的這一年，月圓之夜當月亮升至最高點時，就會發生好幾次『熄光之刻』，用不著在那大驚小怪。而且你看那裡，不就有光了嗎？」

咦？有光？話一說完，托爾泰猛然意識到自己說了什麼。他屏著氣，和克魯魯朝同一方向看去。

兄弟倆不約而同抽了一口氣。

真的有光！

與螢火光原發光時的淺金色不同，托爾泰他們看見詭異的紅。

明明是紅色，卻絲毫沒帶給人溫暖的感覺，反倒死寂、安靜，甚至隱隱令人生起不安。

但對此刻的托爾泰和克魯魯來說，有光代表有人，有人就代表他們說不定能順利出去了。

他們心裡湧上欣喜，沒思考太多，忙不迭向遠處兩盞圓形紅光跑去，還不忘揮手大喊，確保對方發現他們的存在。

「喂！有人嗎？」

「拜託幫幫我們！」

「我們在螢火光原迷路了！」

似乎注意到了這對兄弟，那兩盞紅光並沒有離開，靜靜地留在原地。

瞧見這情況，托爾泰他們心下大喜，加快腳下速度，終於跑至紅光前面。

兩名男人因呼吸急促而彎著腰、兩手壓住膝蓋，大口大口地喘著氣，沒看清提燈人影的面目。

紅光映上托爾泰的臉，從他的角度看，可以瞧見面前有兩雙腳。

不待托爾泰和克魯魯抬起頭，一道清冷淡漠的女聲先落下。

「你們可有見過一名黑髮黑眼的小女孩？年紀約十歲，長得相當可愛，是全世界第一可愛。」

全世界第一可愛？托爾泰狐疑，他印象中不曾見過符合這種形容的小孩子。可是，若是黑髮黑眼……

托爾泰心裡一突，想起稍早前召出大量青焰的嬌小身影。

「大哥，她說的該不會是……」克魯魯顯然也想到了。他維持著彎腰姿勢，小小聲地與托爾泰咬耳朵。

「有或沒有，給我等一個回答。」又一道聲音落下，和方才的女聲相比，是更爲年輕的少年嗓音。

托爾泰迅速在心裡做了盤算。如果說有，恐怕這兩人反會要他們帶路。別開玩笑了，能不能再找到路都是一回事。更何況要是眞找到了，那裡可還有一隻地獄三頭犬！

爲了自己的生命著想，托爾泰毫不猶豫地選擇說沒看見。

克魯魯注意到自己的兄長直起身子，然後就沒了聲音。

克魯魯內心只覺古怪，他納悶地也挺直身子，抬起頭——

他的聲音一樣沒了。

佇立在他們眼前提著燈的的確是兩抹人影沒錯，然而卻不是他們想像中的女性或少年臉龐，而是色彩詭艷、圖紋嚇人的面具！

在死寂的紅光映照下，兩張面具更是陰森駭人，瞬間帶來的衝擊力絕不亞於見到地獄三頭犬。

托爾泰和克魯魯還維持著站立姿勢，可雙眼早已翻白。提燈的其中一抹人影伸手輕推一下，他們竟直挺挺地倒了下去。

「暈了。」少年平淡地說。

無視地上的兩人，少年伸手摘下臉譜面具，露出一張俊秀冷肅的臉，「再來？」

「繼續往前走。他們回話前停頓太久，這表示他們其實可能見過。」身形高挑的女子亦摘下面具，面具下是冷艷、英氣並存的臉龐。

假使托爾泰他們再仔細留意，就會發現這兩人只是戴著臉譜面具，只不過在他們已經飽受驚嚇又是黑夜的情況下，恐怕也沒有那份餘力辨認。

「按照氣息，大人應該是在此地沒錯。」女子瞇眼望向遠方，「只是這地方有些古怪，似乎無法遵循心意前往想去之處。」

「確實，但這對我等也非是難事。」少年提高手中的紅燈籠，「梁炫，左還是中或右？」

「選……慢。」女子忽地頓住話，她閉起雙眼，像是在聆聽什麼。

下一剎那，不只女子，就連少年也聽見了。

嗷吼——

那是一陣沉若響雷的野獸咆哮。

女子當即睜眼，「長照，我們走！」

「是！」

沒有浪費絲毫時間，兩條人影同時戴回臉譜面具，提著紅燈籠迅速消失在夜色中。

九 追尋與忠誠

「嗷吼——」

體型巨大的黑犬發出駭人嘯聲，三顆碩大的頭顱同時張嘴，從口中噴吐出三束熊熊烈焰。

赤紅色的火焰毫不留情地掃向下方三名人影。

莉莉絲眼明手快，立刻拎起艾草，展開翅膀靈敏閃避。

白蛇還在原地。

面對威勢嚇人的紅火，這名白髮少年依舊一副睏倦冷漠的模樣，紅眸微睜，直接以掌心和烈焰相對。

就在赤色惡焰即將轟擊的前一秒，一道銀白色的弧形光壁像盾牌似地擋在前方。

火焰撞上光壁，被硬生生地攔截下來。

但是地獄犬毫不停歇地噴吐火焰，火柱持續轟擊在光壁上。

終於，銀白色的弧形光壁出現第一條裂縫，緊接著是第二條、第三條，上面布滿越來越多裂縫，最後再也支撐不住，光壁應聲碎裂。

當光壁碎裂的瞬間，幽黑火焰從旁快一步橫出，正面與赤焰交鋒。

「我可不准你把他弄成烤蛇，這傢伙之後還得跟本小姐組隊、充人數！」

一開始先是赤焰佔上風，但很快地，黑焰越漸漲大。

「你這隻膽大包天的臭狗，我們來算總帳吧！」莉莉絲嘴角扯開獰笑，碧眸生起異光。她雙手猛然向前用力一揮，黑色焰火轉眼再暴增擴大，一口氣將赤焰反吞大半。

地獄犬閉上嘴，中止火焰的噴吐，染成不祥闃黑的六隻眼瞳惡狠狠地緊盯地面上的三抹矮小身影，喉中則不時發出凶狠的低鳴。

「你是地獄火，我也是地獄火，別忘了我的火焰還比你高階。」莉莉絲手一揮劃，熄去面前燃動的黑焰，再氣勢傲慢地撩撥長髮，雙眸銳利地直瞪大如小山的漆黑野獸。

但若仔細一觀，就會發現這名少女的額角布滿細密冷汗。

莉莉絲並沒有她表面上看起來那麼輕鬆。

趁著雙方都沒有再進一步行動的空隙，莉莉絲壓低聲音，飛快地質問白蛇，「冷血的，你該不會真的沒睡飽，力量不足吧？」

「……我想這應該很明顯了。」白蛇張握一下手掌，淡淡地說，雲淡風輕的語氣像是在述說別人的事。

「喂喂，不是吧？」莉莉絲彈下舌，懊惱自己的同伴居然在這種時候戰力不足。她瞥了眼身後的艾草，想起對方先前召出眾多青焰的力量，但她隨即掐斷這念頭。

開什麼玩笑，要一個小孩子幫忙出手援助，像什麼話！

彷彿下定某種決心，莉莉絲暗暗握緊拳，感到熱力在掌心匯聚的同時，一邊警戒地瞥視地獄犬的一舉一動。

就算如今螢火光原上微光歇滅，但雲層後的碩大圓月已露臉，銀色月光映亮了黑夜，不至於讓四周被黑暗籠罩。

放眼望去，這片草原上如今僅有莉莉絲、艾草、白蛇，以及地獄三頭犬。

先前因闇之螢石而聚集過來的諸多妖獸全都消失不見，也不再聽見那些此起彼落的獸吼。

不過莉莉絲心裡清楚，那些妖獸恐怕是震懾於地獄犬的壓迫，才不敢貿然靠近此處。

除了接獲消息的莉莉絲，又有誰會想到鎮守地獄大門的地獄犬竟出現在這座島上？但莉莉絲萬萬沒料到，成進組的菁英、倍受學園師長讚賞的貝洛切爾，就是地獄犬的化身！

倘若不是因爲那些黑暗元素進入貝洛切爾體內，恐怕她根本不會發現這個事實。

但這樣，確實許多事都解釋得通了。

三個月前隱匿行蹤的地獄犬，三個月前進入賽米絲學園的貝洛切爾。

貝洛切爾驚人的魔法天分——地獄犬本就具備強大的魔力。

貝洛切爾想要獲得闇之螢石的理由——他不想洩露自己的身分和蹤跡。

現在，就只剩下一個問題了。

「小米粒，躲到最後面去，被波及到飛出去我可不管妳。」感受到熱力已匯聚完成，莉莉絲扯開了笑，「這是我地獄的看門犬，我自己會處理，誰也不准插手。不乖的狗，就要好好教訓一下才行哪。」

不管那塊闇之螢石裡究竟含藏什麼，竟能使貝洛切爾回復地獄犬原形，心智還遭到扭曲。這問題——等她先痛揍那隻蠢狗後再說！

莉莉絲黑靴猛地蹬地，華麗的身影有若飛箭，在攻擊中率先搶得先機。

不等地獄犬再對她噴吐火柱，莉莉絲手中的火焰已漲大，隨即化分出無數火球，如大雨轟砸而下。

就算地獄犬行動敏捷，但牠龐大的軀體仍使牠在戰鬥中成了最顯著的目標。

黑焰砸落在牠的身軀上，燒灼牠的皮肉，疼痛讓牠發出怒吼。牠倏地轉身，漆黑的尾巴長鞭朝莉莉絲方向甩出。

莉莉絲沒預料到這擊，當下閃得狼狽。雖說驚險地避開了，但整條手臂還是被擦過，瞬間疼到發麻。

「莉莉絲！」目睹粉紅長髮少女受到傷害，艾草壓抑不住心急，不顧對方的警告就想奔上前。

「混帳！我有叫妳過來嗎？妳是想弄斷妳那短胳膊還是短腿嗎？」莉莉絲在空中猛然厲喝。她垂著一條手臂，微白的嬌顏布滿怒氣，「小米粒就給我乖乖地在底下待著！」

扔下這句嚴厲斥喝，莉莉絲又從虛空中抓出一束由黑火凝聚的長刺。黑翼拍振，迅疾地與地獄犬展開纏鬥。

仗著自己身形比對方嬌小，莉莉絲靈活地在地獄犬身周閃躲，一抓到空隙，黑刺就猛力扎下。

然而這樣的攻擊卻無法帶給地獄犬太大傷害，只越發加深牠的怒火。

下一剎那，地獄犬又猛然甩動尾巴。

嘗過一次教訓的莉莉絲不敢大意，當下飛快退避，不願貿然硬碰硬。

可沒想到這竟只是地獄犬的虛晃一招。

下一秒，莉莉絲驚愕地發現地獄犬鋒利無比的爪子已當頭朝自己揮下，閃避不及便會被撕抓成好幾塊。

無暇細想，莉莉絲左翼伸張，轉瞬包覆住自己的半邊身子，本該柔軟的羽毛卻透出金屬般的剛硬光澤。

莉莉絲不確定自己能否擋下這擊，最壞的情況或許是翅膀被撕抓得支離破碎，但那隻蠢狗也別想好過！

莉莉絲眼中閃著冷酷的光，右手已暗暗重新凝出火焰。

地獄犬的利爪像是能撕裂一切地揮下了。

可莉莉絲卻遲遲等不到衝擊或是疼痛傳來。

怎麼回事？莉莉絲心裡驚詫，連忙揚起左翼，原先被遮擋的視野立即變得一清二楚。

「什……」莉莉絲睜大眼，啞口無言地望著前方景象。

地獄犬的利爪距離她僅僅剩那麼幾寸，只要再進逼一些，就能對她造成傷害。

但是，那隻爪子此刻卻僵在半空，白色的繃帶與質如黑霧的鎖鍊緊緊地勒纏住地獄犬的前肢，使牠動彈不得。

不光是前肢，牠的脖頸和身軀也都被繃帶和鎖鍊勒住，剝奪了牠的行動力。地獄犬的六隻黑眼瞳燃著憤怒，三張大口更是吼出怒嘯。但不論牠如何掙扎，別說黑鍊堅固不摧，就連看似脆弱的繃帶也絲毫不動。

莉莉絲自然知道繃帶的主人是誰，她低頭向左側望去，果然瞧見白蛇的雙手拽住繃帶的另一端，紅眸毫無波瀾。

縱使發現莉莉絲的視線落在自己身上，這名蒼白少年也只是平淡地說，「快點打完，我要回旅館睡覺。」

那樣的語氣、那樣的姿態，彷彿他出手並不是為了救助對方，只是想早點返回休息。

莉莉絲沒有出言諷刺，她將目光移向左邊位置。

在那裡，個頭嬌小的黑髮小女孩雙手纏拽住黑鍊，用力拉扯。

感覺到莉莉絲的注視，艾草仰高小臉，說，「吾是艾草，非是小米粒。莉莉絲，即便妳那樣說，但吾還是想要幫妳，吾要依自己的意志行事。」

莉莉絲張張嘴，她想自己應該要斥罵小米粒自找危險的行為，斥罵白蛇的多管閒事，但她一句話都沒有說出口，反倒重重地閉了下眼。

當她重新睜開碧眸，凌厲的氣焰和高傲的笑容又回到臉上。

「好了，你這隻蠢狗給我乖乖地失去意識吧！」莉莉絲背後黑翼張至最開，早已準備好的幽黑烈焰被她雙手高舉至空中。

沒有任何猶豫和遲疑，莉莉絲轟下攻擊。

就在這一剎那間，異變陡生。

地獄犬的六隻眼睛裡同時燃起一簇漆黑火焰，緊接著左右兩側的頭顱猝然一轉，張嘴噴吐出熊熊烈焰，似乎不在乎自己的身軀是否會因此被灼傷。

凶猛的火勢中，繃帶瞬間化爲灰燼，間或夾雜著皮肉燒焦的味道。

少了繃帶的協力，黑鍊的束縛頓時變得岌岌可危。

搶在莉莉絲的黑焰落下之前，地獄犬輕而易舉地扯開束縛。不僅如此，牠的身軀還分裂出兩抹形影。

一隻有著單顆頭顱，另一隻則是雙頭。

一隻地獄犬赫然分化爲兩隻！

幽黑火焰轟砸在兩隻地獄犬之間，攻勢落了個空。

萬萬想不到地獄犬竟會分裂，大吃一驚的莉莉絲等人愣怔了瞬間。

而這一瞬，足以扭轉整個局勢。

單首地獄犬迅雷不及掩耳地一擺長尾，登時將白蛇整個人擊飛出去。旋即牠再前腳一踩，竟是將艾草禁錮於腳掌下。

另一方的雙頭地獄犬則張開嘴，可吐出的卻非火焰，反倒是黑霧一樣的氣體。

黑霧奇快無比地對著莉莉絲兜頭罩下，完全環繞住她，瞬間硬化爲一個密閉的漆黑空間。

莉莉絲驚恐的悲鳴從空間內透出。

艾草煞白了小臉，瞳孔驟縮。

「住手、住手，把莉莉絲放出來，把莉莉絲放出來——」艾草嘶聲尖叫。

大笑聲響起，不是狼嚎也不是狗吠，而是貨眞價實的低啞大笑。

艾草試圖扭動脖子，她看見踩住自己的地獄犬低下頭，咧開布滿利齒的嘴，從裡面吐出了屬於「貝洛切爾」的聲音。

「太有趣了、太有趣了，堂堂地獄君主的女兒居然會害怕黑暗？從黑暗而生，自身就是黑暗的惡魔居然會怕黑？」

那聲音繼續大笑，肆無忌憚地惡意嘲諷。

「莉莉絲，妳簡直把惡魔的臉都丟光了。」

「妳偉大的父親難道不會哀嘆嗎？」

「地獄的子民們難道不會失望嗎？」

「沒人瞧得起妳，沒人會把一個怕黑的惡魔當一回事，就算她是路西法之女也一樣！」

大笑聲拔得越漸惡毒高亢，彷彿永遠也不會消逝地迴盪在這片草原上。

但就在這片大笑聲中，艾草卻聽見一抹模糊的悲鳴。

那不是莉莉絲的聲音，那是——

「住手，別傷害他們，我並不想傷害他們。」

「誰來阻止『我』？無論是誰都好，我請求……」

「請阻止『我』！」

——是貝洛切爾。

艾草終於明白，這兩日來一直橫亙在心頭的奇異感覺是什麼。

昨日以原形將她踩住，卻沒有眞正施加力道的貝洛切爾；給予她糖果的貝洛切爾；今日對她揮下劍，但見她未動反倒心急的貝洛切爾。

那名男人，從頭到尾根本沒有想要傷人的心思。

啊啊，就像莉莉絲一樣，這個男人的內心其實也是如此溫柔。

「莉莉絲，妳就獨自在黑暗裡直到發狂吧！」地獄犬愉悅地咆哮，「至於妳，不知道從哪裡來的小小姐，看在妳是莉莉絲同伴的份上，我會慢慢地踩扁妳的。當然還有伊甸之蛇的後裔，你們三個，我一個都不會放過！」

「嘲笑他人，蔑視他人，當眞是如此有趣的一件事嗎？」稚氣沉靜的小女孩聲音說。

那聲音就像一根針似地，筆直地貫入地獄犬的腦海，清晰得彷彿是在大腦中播放。

僅有單首的地獄犬瞬間停住笑，牠低下頭，隨後黑瞳閃過殘忍。牠猛然加大腳下力道，要一次把那嬌小的身軀踩成肉泥。

地獄犬的腳掌深深陷入草地裡，然而牠眼中卻沒有得意之色，反而布滿震驚。

小女孩的身影消失了，就在牠施加力道的那一瞬，嬌小身軀在牠眼下化成煙霧，消失得無影無蹤。

在哪裡？那個小鬼跑到哪裡去了！

兩隻地獄犬暴怒又緊張地不停張望四周，直到牠們又聽見那道稚氣清洌的嗓音。

「吾不知道汝是何物，然，傷害莉莉絲，踐踏貝洛切爾的意志，在在證明汝只是一名卑劣者。」

地獄犬大驚，猛然回頭，見到身著紅黑服飾的小女孩靜立於黑暗空間下方。那張潔白小臉平靜無波，可黑得驚人的凜凜眸子宛如能看透一切，從那具嬌小軀體裡迸發出強大威勢。

地獄犬喉中發出不安的低吼，低吼隨即轉成響亮的咆哮。

就像是要驅散那份荒謬的不安，地獄犬邁開四肢，雙雙張牙舞爪地鎖定艾草而去。

「我要撕了妳！吃了妳！讓妳再也說不出那種蠢話！」兩隻地獄犬吼叫，身影疊合起來，又變回三頭六眼的漆黑怪物。

地獄三頭犬張開三張大嘴，森白尖銳的利齒在月夜下閃動冰冷光芒。但就在牠以為能成功咬上那抹小巧身影之際，艾草身形一旋，下一秒竟出現於禁錮莉莉絲的暗黑空間上方。

等地獄犬驚覺她的意圖時已來不及了。

艾草的長袖子迅速甩動，當那截紅影從中劃過黑色四方體，本緊閉無縫的暗黑空間整齊地分裂成數大塊。

一抹人影自上墜落下來。

「長照、梁炫！」艾草沒有伸手攔接，而是高喝一聲。

同一時間，莉莉絲的下方閃現出一抹快若鬼魅的白影。身穿奇異白服、臉覆詭艷臉譜面具的黑髮少年一接住莉莉絲，又迅速往下竄去，將人放於地面。

地獄犬內心大駭，壓根沒想到會出現另一人。

不對，還有一人！那個小鬼喊的是兩人的名字！

三顆頭顱立即急望向不同方向，可還未等地獄犬發現另一抹人影，漆黑夜色中猝然飛射出多道黑色鎖鍊。

與艾草使用的不同，非像霧氣凝聚，而是實實在在的剛硬堅冷。

宛如要與黑夜融為一體的黑鍊，轉眼間將地獄犬勒綁得結結實實。

地獄犬大怒，使勁全力想掙脫束縛。但下一秒，又是多重漆黑鎖鍊到來，繞過牠的三顆頭顱、脖頸、四肢，最後尾端紮入地裡，釘了個死緊。

連口鼻都被纏捆住的地獄犬當下連怒吼也發不出。

站在地獄犬面前左側的是那名白服少年，看似瘦弱的手臂卻牢牢拽住多條鎖鍊，完全不受地獄犬掙動的影響。

而落足於地獄犬右側的是一抹身穿黑衣的高䠷女子。筆直黑髮長過腰際，臉上同樣戴著一張色彩詭艷的臉譜面具，手上亦扯著多條黑鍊。

這兩人是誰？行動受縛的地獄犬內心慌亂憤怒，但連口鼻也被封住的牠無法再吐出烈火自救，只能猙獰地瞪著六隻黑眼睛，看著嬌小身影輕巧地落地。

散著長髮、裹覆紅黑服飾的小女孩一步步向前走，來到了地獄犬的正前方。

面對那三顆巨大駭人的頭顱，她神情沉靜、不見畏懼。

然後，她伸出了細白的雙手，撫上居中的一顆頭顱。

她說：

「卑劣者，此爲貝洛切爾的軀體，吾要你速速滾離——還不給吾退去！」

那是一道年幼稚氣的聲音，同時也是一道飽含威嚴的聲音，如雷電劈劃夜空，震得空氣起了波動。

陷入半昏迷的莉莉絲下意識地睜開眼，她睜大碧眸，震驚不已地看著面前景象。

地獄三頭犬被多重黑鍊纏鎖住，身穿白服、黑衣的兩抹陌生身影立在左右側。

而中間，是艾草！

那名總是被自己戲喊爲「小米粒」的小女孩，這一刻的背影如此威凜。

從她腳下黑影內不停凝化出一把把漆黑長劍，難以計數的黑劍在她頭頂上匯聚、合爲一體，隨後迅速劈斬而下。

一瞬間，莉莉絲幾乎以為整片螢火光原都要震動了。她看見巨劍劈入地獄犬體內，她聽見地獄犬喉中傳出慘鳴，那六隻闃黑的眼睛飛快地變換顏色，一瞬暗黑，一瞬燦金，彷彿有什麼力量在互相對抗。

最後，六隻眼睛的顏色終於停止變化。

當地獄犬的眼珠恢復為金黃，牠龐大的身軀也同時迸裂出無數裂縫，裂縫越來越多，轉眼交織得密密麻麻。

彷彿感應到什麼，身穿黑衣、白服的兩人立即收手，漆黑鎖鍊消失無蹤。

剎那間，地獄犬的身軀就像是承受不住壓力的瓷器，劈里啪啦地碎裂開來，大大小小的黑色碎片向下墜落，一碰到地面又消逸無蹤。

待所有碎片都消失於夜色中，最後跪坐在草地的是一名黑髮男人。汗濕的髮絲沾黏臉上，金黃眼瞳內還帶著一絲恍惚，胸膛則劇烈地起伏著。

沒有多看那名從巨大黑犬變為人類的男人一眼，身穿黑衣、白服的人影當下摘下面具，在艾草面前單膝跪地。

「城隍大人。」梁炫低下頭，「是我等來遲了，此次皆是我的錯。若我再多注意一點，就不會讓大人獨自流落此地。」

「大人，我等真是擔心欲狂。」長照也低下頭，「但能見到妳沒事……這比什麼都還要讓人開心。這兩天定是讓妳受苦了，只要想到大人是否有好好吃飯，身上穿的衣物是否有好好沖洗、烘乾再跟香氛袋放一起，我就……」

長照的聲音小了下去，那張俊秀嚴肅的臉出現剎那扭曲，眉毛更彷彿打成死結。

艾草一看就知道自己的日遊巡將軍又因爲過度憂心而胃痛了，但還沒等她摸摸對方的頭以示安慰，一道聲音在她身後響起。

「城隍……大人？」

艾草急忙回過頭，望見粉紅長髮少女正用錯愕吃驚的表情望向自己。

「這是怎麼回事？小米粒，妳不是叫艾草嗎？」莉莉絲喃喃開口。

小米粒？乍聞這稱呼，梁炫和長照眉毛登時一動，他們立刻抬頭，銳利的黑眸鎖定那名衣著華麗的少女。

此人是誰？居然膽敢如此稱呼他們大人？

「梁炫、長照，慢。莉莉絲是吾友，是吾在此地第一個認識之人，她和白蛇還幫了吾。」縱使沒有回頭，艾草也猜得出背後兩位將軍的心思，她飛快伸手攔在他們之前，接著深吸一口氣，緊張不安地看著前方的莉莉絲，「吾沒有要欺瞞妳的意思，莉莉絲，吾的名字確實是艾草，『城隍』乃是吾在東方的神名。吾，吾是地府神祇……吾說的，都是眞的。」

「東方？地府神祇？」出乎意料的字詞讓莉莉絲越發驚愕，就算她不知何爲「地府」，但她不可能不懂得「東方」和「神祇」的意義。

小米粒是東方的神？所以她根本就不是因帕德休島的人，根本就不是他們西方的一分子！

「地府……就另一種意義而言，大概和我們的地獄差不多了。」有人突然開口。

「貝洛切爾？」莉莉絲訝然地看向貝洛切爾，「你知道？你知道小米粒說的『地府』是什麼？難道你也知道『城隍』？」

「我只聽說過地府，學妹……不，莉莉絲殿下。」黑髮金眼的男人微微苦笑，即使模樣狼狽，仍不減其優雅，「讓妳看到方才醜態，甚至還引發如此騷動，我真的感到相當抱歉。」

「那種東西先省下，反正待會兒我自會審問你。」莉莉絲不耐煩地抱著胸，「還不快說什麼是『地府』？你又爲何會得知？」

「殿下，我是顧守地獄之門的看守者，常能聽見各方來訪人士帶來的各種消息，當然也包含了東方的事。據聞地府是東方掌管靈魂的地方，人類死去後，都必須前往此處報到。」貝洛切爾頓了下，金眸探詢似地看向艾草，「小小姐……城隍大人，希望我的說法並沒有太大的錯誤。」

「無錯，還有可否別喊吾『大人』？」艾草細聲地說，「梁炫、長照，汝等也是，此處已非地府。」

「我等明白了，大人。」梁炫與長照站起身，恭敬點頭。

「……固執鬼。」艾草小聲地咕噥，「梁炫是，長照也是。」

「我開玩笑的，小姐，請讓我等如此稱呼小姐吧。」梁炫冷漠的臉部線條綻出微笑，隨後她望向莉莉絲，上前數步，有禮地低下頭，「莉莉絲大人，地獄君主之女，非常感謝妳對我家小姐的照顧。不知另一名白蛇大人是否也在場？我等也想向他致上謝意。」

「白蛇？」莉莉絲一愣，她想起被關入黑暗前的記憶，白蛇被地獄犬一擊掃了出去，至今不見人影。她皺了皺眉，再隨手往周遭一揮，「那個冷血的可能直接在附近睡死過去了，道謝什麼的也可以免了。妳是小米粒的什麼人？妳知道我是誰？」

「我是梁炫，另一位同伴是長照，我等皆是小姐的下屬。」梁炫說。

「莉莉絲，梁炫和長照是吾城隍府的八將軍之一，亦是吾的家人。」艾草跑近梁炫身邊，仰起小臉，「梁炫，為何妳知道莉莉絲？」

「事實上——」梁炫溫柔地摸摸艾草的頭髮，目光投向長照。

「是因為這本說明書，小姐。」黑髮少年張開掌心，一本小書冊浮現，旋即再變大。

黑書皮加燙金文字，讓人一眼瞭然的書名。

「《三分鐘讓你對西方世界就上手》，這是西方那邊連同空間之鏡送來的禮物，好使妳能夠更加了解西方。我等原本要讓妳留學時帶去的，小姐，沒想到會發生這種意外。」

「慢著，什麼留學？」莉莉絲沒有漏聽關鍵字，她訝異地瞠大眼。

「小姐是奉我東方天界的命令，前來西方成為交換學生的。」長照說。

「將要就讀的正是此島上的賽米絲學園，只是因為一點意外，才會提早到來。」梁炫也說。

莉莉絲呆了呆，下一秒她猛然一把抱住艾草。

「什麼啊？原來是這樣，原來是這樣！」莉莉絲愉悅地露出笑容，「這樣我就不用煩惱怎麼把妳帶回學園了嘛。放心好了，小米粒，在學園裡我莉莉絲會罩妳的！」

說完，莉莉絲還眉開眼笑地親了艾草臉頰一記，一切都顯示出她的心情相當好。

而當莉莉絲的目光瞥向貝洛切爾，她放開艾草，在貝洛切爾身前站定，雙手環胸，居高臨下地俯視這名眞身是地獄犬的男人。

「我說我會審問你的，十三號。」莉莉絲斂起了笑，此刻神情高傲，碧眸犀利，「怠忽職守還躲到學園裡，你最好有好理由說服我，否則別怪我不客氣。」

貝洛切爾沉默地閉眼再睜開，「……殿下，想必妳相當清楚我們地獄犬是如何產生的。」

「你這不是廢話嗎？」莉莉絲瞇細眼，「你們是我老爸用闇之螢石加上破碎靈魂製造出來的。別轉移話題，回答我的問題。」

「我並沒有轉移話題，殿下。」貝洛切爾垂下眼，輕聲地說，「破碎的靈魂並不會有任何記憶……可是，如果有呢？」

「啊啊？怎麼可能？那種事根本就不可能發……」莉莉絲眼中驀地閃過愕然，她停住話，碧眸震驚地瞪著貝洛切爾，似乎終於醒悟他的意思。

「我想起了一些事，我想起自己似乎曾待在這裡生活。」貝洛切爾慢慢地吐出話語，明明是悅耳優雅的聲音，卻彷彿滲入了一絲惆悵，「即使追尋記憶對如今的我來說並沒有任何意義，可我還是想找尋自己生前的痕跡。不過，這種徒勞又愚蠢的行爲也就到這裡結束了。

殿下，我自會返回地獄請罪。」

費心想捉回的對象如今自願歸返，然而莉莉絲卻沒有露出欣喜或得意的表情。相反地，她姣好的眉毛越皺越緊——她感受到一旁的艾草正瞬也不瞬地瞅著自己，就算那張小臉沒有顯露表情，但那雙烏黑大眼就像是同情貝洛切爾，正傳遞出無聲的請求。

莉莉絲瞪著貝洛切爾，接著她鬆開手，煩躁地抓了抓長鬈髮，再張開手，上頭浮現一支粉紅色的手機。

不再盯著貝洛切爾，莉莉絲走到一旁，也不知是打給誰，很快就見她自顧自地講起電話。

「喂？是我啦，之前那隻怠工的十三號地獄犬我找到了。不過我挺中意的，那隻就讓給我吧，反正顧門的還有一百零七隻……啊？不要再問我有沒有戀愛對象！你再囉嗦的話，當心我隨便找個男……不，是隨便找個女的私奔給你看！」

似乎是被激怒，莉莉絲粗暴地掛掉電話。不管自己的手機下一刻又響個不停，她回到貝洛切爾眼前，傲慢地扠腰俯看著他。

「喂，你聽見了吧？」

「聽見……什麼？」貝洛切爾隱約對莉莉絲手機另端的說話對象有個底，可他仍不敢相信自己所聽見的。

如果是真的，豈不就代表……

「莉莉絲，妳和誰講電話？」艾草好奇問道。

「還能和誰？當然是和我老爸。對了，小米粒，晚點記得跟我交換手機號碼。」莉莉絲隨手撩下髮絲，回答完艾草的問題後，又睨向金瞳湧起震驚的貝洛切爾，「我是看在小米粒的份上，不然誰在乎你的回想之旅。我話不說第二遍，你給我聽好了，你被我老爸從地獄大門的看守者名單中除名了，他把你讓給我，然後我對你一點興趣也沒有，所、以、你、被、我、開、除、了。從現在開始，你要做什麼都是你的事，但是你敢再抓著我的弱點——本小姐絕對宰了你。」

貝洛切爾宛如沒聽見莉莉絲的森寒警告，俊美的臉上盡是茫然與難以置信。他低頭看向自己的手，再慢慢握緊，一股不眞實的感覺充斥在心底。

眞的……也就是說，他今後眞的可以追尋自己想要的東西？

貝洛切爾猛地握緊手，無法言喻的狂喜衝上心頭，他抬頭看著莉莉絲，再望向她身邊的艾草。

個子嬌小的小女孩正睜著墨色眼眸，安靜地回視他。

「吾不知汝是何物，然，傷害莉莉絲，踐踏貝洛切爾的意志，在在證明汝只是一名卑劣者。」

「卑劣者，此爲貝洛切爾的軀體，吾要你速速滾離——還不給吾退去！」

貝洛切爾記得那道稚氣清冽的嗓音，也記得那雙小手撫上自己的溫暖感覺。明明是那麼嬌小的身軀，卻又如此地強大與溫柔。

貝洛切爾就像是下定某種決心地鬆開握住的手指，他站了起來，走至艾草身前，在那雙眸子困惑的注視下，竟是屈膝跪地。

「貝、貝洛切爾？」艾草嚇了一大跳，就算臉上看不出表情，但黑眸瞪得比平常大。

「小小姐，我做了多次傷害妳的事，我知道這是厚顏無恥的要求，可我仍然希望能獲得妳的原諒。」貝洛切爾仰起頭，金眸真摯，彷彿沒發現自己剛說完第一句話，頸側瞬間就貼上了冰冷的刀與劍。

「不對，你並非眞心欲傷吾。」艾草慌張地搖搖頭，她記得貝洛切爾不僅是地獄犬，還是賽米絲學園成進組的一員，怎麼能讓學長對新生下跪，「粱炫、長照，收起汝等武器，貝洛切爾對吾也很好，他還給過吾糖果。」

長刀和長劍下一剎那迅速收回。

莉莉絲吹了聲口哨，有眼睛的都看得出那兩個據說是什麼將軍的，根本是徹頭徹尾的護主狂。

莉莉絲的目光再落至貝洛切爾身上，知曉對方意圖似地彎了下唇角。

很有趣嘛，那她不介意來個推波助瀾。

「喂，小米粒。雖然他是個骨子裡傲慢又做作的男人，不過妳就意思意思原諒他吧。」

莉莉絲抱胸說道。

「咦？莉莉絲妳的說法好像是不想原諒他……那個，吾明白了。吾原諒你，吾眞的沒有怪罪於你。」艾草認眞地說。

貝洛切爾的金瞳浮現欣喜笑意。

然而就在艾草以爲他終於要站起身之際，他竟是低下頭，伸手執起她的袍袖一角，在上頭印下一吻。

「我的眞名是可魯貝洛斯．切爾契．卡洛尼爾達，請讓我在此向妳獻上眞心與忠誠，我將成爲妳的劍、妳的盾——」

這名黑髮金瞳的優雅男人如此宣誓。

「我的主人。」

❀ ❀ ❀

「東方……地府城隍嗎？」

靠著一塊大石的白髮少年睜開眼，血紅的眼睛不是很感興趣地投向螢火光原的另一端。接著他伸出手，讓腳邊的兩條小蛇之一爬上手臂，再迅速化爲繃帶，隱沒至他的皮膚底下。

稍早被地獄犬一擊掃出後，就因體力不支、睡眠不足而昏睡過去的白蛇，掩口打了個呵欠，他的目光瞥向另一條小蛇，牠的尾巴還捲著一片小小的黑色碎片。

那是地獄犬形體崩碎後遺留下來的部分，雖然白蛇在這過程中暫時失去了意識，可他留在那的寵物，卻將事情經過轉告他，還趁機搶得一片小小的碎片帶回。

白蛇捏起碎片，將它舉至眼前，很快又失去興趣地收起。

「到時再給莉莉絲吧，叫她自己去研究這是什麼東西。」白蛇漫不經心地合上眼。

在他的同伴找來之前，他可以再睡上一覺。然後，當他們真的找來後，他想，他會實現小不點當時許的願望。

那一日，她的願望是——

「請好好地喊吾的名字，吾是艾草，非是小不點。」

他會喊她的名字，艾草。

十 遲到就是一種徵兆

這裡是賽米絲學園其中一棟學生宿舍裡。

光可鑑人的大理石走廊上，此刻正傳來響亮、富有節奏的聲音。

喀噠喀噠，一雙黑色長靴俐落地踩在走廊上，每一步都引來宿舍學生忍不住的注目。

賽米絲學園學生宿舍呈高大圓柱狀，外觀看起來是一座攀爬著各式藤蔓植物的圓塔，內部則各層打通，站在一樓大廳仰頭向上看，可直接看見最頂處的穹頂。

塔內每層樓都沿壁面建造，所有樓梯皆向圓塔中央延伸，再匯聚於主梯，乍看下，就像蛛網在空中交錯。

宿舍雖是男女學生同住，不過仍以樓層作爲劃分範圍，奇數樓層是男生房，偶數樓層則爲女生房。

如今第一節課快開始了，爲避免遲到被扣個人分數，大部分學生早就離開，但仍有些學生還留在宿舍裡。

在變得安靜許多的空間中，那陣喀噠喀噠的腳步聲格外明顯。不管是待在樓梯還是高樓層走廊上的學生，都下意識低頭往下望。

女孩子們發出了羨慕又有些嫉妒的低語；男孩子們則一臉驚艷，不時和同伴交頭接耳地交換讚歎。

彷彿沒有發覺那些從四面八方投來的視線，也或許是早就習慣，那雙黑色長靴不見停滯，依舊筆直地朝目的地走去。

黑靴的主人是一名擁有粉紅色長鬈髮的高眺少女，身材姣好，容姿華麗，一雙碧綠色眼眸如同最上等的綠寶石，閃耀著熠亮的神采，舉手投足間透出難以隱藏的高傲貴氣。

一撩自己的粉紅髮絲，莉莉絲抬頭瞄了一眼鑲嵌在穹頂的巨大壁鐘。

距離第一節上課的鐘響時間還有二十六分鐘，只要把刷牙、洗臉、換衣的時間控制在十分鐘內，就能安全抵達教室。

「眞是的，那小米粒是要人多不省心，早餐時間沒出現在餐廳就算了，現在都幾點了，還不出現在一樓大廳。只不過是區區小米粒，可愛得不得了這點讓人沒辦法否認就是了……好，就叫她可愛的區區小米粒。」

嘴上一邊唸唸有詞，莉莉絲一邊加大步伐，經過一扇又一扇緊閉的房門，卻在要通往下方的樓梯口前，瞄見有一名女孩子被幾個男學生圍住。

從縫隙中，莉莉絲瞥見一頭栗子色的柔順鬈髮，還有半張文靜的側臉。

那名女孩似乎正被搭訕、告白，或是其他什麼的，反正那些行爲通通可以統稱爲求偶。

莉莉絲的腳步並未因爲那幕光景而停下，對她來說，那根本不需要她插手。

一來，是舍監不會容許學生滋事，那位舍監的敏銳度令眾人懷疑她是不是在每個學生身上都裝了監視器或下了監視魔法；二來，是莉莉絲記得那頭栗子色鬈髮和那張文靜的側臉。

對方與她一樣都是一Ａ的學生，名字似乎是叫野什麼的。

莉莉絲雖然忘了對方的名字，卻還記得對方可不是任人隨意欺負的性子。

果不其然，當莉莉絲繞過樓梯口一段距離後，忽地聽見男學生們傷心奔走的聲音，間或夾雜著倍受打擊的大叫。

「嗤，一群白痴。」毒舌地替那些明顯遭拒的男生下了結論，莉莉絲很快就把這件微不足道的插曲扔到腦後，她在一扇緊閉的房門前停下腳步。

她來到了目的地。

連門也不敲，莉莉絲理所當然地省略這道表示禮貌的步驟，直接打開了門。

「小米粒！妳到底——！」

氣勢十足的大喝在瞧見房內景象時戛然而止。

莉莉絲啞然地看著有志一同朝她比出噤聲手勢的兩抹人影。

她認得那兩人。無論是個頭比一般女性高䠷的英氣女子，或是外形文弱的黑髮少年，他們都不是這棟被稱爲「白犀之塔」的宿舍的學生。

不，當然他們也不是其他宿舍的學生，他們甚至不是賽米絲學園的一分子。

事實上，這兩人是這間房間主人的下屬。

女子的名字是梁炫，少年的名字則是長照。

梁炫和長照微帶譴責的眼神讓她愣了愣，在不悅感爆發前，莉莉絲先發現到了他們倆這麼做的原因。

他們正蹲在一張床鋪前，床上躺的自然是這間房間的主人——一名散著黑髮，如今依然沉沉睡著，沒有被莉莉絲驚動的小女孩。

她的名字是艾草，莉莉絲口中叨唸的「小米粒」，同時亦是賽米絲學園首次迎來的東方神界交換學生。

一直以來，賽米絲學園僅有西方世界的天使、惡魔、妖怪，或其他非人種族就讀。即使現在已是二十一世紀，全世界早進入了無國界時代，但那僅指人類世界。東西兩方的非人世界並無法隨意往來，必須通過繁瑣的手續，最後才能靠著空間通道穿梭。

為了打破彼此的藩籬，也為了加深雙方的交流，西方神界發出邀請，希望能邀一位東方神祇成為他們學園的交換學生。

多方考慮下，最後成為交換學生最佳人選的便是東方的陰間神祇——城隍，眞名為「艾草」，也就是現在仍睡得不知時間流逝的小女孩。

「還請放低音量，莉莉絲大人，我家小姐尚在熟睡。」因為不放心艾草而追來的夜遊巡將軍．梁炫輕聲說，「小姐難得睡這麼沉，希望別驚擾到她。如有任何要事，我等之後可以幫忙傳達。」

什麼？這兩個護主狂是笨蛋嗎？莉莉絲不敢相信地睜大眼，在她想發難之前，另一邊的長照也開口說話了。

「小姐的睡顏如此可愛、治癒人心。莉莉絲大人，妳不覺得光是看著我家小姐的睡顏，就能感受到疲憊的心靈被洗滌一番嗎？」同樣不放心艾草而追來的日遊巡將軍一臉嚴肅，他又轉回頭，發出由衷的感慨，「啊啊，我覺得我的胃疾好像都不藥而癒了。雖然只要再回到地府，看見我的那些白痴同事就會復發。可是，如果按照《三分鐘讓你對西方世界就上手》此書所說，小姐的睡顏就像所謂的天使那般可愛吧。」

「啊啊？開什麼玩笑！那書是哪個蠢貨編的？要說當然也是說像惡魔那般可愛才對！」身為地獄君主之女的惡魔少女一挑細眉，斬釘截鐵地說道。

放下環胸的雙手，彷彿想確認長照話中的真實性，莉莉絲大步走上前，來到艾草床旁。沒有像梁炫、長照兩人蹲跪著，她居高臨下地盯著雙眼緊閉的艾草。

沒有如同平時綁著垂髻，散開一頭漆黑長髮的艾草看起來更加稚氣、脆弱，臉蛋小小，紅潤的嘴唇也小小的，濃密的眼睫毛像把小扇子。

光看著這番毫無防備的睡姿，莉莉絲一顆心不由自主地軟了下來。不一會兒，她艷麗的五官褪去傲氣，站姿也變成蹲姿，近乎著迷地直盯著艾草的睡顏。

真是的，小米粒這麼可愛真是太犯規了，那臉頰讓人好想咬一口……嗯？我剛是為什麼而來的？好像想不起來……算了。

忘記原先目的，莉莉絲也加入梁炫和長照的行列，渾然忘我地注視著床上熟睡的艾草。

由於房間門是敞開的，這時不管誰經過，都會望見三人蹲在床前的奇異光景。

白蛇正好就是看見這幕的人。

表情沒有絲毫變動，白髮紅眼、臉頰上覆有幾枚蛇鱗，膚色蒼白到死氣沉沉的少年在門口站了一會兒，確定裡面三人並未察覺到自己的到來，他面無表情地伸手敲敲門，吐出寂冷的嗓音。

「要遲到了。」

簡潔的四個字，宛如一道轟雷劈落在莉莉絲心頭。

瞬間憶起自己的目的，粉紅長髮少女猛地回過頭，瞧見倚在門邊的白蛇一派平靜地對著她比出一個「八」的手勢。

「再八分鐘。」白蛇事不關己地說。

「只剩八分鐘？」莉莉絲倒抽一口氣，嬌顏乍變，「你這冷血的是不會早點出聲嗎？不對，你怎麼會在這裡？你不是每次都睡死到第二節才上課嗎？」

「我忽然想起來吃早餐。」白蛇懶洋洋地打了個呵欠，他的態度就像是毫不在意自己會遲到。

莉莉絲知道白蛇確實不在意。

按照學園規定，每遲到一堂課就會扣一次學生的個人分數。萬一分數過低，便將面臨留級甚至是退學的危機。可反過來說，只要累積足夠的分數，有的學生壓根不在意這些微小的扣分。

白蛇就是這樣的人；事實上，莉莉絲也是。靠著優異的學業成績及完成多項學園任務所攢來的積分，莉莉絲相當有自信，就算自己連蹺半個月的課，也可以遊刃有餘地升上二年級。

但是，艾草可不行。

艾草剛進入學園第二天，別說是累積分數了，隨便一扣就成了負分。開什麼玩笑，她絕不允許小米粒因爲這麼蠢的理由而被退學。小米粒是她撿回來的，得乖乖陪著她才行！

「不准睡了！小米粒，馬上給本小姐起床！」沒想理解白蛇怎會忽然起來吃早餐，莉莉絲立刻掀開艾草的棉被，大力猛搖艾草肩膀。

「住手！」梁炫迅速起身，掌心內下意識浮現黑氣。

「不得對我家小姐無禮！」長照更是反射性按上佩劍劍柄。

「無禮？你們兩人才是搞不清楚狀況吧？」莉莉絲一旋身，雙手扠腰，碧眸吊高，渾身散發強盛的氣勢，「現在都幾點了？雖然我剛剛不小心也忘了這件事，但、是，現在可是七點五十二分了！」

「錯，已是五十三分，恭喜你們又無意義地浪費了一分鐘。」白蛇用毫無幹勁的冷冷嗓音置身事外地說。

「冷血的，你閉嘴！」莉莉絲火大地說。

「是，我等知道現下已是七點五十三分，有何不對嗎？」縱使面對地獄君主之女，梁炫的凜然氣勢也沒有減少一分。

可下一刻，這名素來理智冷靜的女性驀地變了神色。

「要糟！」梁炫短促地抽一口氣。

「梁炫，怎麼了？當眞有大事？」長照困惑地問。

「平日小姐的上班時間自九點開始，可這學園的上課時間是八點，是我太大意了。長照，馬上準備小姐的上課用具！」梁炫俐落果斷地分派命令，自己也沒閒著。

在長照刷白了臉、緊張地衝去收拾艾草物品之際，梁炫飛快拉起熟睡的艾草，拊在她耳邊低語，「小姐，倘若再不起床，小姐就會因爲貪睡賴床而長不高、發育不良，這樣永遠都沒辦法超越無救喔。」

這句話簡直是一道最神祕的咒語。

莉莉絲睜大眼，吃驚地看著方才無論她怎麼搖都沒反應、現下卻因爲一句話瞬間張開雙眼的艾草。

「吾不要長不高，更不要發育不良！」披散著黑髮的小女孩坐起，反射性摸摸自己胸前，「沒有變小……可是也沒有變大。」

「認真爲著這事煩惱的小姐，今日也一樣超級可愛呢。」梁炫笑吟吟地說，那張清麗與英氣並存的臉孔浮現溫柔，「不過現在可不是爲這事煩惱的時候了，小姐。」

梁炫的語氣忽地轉爲嚴肅，「小姐上課即將遲到了。萬分抱歉，這都是我等的疏忽。」

「遲到？吾不是九點才要上班嗎？吾記得，近日也沒有重大公文須速速審批……現下應當是七點五十幾分才是吧？」艾草喃喃地說。她體內似乎具備著神奇的生理時鐘，可以大致感知時間。

但就在下一秒，她慌張地驚呼一聲。

「要糟！」艾草喊出了與梁炫相同的話，她忙不迭跳下床，向來沒有顯著情緒的潔白小臉上閃逝一抹緊張。

艾草想起來了，自己現在並非身在地府，她成爲賽米絲學園的交換學生。

「吾，吾這就去刷牙洗臉！」

「小米粒，妳跑慢一點！衝那麼快會撞到頭的！」

莉莉絲才剛喊完，匆忙衝往房內附設浴室的嬌小身影就已撞上門，發出一記響亮的聲響。

艾草沒有痛呼出聲，但從她立即抱頭蹲下、身體顫抖的模樣看來，或許是痛到一時說不出話來了。

「小姐！」

「小姐！」

「小米粒，妳在搞什麼啊？」

見狀，梁炫、長照、莉莉絲不約而同地奔上前。

然而在他們三人靠近的剎那，艾草伸出一隻小手，做出阻攔的手勢，接著她抬起頭。

「吾，吾沒事。吾一點也不覺得痛，吾也沒有要哭。」艾草面無表情地說，只不過一雙微紅泛淚的大眼睛已經出賣她。

唔！莉莉絲只覺內心一股衝擊的悸動，緊接著她聽見細微的咔嚓聲，敏銳地回過頭，登時看見梁炫與長照雖依言沒有出手攙扶，可他倆放在背後的手竟是各抓著一支手機，技術高超地拍下此刻的畫面。

待莉莉絲也想拿出手機拍張照留念時，艾草已迅速站起，抬頭挺胸，故作無事地打開門、走進衛浴合併的浴室裡。

嘖……莉莉絲扼腕地一咬指甲，沒想到起身轉過頭，卻看見倚著門、紅眸閉上的白蛇身上，一隻小蛇不知何時已從他手臂的皮膚下鑽出，居然用細長的身體纏繞著白蛇的手機。

從手機對準的方向判斷，明顯是拍下了方才的那一幕。

小蛇看似得意地昂起頭，嘶嘶吐出紅舌，做出接近笑的表情，像是對自己的快動作感到高興。

白蛇忽地掀開一隻紅眼睛，他拿過自己寵物偷拉出來的手機，冷淡地瞄了一眼。

「拍這做什麼？」白蛇一副不感興趣的樣子。不過在他的寵物流露出緊張的眼神後，他打了個呵欠，又將手機塞回原位，「算了，反正也不佔儲存空間，就留著吧。」

什麼叫就留著啊？不要不會乾脆給本小姐嗎？莉莉絲差點被白蛇那無所謂的態度惹惱。擔心自己眞的衝去搶走白蛇的手機——那不行，太沒形象了——她洩恨似地撥撩一下長髮，再大步走向房內的衣櫃。

「趁小米粒還沒出來，我先幫她選衣服。今天是上學第一天，當然得穿漂亮一點才行。我派影侍送來的那些衣服、裙子，也都放在這裡嗎？」莉莉絲伸手探向衣櫃門把。

「不，莉莉絲大人，請快住手！」梁炫平常清冷的聲音驟然拔高。

「那裡萬萬不能開！」距離衣櫃較近的長照一個箭步衝上，打算搶先一步壓住衣櫃門板，「因爲——」

長照的話還來不及喊完，莉莉絲就已知道是因爲什麼了。

在她拉開衣櫃的兩扇櫃門之際，一大片黑影無預警地傾落下來。

沒有防備的莉莉絲大吃一驚，當下被掩埋在裡面。

原本昏昏欲睡的白蛇在捕捉到這動靜後睜開眼，令人難以捉摸情緒的血色眼眸罕見地流露驚訝。

對於賽米絲學園的任一人來說，那都是相當令人瞠目結舌的畫面。

堂堂地獄君主之女，戰鬥力驚人的莉莉絲，竟遭一大堆衣物埋住。

「殿下！」房裡突然響起緊張的低呼，一抹人形黑影平空出現在莉莉絲身畔。

「退下！」莉莉絲揮開掩蓋在身上的衣物，不悅地遣退影侍，「別喊得一副我重傷不行的樣子，不過就只是一些衣服……」

莉莉絲頓了下話，環視周遭驚人的淩亂，咂舌地搖搖頭，「好吧，一大堆衣服。喂喂，這是怎樣？小米粒的衣櫃未免也太誇張了吧？根本就像是把全部衣服直接胡亂塞到裡面。要是換小米粒自己來開，就當場被活埋了吧。」

「眞的萬分抱歉，小姐的衣櫃我預計是今日才要幫她整理。」終究還是慢了一步的長照低頭致歉，「還懇請原諒我的疏忽。」

「如果要怪罪，也請一併責怪我，是我忘了督促長照。」梁炫也誠懇地道歉，「但這一切絕非小姐的錯，我家小姐只是稍微、有點不擅長整理和收納而已。」

「誰會爲這種無聊事而生氣啊？我莉莉絲是氣度這麼小的人嗎？」莉莉絲雙手抱胸，眸光猛地一轉，「但、是，這種程度還是太誇張了吧？小米粒，妳眞的只是稍微、有點不擅長整理和收納嗎？」

「咦？」正巧踏出浴室的艾草一愣，隨後望見房內景象，潔白小臉飛快染上淺淺紅暈。她對戳著手指，似乎有點不知所措，「吾、吾沒有不擅長。吾只是覺得亂中有序比較好，而且這樣的話，吾才容易記得東西放在哪裡。」

莉莉絲嘆氣。所有不擅整理的人都是這樣堅持的啦，小米粒。

放棄深究艾草的整理功力到底差到什麼地步，莉莉絲忽地一拍雙手，「好了，男人都給我滾出去！現在是小米粒的換衣時間了，就算她沒胸沒屁股，也還是女孩子。誰敢偷看——」

她的臉上綻放出艷麗與陰狠並存的微笑。

「本小姐就刨了他的眼睛！」

這番話無異是針對白蛇與長照。

可說也奇怪，長照竟然沒有往外移動半步，反倒和梁炫一左一右地站在艾草身旁。

「接下來就交由我等負責吧，莉莉絲大人。」梁炫手上不知何時已掛滿一件件衣物，「更衣由我，梳髮由長照。」

「什麼？」莉莉絲訝然，「但長照是男的吧？小米粒的四季豆身材會被他看光光吧？這樣不要緊嗎？」

「吾說過多次，吾不是小米粒，亦不是四季豆，吾……」艾草的抗議遭人忽視，她沮喪地低下頭，「吾認命了……雖然吾一點也不想認命。」

「小姐身軀尊貴，我斷不會以雙眼褻瀆。」長照異常嚴肅地說，他的手上平放著一條白巾。在莉莉絲吃驚的目光下，他熟練地矇起自己的眼，顯然已做過許多次。

「哇喔，眞的假的？」莉莉絲不禁都覺得敬佩了，緊接著她目光掃向同樣還待在房裡的白蛇，她氣勢十足地大步上前，碧眸凌厲。

「剩你了，冷血的。自己出去？還是我掃你出去？」

「說得好像我多想留在這裡。」白蛇離開倚靠的門板。可不知爲何沒有馬上離開，而是像在等待什麼似地停留原地。

當莉莉絲挑揚眉梢，打算採取暴力手段時，白蛇忽地開口。

「五、四、三、二、一，時間到了。」

「啊？」莉莉絲一頭霧水，不懂這位古怪的同伴在故弄什麼玄虛。

但就在下一剎那，莉莉絲的表情凍住了，她聽到鐘聲響起。

「時間到了。」白蛇淡淡地說，「恭喜你們正式遲到。別把我算進去，我今天本來就打算蹺課。」

十一 走廊上的監視器

悠揚嘹亮的鐘聲響徹整座賽米絲學園，宣告各年級的第一節課正式開始。

按照學園規定，上課時間所有學生一律禁止喧譁奔跑，當然飛行也不行。這是爲了避免干擾到課堂上的教學，即使是遲到的學生，也必須乖乖地用雙腳走路，或是搭乘學園內定時行駛的校車。

雖說這樣的規定曾令學生抗議連連。

「都遲到了爲什麼還要我們用走的！」

「校車超難等的！根本就是要觸發隱藏條件才能召喚出來的稀有道具吧！」

「學園長是禿頭！」

面對抗議浪潮，當時賽米絲學園的管理者據說是這麼回應的——

「不想遲到就早點出門，有膽遲到就有膽承擔責罰！還有誰說我禿頭了？我只是髮量稀少，才不禿！」

剛轉來這所學園的艾草當然不會知道過去發生的事，得知校規規定後，她很認眞地決定靠兩條腿走去教室，只不過這想法剛提出，就被莉莉絲不客氣地否絕了。

包括被莉莉絲硬拽來的白蛇，他掀開睏倦的紅眸，缺乏情緒的眼神中似乎有一絲悲憫。

「妳在說夢話嗎？」白蛇低頭俯視艾草，「憑妳那讓人不忍說的小短腿，等走到上課教室，都可以吃中飯了。」

「請收回你那無禮的話，白蛇大人。」艾草開口前，梁炫先一步說話了，黑瞳冷然地直視白蛇，「我家小姐的腿可愛又秀氣，豈會讓人不忍說？」

「梁、梁炫！」艾草的小臉依舊沒什麼表情，可紅潮已衝上潔白的雙頰，她飛快擋在白蛇與梁炫之間，「吾過說了，白蛇是吾的朋友，妳和長照不可將他視作敵人。吾是奉玉帝御意至此就讀，倘若汝等保護過度，吾將無法融入學生中。所以，吾希望梁炫和長照別太寵著吾，也別輕易出手。」

「小姐……」

深吸一口氣，紅潮微褪的艾草神情一凜，威嚴地一揮袖，「這是，吾之命令！」

「是！」黑衣女子和白衣少年屈膝低頭，異口同聲地恭敬說道。

「另外……」艾草的音量突然減弱，她小聲說，「吾的腿確實是短，可眞有到讓人不忍說的地步嗎？」

「開什麼玩笑，不忍說的是那隻冷血蛇的腦袋和那張嘴巴！」莉莉絲斬釘截鐵地說道，越來越能體會梁炫和長照爲什麼會將艾草當作掌上珍寶。

小米粒本來就很可愛，可她那種威嚴與笨拙害羞之間的落差，更是可愛得不可思議！

「不過，」莉莉絲倏然話鋒一轉，「白蛇說的話雖然稍微誇大了，但小米粒，我們每堂課的教室都不一樣，而宿舍區到教學區用走的最快也要四十分鐘左右，只有蠢蛋才眞的用走的。」

「意思是，吾等要搭校車嗎？」艾草眨巴著墨黑的眸子，虛心求教。

「靠那輛不知道是否存在的爛車？」莉莉絲鄙夷地哼了一聲，「錯錯錯，那兩個辦法都不行。最快的辦法，當然是我直接抓著妳飛過去！」

「莉莉絲大人，像妳所說，上課時間不是禁止飛行嗎？」長照忍不住皺起眉頭，「如今小姐已因我和梁炫大意之故，陷入遲到扣分的困境，萬一再因違反校規……不行，小姐的負分會越來越多的，假使有人因此對小姐投以異樣的眼光……我……」

長照的眉頭緊到像是能擰出好幾個結，臉色甚至開始發白。他忍不住伸手壓按一下下抽痛的胃部，似乎擅自想像了什麼畫面。

「長照乖，長照你太勞碌命了。」艾草踮起腳尖，拍拍下屬的臂膀，再仰頭看向莉莉絲，「莉莉絲，吾不想害妳一起被記違……」

「笨、蛋。」莉莉絲彎下身子，食指不客氣地彈向艾草額頭。她一手扠腰，艷麗非凡的臉蛋向前湊得極近，「妳這是在小看我嗎？我是誰？我可是莉莉絲，哪可能那麼簡單就被學園的監視系統拍到？只要不留下證據，就不算違規。廢話不要多說，妳一顆小米粒，哪來那麼多的囉哩囉嗦？我帶妳就我帶妳，至於妳那兩位屬下，叫他們跟緊一點，照著我的路線飛。」

就算知道梁炫和長照不應該跟著，但見識過那兩人照顧艾草的狂熱程度，莉莉絲乾脆放棄多說。

「或者，妳要我帶妳也不是不可以。」一直像是想找個地方睡下的白蛇意料之外地開口了，他低頭望著個頭嬌小的艾草，一雙紅玉般的眼睛看不出明顯波動，卻令人移不開視線，「妳要選莉莉絲，抑或我，艾草。」

最末兩字從白蛇舌尖滑出，似乎帶著某種獨特的腔調。

「吾……」艾草張口，但才剛吐出一個字，一雙手臂就已快速將她拉過。

「小米粒由我帶，冷血的你別添亂。」莉莉絲不悅地說道，背後瞬間張開一雙漆黑羽翼，碩大華美的翅膀示威似地完全伸展。

白蛇則像是不曾提議過般退回原位。

然而這瞬間，艾草卻清楚地捕捉到白蛇嘴唇微動，吐出了無聲的幾個字。

什麼？那是什麼意思？艾草不禁微睜大眼，可疑問卻來不及吐出。

莉莉絲抱著她，雙翼一搧，敏捷地竄入高空中。

艾草只能看著留在下方的白蛇越變越小。

思緒還停留在白蛇方才說出的那句話。

他說：妳會後悔的。

艾草緊閉雙眼，感覺強烈的冷風打在臉上，颳過她的耳畔，過於強勁的氣流爲暴露在空氣中的皮膚帶來了刺痛感。

她終於知道白蛇爲什麼會說出那句話了。

原來這句話的眞正意義是——妳會後悔的，因爲莉莉絲的飛行速度凶暴得像颶風颳過！

艾草曾被莉莉絲帶著飛一次，那時是她誤遭空間之鏡吸入，獨自提早來到賽米絲學園所在的因帕德休島。

那一次，莉莉絲的速度雖快，卻也不至於令人不適。

可是這次，艾草是眞正地領教到莉莉絲的飛行技巧。

毫無預警地拔高、俯衝、大迴轉，再加上從頭至尾不曾減慢的可怕高速，艾草初次體會到什麼叫作「暈飛行」。

強忍著不要發出叫喊，艾草緊閉眼睛，乾脆努力在腦海默背昨天看到的學園地圖。

賽米絲學園正中央是巴別塔語言轉換編碼塔，同時也是禁止一般學生出入的中樞重地。在這座高塔外圍呈圓心散布的是行政辦公大樓，大部分老師的專屬辦公室亦在其中，有部分研究室則是像迷你島嶼般浮升在空中。繼續向外延伸出去，就是各棟大樓林立的教學區，最邊緣處是學生們居住的宿舍區。

宿舍區總共分爲五座圓塔，內部構造大同小異，各年級學生混住，而且每座塔都有一個名字——白犀、緋孔雀、墨鮫、碧蜥、藍獾。

艾草等人的宿舍正是白犀之塔。

除了這些建築物外，整座學園佔地之廣，著實難以估量。

就在艾草拚命複習地圖好忘記不適感時，莉莉絲眼一瞇，發現了她們的目的地，背後黑翼再猛力拍搧，全速朝下方大樓衝飛去，身後兩道黑色煙霧依循她的飛行路徑緊追不放。

鎖定三樓一扇大開的窗戶，莉莉絲收起碩大的黑羽翼，敏捷俐落地自窗口滑入，再來個緊急煞車。

「很好，安全上壘。小米粒，我們到了。」莉莉絲放開懷中的艾草，卻沒想到艾草失去支撐後瞬間雙腿一軟，搖搖晃晃地就要跌坐在走廊地板上。

緊追而來的兩道黑霧立刻化爲人形。

梁炫和長照一個箭步衝向頭暈眼花的艾草，不過有什麼快了他們一步。

只見白影驟閃，下一秒艾草就感覺自己的兩隻臂膀被一股外力拉起。

是兩條雪白的繃帶。

看見繃帶，莉莉絲馬上想起某人。她迅速扭過頭，果然在不遠處瞧見一名削瘦人影靠牆而站，一臉提不起興趣、索然無味的表情。

是白蛇，白蛇竟然比她們還要快到達！

「爲什麼你這傢伙有辦法比我快？」莉莉絲惱怒地伸手直指白蛇，「你平常不都慢得要死嗎？」

「我高興。」白蛇毫無起伏地說。

「嘖，你這傢伙果然很惹人嫌。」莉莉絲甩給白蛇一記眼刀後就急忙轉身走向艾草，「喂喂，小米粒妳的臉看起來很白耶，還冒了冷汗，難道妳其實懼高嗎？」

「不，吾……」艾草搖搖頭，再用力緊閉一下眼睛，才終於覺得眼前的世界不再東搖西晃。看著莉莉絲不掩飾的擔心眼神，她無論如何也說不出對方的飛行技巧恐怕用「凶暴」都不足以形容，最後只好委婉地說，「吾沒事，莉莉絲妳……很會飛。」

很會飛，並不等於飛得很好。

不過莉莉絲顯然沒想到這一層，她直接將艾草的話當成讚美。

「那還用說嗎？我可是地獄飛行大賽的冠軍。」莉莉絲自傲地挺起胸脯。

艾草盯著那豐滿突出的曲線，再低頭望著自己毫無起伏的胸前，沒有表情的小臉掠過一抹悵然若失。

「小米粒，妳幹嘛突然一臉失落的表情？」

「吾只是覺得，人生有時候果然不公平。」

「啊？聽不懂妳在說什麼。」莉莉絲搖搖頭。正當她想拉開那兩條白繃帶、扔回去給白蛇之際，雪白繃帶驀地化成小蛇，一扭身就朝艾草手臂纏繞而去，來到手腕位置，如同手環圈起，彷彿戀戀不捨般不肯離去。

莉莉絲的碧眸內閃現訝異，她認識白蛇至今，還是第一次見他的寵物依賴主人以外的人。

白蛇也瞧見這一幕，他離開倚靠的牆壁，一步步走近艾草，伸出蒼白的手指。

「回來。」他語氣平淡地說。

兩隻小蛇抬起頭，像是在猶豫、像是在遲疑，但下一刻還是乖乖地再以繃帶姿態回到白蛇的手臂，隨即隱沒至皮膚底下。

「吾不討厭蛇，不用叫回去也沒關係。」艾草抬高臉，筆直地注視白蛇在白日下也血紅得怵目的雙眼。

白蛇沒有回話，他伸出的手指還停留在半空，指尖彷彿要順勢撫摸上艾草的臉頰，感受那份異於自身的溫暖熱度。

最後蒼白的手指還是縮了回去。

白蛇看見自稱是艾草部下的女子和少年，那兩人神情冷靜，然而右手已無聲無息地移到腰間的佩刀或佩劍。這舉動昭示著他們承認他是他們小姐的朋友，卻不代表他們會允許異性的手隨意碰觸他們家小姐。

「……眞麻煩。」白蛇寂冷的嗓音吐出了令人難以捉摸的話，他逕自越過艾草，頭也不回地向前走去。

「白蛇他，好像在不高興？」艾草怔怔地注視著那道削瘦背影，「吾做了什麼事，惹他生氣了嗎？」

「哎？他有在不高興嗎？」沒留意到中間小插曲的莉莉絲聳聳肩膀，「那冷血的不都一天到晚那張臉嗎？」

「是這樣嗎？」艾草困惑地問，她真的覺得白髮少年的情緒與以往有那麼一絲不同，但她也不確定是不是錯覺，「莉莉絲，白蛇要去哪？」

「去哪？他那方向當然是上樓去教室……雪特！」莉莉絲瞠大眼，罵了聲髒話，「教室！再不到教室，小米粒妳的遲到就會變曠課了！我們快點上樓，今天一A的第一堂課是在四樓，小米粒的兩位部下也快點！」

不給艾草說話的時間，莉莉絲一把抓握住她的小手，如同一陣旋風往樓梯直衝。

「眞討厭，第一堂是黑荊棘的課，超過一定上課時間，她會直接記曠課的！」

「黑荊棘？誰？」

「我們一A的班導師，教藥草辨識和調理的。小米粒，妳的腿不能再邁大步一點嗎？」

「這已經是吾所能做到的最大極限，吾跑得還比白蛇快。」

「需要我提醒妳，我是用走的嗎？」

「笨，小米粒，妳忘記妳的腿比那冷血的短太多了嗎？可惡，那傢伙居然眞的也給我用跑的了！」

「不、不能輸白蛇。」

「開玩笑，那還用說嗎？」

猶如被激起競爭意識，艾草、莉莉絲，甚至就連平常最沒幹勁的白蛇，誰也不願輸給誰地一路快奔上樓，間或還能聽見後頭的梁炫、長照在替艾草加油打氣。

「小姐快跑！」

「小姐的短腿好可愛！」

「就、就說吾的腿不可愛！」艾草紅了臉，回頭道。

眼見自己因身高和腿長的關係已大幅落後，艾草眼神凜然，倏然一揮長袖，寬大的紅黑袖子眨眼間朝前飛快伸長，越過莉莉絲與白蛇，纏捲住前方一A教室的門把。

借力一扯，艾草嬌小的身子宛若飛鳥，飛躍領先的兩名友人，一晃眼已穩穩落至門前。

沒想到就在艾草的繡花鞋踏上地的瞬間，頭頂上方無預警落下一道粗啞嗓音。

「看到了！桀桀桀，我看到有壞孩子在走廊違規奔跑還有飛行了！」

艾草一驚，反射性仰頭，映入黑眸中的赫然是一架長有翅膀、設置於天花板的監視器！

監視器會說話？艾草心中剛閃過訝異，那架監視器竟瞬間飛離天花板，閃爍紅點的鏡頭咧出一張大嘴，嘴中吐出長長舌頭。

「哇嘎嘎！我要立刻去報告學園長！扣分扣分！把壞孩子的分數全部扣光光！」監視器發出怪異的笑聲，迅速飛近愣住的艾草，小翅膀撲騰拍打著，「嗯？妳這學生是生面孔，看我看到呆掉了？果然本大爺就是全學園最帥的監視器！要我好心不扣分也可以，讓我看一下妳的內……」

「小姐！」

「骯髒的東西，立刻離開我家小姐！」

梁炫、長照眼神森寒，面對外形詭異的未知生物，他們毫不猶豫地張開掌心，抓住由黑霧凝塑而成的漆黑鎖鍊，迅雷不及掩耳地將鎖鍊扔射出去。

但是，居然有人動作比那兩道黑鍊更快。

幾乎同一時間，一直閉闔的一A教室門遭人猛地打開，從內探出一隻手，快狠準地抓住猶吐著長長舌頭的監視器，力道之精準狠絕，還能聽見監視器發出了「啪嘰」的聲音。

面對來勢洶洶的黑鍊，手臂主人當下鞋尖往地面一踩。

倏然間，艾草的正前方瘋狂冒出大片黑色荊棘。荊棘像是由地底竄出，極短時間內就張成一面屏障，不偏不倚攔下未減速的黑鍊。

雙方交撞，奇異的事發生了。

不論是鎖鍊或荊棘，頓時全如煙霧般消失。

黑色的塵煙瀰漫在艾草面前，她忍不住以袖掩住口鼻，感到難受地咳了咳。

而煙霧中，艾草隱約能看見一抹高瘦黑影。可是，對方的頭好似大得不成比例？

是什麼人？艾草忍不住好奇地往前走一步，不料煙霧中再次伸出手，不客氣地往她額頭一彈，再一推。

一時重心不穩，毫無防備的艾草一屁股跌坐在地。

「小姐！」

「小姐！」

梁炫和長照飛快來到艾草左右，心思全放在她身上，無暇注意監視器的下場及煙霧內的身影是誰。

兩名將軍無心注意，艾草卻不然，她怔怔地張大眼，看著彈自己額頭的手臂狀似隨意一揮，所有煙霧即刻變得模糊，最後消失。

艾草首先看見的是鮮紅色的高跟鞋，艷麗得令人想到盛綻的玫瑰花；再來是一雙修長美麗的長腿，穿著性感的黑色菱紋網襪。

艾草的嘴巴已張得開開的，她繼續往上看。穿著菱紋網襪的長腿被包裹在一件黑色窄裙裡，再上去是白色襯衫，外頭還披著一件長及大腿的白色長袍。

整身打扮，無一不透露出妖艷又性感的氣息。

可是，當艾草的視線終於來到那道婀娜身影的頭部位置，鮮少流露強烈情緒的她忍不住將嘴巴張成了O字形。

「梁炫、長照。」艾草無意識地扯扯兩名部下的袖角，「吾，吾好像看見貓咪？」

「貓咪？這裡怎麼會有貓咪呢？」梁炫不解。等到她和長照順著艾草的目光也抬頭朝上看時，眼睛陡然大睜。

眞的有貓咪站在他們三人正前方。

一手緊抓監視器，穿著黑網襪搭白袍的女子，居然戴著大型的貓咪玩偶頭套！

十二 教室裡的黑荊棘

「是誰？是哪個膽大包天的敢抓住我？本大爺可是監視器一號大人啊！」

被五根手指緊緊抓住的監視器發現動彈不得，身上的小翅膀拍得更猛烈。它的鏡頭部分忽地「咔嘰」一聲轉向相反視角，這讓它清楚看清手指的主人是誰。

一個戴著可愛貓咪頭套的女人。

監視器的小翅膀乍然僵硬不動了，連拍也不敢拍一下。

「一號，你剛說要看誰的什麼？」打扮怪異的女子開口了，和她引人遐思的性感身材相比，她的嗓音意外地沙啞。

「黑……黑荊棘老師……」監視器抖得像是要散架，「不不不，我絕對沒有說想看誰的內褲！」

「蠢貨，你應該慶幸我出手幫了你。」真實身分是一A班導師的女子冷笑說道：「也不看看你差點連監視器也當不成了。」

監視器鏡頭上的紅點閃爍幾下，彷彿不明白此話何意。接著它再轉動鏡頭，先是回到艾草的臉上。面生的黑髮小女孩依舊睜著一雙黑色的大眼睛，小臉上看不出特別情緒，令人難以辨認出她究竟是呆住還是一派鎮靜。

接著監視器掃向艾草左右的兩人。

同樣面生的黑衣女子及白衣少年，對黑荊棘的出現感到震驚過後，就看也不看對方一眼，全副心神都放在那名小女孩身上。

最後，監視器把鏡頭焦距拉遠，它終於看見認識的熟面孔了。

地獄君主之女莉莉絲，伊甸之蛇後裔的白蛇。

這一看，當場使得監視器再度顫抖，發出類似散架的咔咔咔聲音。如果它會冒汗的話，想必此刻早已冷汗爬滿全身。

艷麗非凡的粉紅長髮少女雙手抱胸，嘴角噙著獰笑，碧眸像點燃了兩簇火焰，背後黑翼威嚇般伸展開，身周更是環著多盞幽黑焰火。

那可是貨真價實的地獄火，輕易就能將它一台小小監視器燒成灰燼的！

而落後在粉紅長髮少女身後一步的白髮少年雖一臉無精打采，紅眸也似愛睏地半掩著，可他後方卻是昂立著一隻體積大得幾乎可以塞滿走廊的恐怖大蛇。白色的鱗片在窗外陽光的照射下，折閃出教人心驚膽跳的森冷光芒。

監視器毫不猶豫地合上嘴巴，長長的舌頭也迅速收回去。它怎麼可能看不出來，如果剛才真的對那名小女孩做出什麼冒犯舉動，恐怕真的就連一台監視器也當不成了——不是被燒成灰燼，就是直接被那隻大蛇一口吞進肚子裡。

「回到你的工作崗位上，你的監視領域可不是這條走廊，我的學生我自會負責懲處。」

黑荊棘鬆開手指，她的聲音聽起來像是不耐煩，「還不快走？」

「是、是！我這就走！我只是一台普通的、微不足道的監視器而已……黑荊棘老師，上課辛苦了！」監視器用驚人的速度飛離這條走廊，一眨眼就消失蹤跡。

沒有看向坐在地板上、猶然愣怔地盯著自己不放的艾草，黑荊棘下一秒轉過頭，對走廊另一端喝道：

「那邊的幾個，還想偷偷摸摸地躲到什麼時候？遲到就遲到，現在立刻給我滾進教室，自動找班長報到，扣分！」

艾草納悶地望向走廊另一側，然後她吃驚地發現，眞的有幾抹人影縮著肩膀、畏畏縮縮地走過來。

是幾個看起來年紀和莉莉絲、白蛇差不多的男孩子。

但不知道爲什麼，他們看起來模樣狼狽，衣物焦黑、頭髮鬈曲，臉部也沾了好幾塊髒污。

「你們這是怎麼了？是腦袋沒帶，連路也看不清，把自己扔到垃圾堆裡去了嗎？」黑荊棘環著胸，紅色高跟鞋有一下沒一下地踩著拍子，從可愛貓咪頭套下吐出毒舌的話語。

這讓艾草不禁想起自己留在地府的某位將軍。

假使是必安，說不定能與這位老師合得來。

「報告老師，不是的！」似乎早已習慣黑荊棘不留情的說話方式，那幾個男孩當中的一人撓撓鬈曲得像是鳥巢頭、看不太出原來髮色的頭髮，眼神心虛地飄了飄，不好意思將眞正的原因說出口。

「喂喂，明明說好是你負責說的吧？」

「猜拳猜輸的可是你這混蛋！」

「昨晚偷吃我晚餐雞腿的也是你這混蛋！」

其他幾個男孩不客氣地用肘擊或膝頂攻擊對方。

「囉嗦，我不能醞釀一下嗎？」那名男孩不甘示弱地扭過頭，齜牙咧嘴地壓低聲音罵道：「昨晚偷吃的事跟這又沒關，不要趁機牽拖。那麼小氣，你們還是不是男……」

「啪」的一聲，一記撕裂空氣的音響截斷了那名男孩的話。

他們全都戰戰兢兢地轉過頭，瞧見黑荊棘手中不知何時持著一根由荊棘製成的教鞭。

「報、報告老師！」這下子，所有男孩馬上抬頭挺胸，不敢再浪費時間，整齊一致地同聲說道：「是雷文哈特老師施展電擊造成的，因爲我們衝上來時發出太大的噪音！」

「原來是一Ｃ的那傢伙嗎？」黑荊棘的教鞭指向教室大門，「做錯事活該被處罰，進去找班長扣完分再去找你們這次要同組的組員，晚點所有班級就要開始抽籤決定加分任務了。」

「是！」一聽見「加分任務」四個字，男孩們登時掩不住緊張又興奮的表情，急匆匆地奔進教室裡。

「啊！」其中一人，也就是一開始回答黑荊棘問題的男孩猛地煞住腳步，從門內探出頭，朝坐在地上的艾草友善地眨下眼睛，「妳是交換學生嗎？我是沙羅，歡迎加入一Ａ，有問題可以來找我的唷。」

「閉嘴，妳這丫頭快滾進去。」黑荊棘另一隻手不知什麼時候又變出一本點名簿，毫不留情地拍上沙羅的臉。

沙羅連聲痛呼地縮回腦袋。

丫頭？艾草眨眨眼，腦袋一時沒辦法正常運轉，好一會兒後才終於恍然大悟。

丫頭？女孩子？原來那個叫沙羅的不是男孩子，而是女孩子！

「至於妳。」黑荊棘的教鞭突地指向艾草。

梁炫和長照下意識想擋在艾草身前，可他們又憶起艾草的命令，只能強迫自己別輕舉妄動。

「我聽學園長說過妳的事了，應該說，大多老師都知道。東方地府城隍府的主人，歡迎妳成爲我們學園的交換學生。東西兩界交流，這對我賽米絲學園是極爲重大的事。」黑荊棘沙啞的聲音稍微減去了方才面對那群學生的凶惡，「但是，成爲我班上的學生，就要乖乖遵守我的規則。現在妳要做的第一件事，就是和莉莉絲、白蛇一起進到教室去，然後上講台對著大家自我介紹。三、二、一，起立，跑步！」

「咦？啊！」這還是艾草頭一次被人用這般語氣命令，她反射性照做，內心亦感到新鮮有趣。那位名叫黑荊棘的老師，是眞的將她視作一般學生對待。

艾草的黑眼睛閃閃發光，在跑至門口時停了一下。

「那個，老師。」潔白小臉有著細微的害羞微笑，她踮高腳尖，小小聲地說，「吾很喜歡貓咪。」

「喂，小米粒，妳不是應該更喜歡我的羽毛嗎？」莉莉絲不高興地咂舌，「啊，算了，反正我的羽毛一定排在白蛇那幾隻寵物前面。快進去吧，我去叫我旁邊的傢伙讓位給妳。」

眼見艾草被莉莉絲一把拉進教室裡，就連白蛇也慢吞吞地走入教室，梁炫和長照下意識也想跟進去。

「站住。」黑荊棘伸手阻攔，戴著貓咪頭套的她讓人看不清表情，但嗓音嚴厲，說出的話不容他人反駁，「聽清楚了，不管是誰，我的教室裡只有學生和貓可以進入！」

擲地有聲地扔下這句話後，黑荊棘大力拉上門，毫不客氣地將梁炫和長照關在門外。

響亮的關門聲迴盪在四樓走廊上。

梁炫望著那扇遮蔽艾草身影的門板，許久後輕吁一口氣，堅冷的眼神逐漸鬆緩下來，恢復平時慣有的冷靜。

梁炫伸手拍上長照的手臂，淡淡說道：「別亂來，小姐會不開心的。況且，我等非是學生身分，確實不適合進到上課教室裡。收起你的脾氣，長照。」

外貌文弱的少年像是沒聽到，一雙狂躁嚇人的黑眼睛仍瞪著教室門板不放，周身濃烈的黑霧環繞湧動，宛若一隻隨時會掙脫束縛的凶獸。

不過半晌後，他閉起眼睛，握住拳頭。當他重新睜眼，嚇人的狂躁總算消失得無影無蹤。

「……抱歉。」長照擠出聲音，「是我差點失控了。」

「不怪你，畢竟這是小姐少有的單獨行動。無法守在她的身邊，你和我必然會不安。」梁炫搖搖頭，「可小姐也說過，她想試著融入學校生活，她看起來很開心。」

「這我也知道，但是，我就是不放心……會不會有人欺負小姐，會不會有害蟲想趁機對小姐不規矩……」長照感覺胃部又在隱隱作痛，「我、我……」

「深呼吸，放輕鬆，長照。」梁炫提醒。

「是的，我在努力放輕鬆……」長照往旁移動，背貼著牆壁，喃喃地說，「我正在想小姐的模樣……太好了，我覺得輕鬆一點了……」

「很好。」梁炫讚賞地說道。她忽然從衣服中取出一個紅色的方形絨布小盒子，盒蓋一打開，裡面赫然是一枚小巧的戒指。

戒指尺寸看上去極小，並非給成年人所戴，外觀精緻，銀色戒身上做了不少鏤刻。是一枚低調華麗的戒指。

「梁炫，難道妳是要向小姐求婚嗎？」長照瞬間彈起，眼神防備，「即使是妳，我也絕不會容許的。」

「那換成阿防、羅剎他們向小姐求婚呢？」

「那還用說嗎？立刻宰了他們，絕對會宰了他們。」

「真巧，意見相同，我們不愧是日、夜遊巡。不過這枚戒指非是向小姐求婚用的。」梁炫微笑，蓋上紅絨布盒，收回懷裡，「事實上，這是晚點要交給小姐，由此界神祇贈予小姐的轉學之物，其名爲空間之戒。」

「空間之戒？難道與府邸的那面空間之鏡……」長照反應快，迅速串聯兩者。

「如你所想，長照。」梁炫說，「此戒同樣可以打開此處與東方之間的空間通道，讓小姐能夠呼喚必安、無救或是羅剎、阿防來代替我們。不過，使用次數僅有五次。」

「妳說……代替？」長照在意的不是次數限制，而是梁炫的前一句話。

「你也清楚的，必要時，小姐一定得呼喚他人過來。」梁炫閉了下眼，同時她高䠷的身子迅速縮小，轉眼成了巴掌般的迷你大小，「我等的力量在消耗。」

長照沉默，他的身形很快也變化成巴掌大的尺寸。

「是的，我自然清楚。」長照低聲說，「此地終究是異界，非是我等守護的土地。少了足夠的信仰之力，我等耗去的力量無法快速補充，小姐亦是。」

「在那一刻到來之前，用盡全力地守在小姐身邊吧。」梁炫自上衣口袋取出一副墨鏡戴上，白皙的面孔英氣凜然，「因爲我等可是城隍八將軍，小姐的命令就是我等的榮譽。」

頓了一頓，梁炫像是想起什麼般又補充道：「放心好了，回去後我會立即壓榨羅言那傢伙幫我們設法用最快速度回復力量。反正弟弟天生就是要讓姊姊壓榨的，不是嗎？」

這一刻，遠在東方地府閻羅殿的閻羅王，毫無來由地打了個大大的噴嚏，渾身湧上一股連他自己也難以理解的寒意。

相較於走廊上的安靜，一A教室內此刻鬧哄哄的。

交換學生轉進班上，並不是一件太罕見的事。可若交換學生是一名黑髮黑眼、身著奇異紅黑服飾，而且身後還跟著莉莉絲與白蛇的小女孩，那可就令人無比吃驚了。

不管是在一A或是整座賽米絲學園裡，地獄君主之女莉莉絲及伊甸之蛇後裔的白蛇都是眾所皆知的風雲人物，實力勝過許多高年級的學長姊。

但無論是莉莉絲或白蛇，這兩人不喜成群結黨的個性也是出了名的。

據說性格迥異的他們是爲了方便申請學園任務才聚在一起，從來不曾聽說他們和誰有進一步來往。

沒想到他們兩人今天竟陪同這名交換學生一塊出現。

而莉莉絲還傲氣十足地對所有人放話，「這小米粒是我和那冷血的負責罩的，誰敢欺侮她，本小姐可是會不客氣的哪。」

白蛇雖然沒開口，但也不否認，這態度看在所有學生眼中無疑是默認。

「嗨！小不點，我在這裡。妳還記得我的名字吧？」頂著一頭鳥巢般鬈髮的沙羅開心地伸出手，熱烈地向走上講台的艾草打招呼。

艾草愣了下，一開始還眞沒認出——因爲對方臉上的髒污已完全擦拭乾淨，恢復本來樣貌。

那是張男孩味十足的臉龐，鼻頭和雙頰分布著一些俏皮的雀斑，紫眸明亮有神。

不過緊接著，艾草從對方的頭髮和友善的態度回想起來。

「吾記得，妳是沙羅。」艾草規規矩矩地彎下腰，潔白小臉嚴肅認真，「妳好，沙羅。吾，吾是艾草。」

「哇！好小、好可愛！」

「聲音也軟軟的！」

原本還在介意莉莉絲與白蛇存在的同學們，頓時興奮地叫嚷起來。

「欸欸，艾草妳是哪一族的？」

「妳和莉莉絲在一起，妳也是惡魔嗎？」

「艾草、艾草，妳記得我嗎？我剛也跟沙羅那混蛋在一起，我叫傑克倫登！」

「誰是混蛋啊，豬頭！你是要記恨昨天的雞腿多久？你是男人嗎？下面沒有那個了吧？」

「別理那兩個白痴，我也是剛才的四人組，我叫約瑟芬。」

沒想過會面對這種狀況，看著講台下熱情萬分的眾多學生，艾草心裡是緊張的，可表面上仍頂著一貫平靜的表情。她不著痕跡地飛快掃過一輪，努力記下那些報上名字的同學。隨即，她注意到一抹個頭矮小、與其他人格格不入的身影，赫然是一名年紀看起來比自己還小的小男孩。

不若他人友善熱情，那名金髮小孩冷著一張精緻小臉，藍眼睛如寒冰，湛藍中透著冰冷。還來不及思索對方怎會一臉不善，艾草注意到坐在教室最後一排的一名少年正盯著她不放。

對方有著漆黑頭髮、金黃眼睛，臉上笑咪咪的。他似乎察覺到艾草的回視，也不閃避，臉上笑容更盛。

艾草不記得自己曾見過那張臉，可對方的黑髮金眸，倒是令她想起另一人……

猛然間，一道劃破空氣的響亮聲音震懾住教室的騷動。

原本還爭先恐後舉手發問的學生們瞧見黑荊棘手裡的荊棘教鞭後，頓時一片鴉雀無聲。

「自我介紹時間到這裡結束。莉莉絲、白蛇，回你們的位子上坐好。而妳，艾草。」黑荊棘環視講台下方一圈，看了看幾個空位，隨意以教鞭一指，「妳就坐拉格斐旁邊吧，就是那個金頭髮的小矮子身邊。」

艾草順著教鞭所指方向看去，心裡一陣訝異。黑荊棘口中說的便是那名板著臉、金髮藍眼的小男孩。

遭到點名的小男孩立刻站起身，稚氣的嗓音冰冷堅硬，臉蛋更是覆上一層寒霜。

他說：「我拒絕。我討厭跟女人坐一起，也不跟女人坐一起。還有不准再叫我矮子，妳這個貓控教師。」

沒人知道戴著貓咪頭套的黑荊棘是什麼表情，但在她開口之前，有人已按捺不住地跳出來，正是回到位子上的莉莉絲。

「你說什麼?你這個矮子天使，你以爲小米粒稀罕坐你旁邊嗎?」莉莉絲唇角掛起冷笑，單手扠腰，碧綠的眼眸居高臨下地睥睨拉格斐，「你怕女人的毛病再不改一改，你在天界的那位老師都要哭了。」

「胡說什麼蠢話，米迦勒老師哪可能因這種小事而哭？」拉格斐個子小小，外表看起來冷淡又高傲，可一開口卻是言辭嗆辣，「要哭的是妳父親吧？女兒到現在連一個男朋友也沒有，他還曾跟米迦勒老師說，怕妳一輩子嫁不出去。」

「什麼？那個該死的臭老頭！」莉莉絲咬牙切齒，可下一瞬又壓下對父親的怒意，再度針對拉格斐，「那又怎樣？起碼我不像某個個子小、心眼小、估計下面也小的傢伙，怕女人怕到坐隔壁也不行。你給本小姐說清楚，小米粒是哪裡不好？你眼睛是裝飾品嗎？沒看到小米粒那麼可愛！」

「憑她是女的就不行，就算她是洗衣板也不行。」拉格斐語氣厭惡。

「啊？」莉莉絲用力一揮手臂，食指直指還在講台上的艾草，「你再給本小姐看清楚一點，小米粒的身材比洗衣板還平，你別將她當女的不就好了？還是說，你其實喜歡的就是小米粒這種沒胸沒屁股的女孩子？果然是這樣，原來是這樣，對吧？開什麼玩笑，我可愛的小米粒說什麼也不能坐在你旁邊！」

莉莉絲和拉格斐吵得激烈，眼中滿是尖銳光芒，渾然沒發現講台上的艾草已經被左一句「洗衣板」、右一句「沒胸沒屁股」刺得自信全無，一臉大受打擊的表情。

黑荊棘從頭套下吐出一聲嘆息，同情地拍拍艾草的肩膀，「多吃小魚乾，多喝牛奶吧。依妳這年紀，身材發育的確太晚了點。有這方面的疑問，都可以來問我。」

拋下這句以一A學生眼光來看絕對稱得上溫柔的話，黑荊棘不管依舊針鋒相對的莉莉絲與拉格斐，直接在黑板寫下「加分任務分組」。

當「五分鐘後，全年級同時進行任務抽籤，現在開始進行分組」這句命令一落下，一A的學生就像是早已習慣莉莉絲和拉格斐的爭吵，立即迅速行動。

對於所有學生來說，加分任務是相當重要的大事。每學期不定時舉辦幾次，由各班老師公告，再讓同學們找好搭檔。分組人數限制最多五人，可抽取一至三個任務，只要順利完成，就能依照任務等級代表的分數額外加分。

難度越高，得到的分數自然也越高。

就算任務失敗，也不會扣分。畢竟這個活動的意義是讓學生們可以藉此累積更多積分。因此一些積分岌岌可危的學生，莫不摩拳擦掌地等候加分任務的到來，說什麼也不願放過這大好機會。

一A的學生們很快分組得差不多了，各組陸續派出代表，將成員名單寫至黑板上。

艾草看著這幕，有些手足無措。莉莉絲和拉格斐還在吵，內容早已不知偏到哪裡去了，她不知道該找誰一組才好。

這時候，白蛇踩著無聲的步子走上講台。他在黑板寫下自己的名字，然後停頓一下，又補寫上另外兩個字。

——艾草。

艾草看著黑板上自己的名字，忍不住微睜大眼睛。

「妳是我撿回來的，當然只能跟我一起行動。」白蛇俯下身子，滑出舌尖的嗓音令人想到蛇發出的嘶聲。

「抱歉打擾了，請問我是否也能與你們同一組呢？」一道少年嗓音自旁傳來，赫然是方才一直注視艾草的笑咪咪少年。

白蛇看也不看對方，但就在他視線滑至少年地面影子之際，那雙紅玉般的眼眸不甚明顯地輕瞇一下。

白蛇終於看了站在艾草身旁的少年一眼。

「我無所謂，艾草願意就隨你便吧。」白蛇冷淡地說道。

「咦？吾嗎？」艾草愣了一下，「但是吾……」

「請問，當真不願意嗎？無論如何也不願意嗎？」黑髮少年的微笑仍在，可一雙金眸卻像是失落地垂掩，裡面的光芒也黯淡不少，讓人於心不忍，難以硬起心腸直接拒絕。

那模樣，使得艾草忍不住再次回想起某道修長優雅的身影。她下意識瞄了白蛇一眼，發現白蛇確實一副無所謂的態度。

不，更準確的說法是，他眼睫半掩，彷彿快睡著了。

「吾……不知道你的名字該如何寫。」艾草細聲說道。

「沒關係，請由我自己寫上去即可。」黑髮少年眼中亮起光芒，如同寵物受到誇獎。

艾草覺得更熟悉了，可她同時也很肯定，她的確不曾見過這名少年。

黑髮少年快步走至黑板前，黑荊棘突地走近與他說了什麼。少年搖搖頭，似乎也回答了什麼，音量太細微，艾草聽不清楚。

對了，莉莉絲，莉莉絲也還沒寫上名字……想到這裡，艾草當下不再在意黑荊棘與那名少年的交談，跑去找還在與拉格斐吵得不可開加的好友。

「莉莉絲、莉莉絲。」艾草拉高聲音喊，試圖吸引莉莉絲的注意。

沒想到莉莉絲隨手從口袋裡抽出一根黑羽毛，「小米粒，這給妳，到旁邊去。」見到那根漆黑美麗的羽毛，艾草小臉都發亮了。她捧高羽毛，從不同角度欣賞著。

不過下一秒，艾草猛地搖搖頭，現在不是爲了羽毛分心的時候。她趕緊小心翼翼收起，再向拉格斐伸出手，試著先阻止他。

沒想到艾草指尖一碰觸到他的肩膀，拉格斐倏然一震，竟是粗暴地打掉艾草的手。

啪！

當聲音傳出，拉格斐也愣住了。他看見名叫艾草的小女孩沒有流露太多表情，但那雙黑得像潭水的眸子睜大，裡頭似乎閃過一絲錯愕，彷彿不明白自己哪裡做錯了。

可就在下一刻，她收回手，認眞拘謹地低頭道歉，「眞對不住，吾不該隨意碰觸你的。」

這幕讓拉格斐一時忘了說話。他清楚是自己的錯，再怎麼討厭女孩子，也不該隨意動手，對方就算斥罵他也是理所當然。然而對方非但不生氣，反倒向自己道歉？

該死，她的眼睛看起來簡直像水潭一樣，濕潤濕潤的，難道那是淚水凝結的霧氣嗎？

那個叫「艾草」的女孩子……在哭嗎？

同樣看見這一幕的莉莉絲也呆住了，她眨下眼，隨即怒焰大起。

「拉格斐．帝！」莉莉絲周身捲起駭人氣勢，碧眸亮起冰寒光芒，「你膽敢……」

「全部到此爲止！」黑荊棘一聲厲喝，手中荊棘教鞭俐落地抽上黑板，擊出懾人聲響。

與此同時，密密麻麻寫著加分任務分組名單的黑板，霍然發出銀亮光芒。

不對，不是黑板在發光，而是所有文字在發光。

接下來，奇異的事發生了。

文字在銀光中漸漸淡去，最後完全不留痕跡，宛若不曾存在。

這畫面對艾草而言新奇無比，可落在莉莉絲及拉格斐眼中，卻明白代表何種含意，兩人臉色不禁乍變。

「慢著！」

「等等！」

來不及了，教室外頭驀然拔起一道響亮長鳴——

「一年A班，完成分組！即刻進行任務抽籤！」

旋即又有數道長鳴接連響起。

「一年C班，完成分組！」

「一年B班，完成分組！」

「一年D班……」

原來黑板上字跡消失便代表名單已被送出，下一回舉行分組任務前都無法更改。

「等一下，我可還沒填上去！」莉莉絲不滿地嚷道。

「妳這個討人厭的貓控教師，妳不能無端剝奪學生的權利！」拉格斐也咬牙切齒地喊。

「放心好了，體貼的我已經幫你們寫上去了。」黑荊棘無動於衷，低啞地說，「莉莉絲和白蛇那組同組，拉格斐和艾草那組同組。附帶一提，白蛇和艾草也是同一組的。」

換句話說，莉莉絲與拉格斐這兩個互看對方不順眼的人，分到同一組。

莉莉絲和拉格斐幾乎不敢置信。

「開什麼玩笑？」

「妳腦子是有問題嗎？」

面對兩名學生氣急敗壞的質問，戴著貓咪頭套的女老師不為所動，只輕描淡寫地說道：

「在一A的教室裡，我說的話就是一切。所有抗議，一律——

無效！」

十三 隊伍中的隱瞞者

拉格斐．帝是一名天使。

在天界，每位天使都有一名引導師，教導關於天界的一切。而拉格斐的引導師不是別人，正是大天使長，亦是地獄君主之弟米迦勒。所有人都認爲，總有一天拉格斐定能繼承其師位子，成爲一位優秀的天使長。

但是，拉格斐對這種狀況卻不滿意。他希望能更加磨練、考驗自己，因此他封起部分法力、告別老師，自願來到因帕德休島上的賽米絲學園就讀，以期自己在各方面都能更上一層。

雖說學園裡有一半學生是女性——拉格斐討厭女人，因爲某種他拒絕告知他人的理由——不過他盡力和女孩子保持距離，寒冰似的眼神與暴躁嗆烈的眞正個性，確實也成功地讓其他人不敢隨意接近他。

只是拉格斐怎樣也沒想到，就在這天，一個和其他日子比起來沒有太大不同的一天，他竟陷入了前所未有的巨大危機。

在班導師黑荊棘的獨斷獨行下，他被迫與兩名女性生物同組，執行加分任務，其中一人還是和他互看不順眼的莉莉絲。

至於另一人，則是今日進到班上的交換學生，個子比他稍微高一點，穿著奇異的紅黑服飾，袖子長得可以曳地，但那名小女孩就像不覺得行動上有哪裡不便。

對了，那名女孩的名字叫作艾草。頭髮和眼睛都是黑的，頭髮宛如黑夜，眼睛就像是深不見底的水潭，濕潤濕潤的，又明亮得不可思議。

聽說她和莉莉絲是好朋友，上帝保佑，她沒有像莉莉絲那樣有著討厭的性格。而且她的身材也沒什麼明顯的曲線，只看身材，就不會意識到她是女的。也許他真的可以試著照莉莉絲所說的，別將艾草當成女孩子看待……

「不、不好意思，那個，吾覺得……」

一道細聲細氣的童稚嗓音響起，含帶著一絲困擾，緊接著換成另一道高傲女聲落下。

「喂，拉格斐。你有沒有在聽人說話？喂！」

同時落下的，還有一記毫不留情的搧打。

原本走神的拉格斐瞬間拉回注意力，落在後腦的疼痛令他怒意驟升。

「是哪個混蛋打我的！」拉格斐一拍桌，大怒站起。

「廢話，當然是本小姐。」莉莉絲細眉挑高，手中抓著原本擱在桌上的帳單，「你到底有沒有在聽人說話？是誰要我們中午集合的？你沒聽人說話就算了，誰准你一雙眼睛盯著小米粒的胸部不放？女孩子的身體是可以讓人隨便盯著的嗎？信不信我挖了你的雙眼。」

乍聞莉莉絲此番威脅的話，拉格斐這下子全然回過神。他想起自己在掙扎了數節課後，還是百般不情願地找上莉莉絲等人。

討厭和他們同組是一回事，但完成任務又是一回事。

拉格斐的責任心超乎常人，他無法允許自己爲了這點事放棄完成任務。

因而一到中午，他和莉莉絲幾人離開教學區，來到街上一家餐廳用餐兼討論加分任務。

可沒想到，卻在不知不覺中嚴重分心。

拉格斐環視周遭一圈，發現他突然站起怒喊的舉動，引來了這間小餐廳內其他學生的注目。他當下冷著小臉，冰藍眼睛惡狠狠地瞪過去，直到對方摸摸鼻子，識相地不敢多看。

接著拉格斐再轉過頭，卻發覺他隔壁坐的已不是艾草，而是一名高䠷的黑髮女子。

拉格斐愣了一下，記起對方是艾草的下屬，一下課就會緊跟在艾草身邊。除了她以外，還有另一名穿著白衣的少年。

兩人的名字分別是梁炫和長照。

「爲什麼是妳坐我旁邊了？」拉格斐毫不掩飾見到女性的嫌惡，挪了挪椅子，與對方拉開距離。

「抱歉，拉格斐大人，我家小姐是很尊貴的。」梁炫不在意拉格斐的舉動，唇畔彎起淺笑，吐出的卻是冰屑般的句子，「我等不會容許任何男性下流又無恥地直盯我家小姐不放。」

「啊啊？妳說誰下流又無恥？」拉格斐小臉變得更森冷，可下一秒，又猛然想起莉莉絲方才說過的話。

「誰准你一雙眼睛盯著小米粒的胸部不放？女孩子的身體是可以讓人隨便盯著的嗎？」

等一下！難道自己剛剛無意識地……

拉格斐不敢置信地漲紅一張臉。

「抱、抱歉，我絕非有意的。」拉格斐破天荒地結結巴巴說道。

坐在對面的莉莉絲看了嘖嘖稱奇，她還是頭一次見到那名心高氣傲的矮個子天使臉紅得像番茄一樣。

「沒關係，吾也只是在剛才覺得有一點困擾而已。」艾草自梁炫身側探出頭，殊不知她的話令拉格斐越發想找個地洞鑽進去。

「小姐，還請妳乖乖坐好，免得妳又暴露在糟糕的視線之下。萬一造成心靈創傷就不好了。」長照輕輕按著艾草的肩膀，語氣嚴肅。

左一句「下流又無恥」，右一句「糟糕」，這對自傲的拉格斐來說豈能忍受。

「誰下流？誰無恥？誰又糟糕了？」拉格斐怒道，背後倏地張開一對純白羽翼，「你們是沒聽清楚嗎？我最討厭的就是女……」

嗶！嗶嗶嗶！

突來的短促鳴響瞬間在小餐廳內此起彼落響起。

原本還興致勃勃看著拉格斐那桌熱鬧的學生們，立即被拉開注意力。只見他們無一不迅速伸出手，朝手上各色手環點按幾下。

暫時壓住心中怒氣，拉格斐同樣飛快按了幾下佩帶在左手腕上的手環，隨即一面小型長方光屏出現在手環上方，光屏上頭還顯現出文字。

「請問，那是？」梁炫感興趣地問道。

「是通訊器，專門接收加分任務的任何消息。」也在查看光屏的莉莉絲回答道：「小米粒應該也有分到一個，藍色的，代表她是一年級。你們回去再找找看，我猜說不定是埋在那堆嚇死人的衣服中。小米粒，妳先過來跟我合看……小米粒？」

發覺那抹嬌小身影沒有動靜，莉莉絲狐疑地抬起頭，接著見艾草瞬也不瞬地盯著拉格斐。

不對，正確的來說是盯著拉格斐的雪白翅膀。

莉莉絲驟生危機感。那怎麼行？小米粒最喜歡的該是我的羽毛才對！

只不過還沒等莉莉絲一把拉過艾草，拉格斐已察覺到艾草的視線與對方突然的貼近。

「嚇！」拉格斐嚇了一跳，反射性想向後跳開一大步，可他又想起自己之前的失禮行爲，若這次閃避得太過劇烈，面前那雙墨黑眸子會不會眞的流出淚來？

拉格斐想到這裡，不禁心驚膽跳。

他討厭女孩子，巴不得別跟她們牽扯在一起，但弄哭小女孩也不是他會做的事——在拉格斐眼中，艾草比他小上太多了。

「忍、忍耐，拉格斐．帝，你把她當男的就好……」拉格斐含糊地自言自語，目光迅速再瞥向艾草平板的身材，他感覺那股反射性湧起的逃跑衝動已被壓抑下來。

「沒錯，妳是男的……其實妳是男的！」拉格斐的食指彈了下艾草額頭。做足心理建設的他不再一心想與艾草拉開距離，他挺起胸膛，恢復傲氣的神情，藍眼睥睨桌旁眾人。

摸著額頭、傻愣愣的艾草，眼神銳利的粱炫和長照，一副不悅模樣的莉莉絲，早已抱著胸、陷入半睡眠狀態的白蛇，以及……始終笑咪咪的黑髮金眸少年。

拉格斐眉毛挑得更高，精緻的小臉越發冷酷。

「加分任務第一輪結果出來了。」在其他學生為分發到的任務或驚呼或興奮之際，拉格斐舉起手，看著光屏上的訊息，一字一字說道：「我們分到的有兩個，尋找『人魚之淚』和『薔薇花公主的眼淚』。但是，先不管任務是什麼，我現在更想知道的是……」

拉格斐稚氣的嗓音凍成森寒，藍眸內迸射出絕非他外表年齡會有的利芒。

「你到底，是誰？」

這道鋒利光芒針對的對象，赫然是一直保持微笑的黑髮金眸少年！

乍聞拉格斐這番話，莉莉絲詫極地睜大眸子。

「什麼？」莉莉絲立刻轉頭瞪向與他們同桌許久的黑髮少年，「原來這傢伙不是我們班的？」

「咦？」艾草直到這時才反應過來，「莉莉絲，你們不認識他嗎？所以，他難道不是和吾等同班？」

「誰知道啊？我連班上那群人的名字都沒全記下來，哪能確定他是不是我們班的。」莉莉絲咂下舌，看著黑髮少年的眼神從詫異轉成不善，「我看他一直跟我們行動，才以爲……

拉格斐，你現在才發現也太扯了吧？你的眼睛出了什麼問題嗎？」

「住嘴，這種話我才不想從一個連班上同學也記不住的傢伙嘴裡聽見。」拉格斐惱火地罵道：「他跟著我們行動，誰都會下意識以爲他一定認識你們。況且，在班上時我也沒感受到任何不協調，直到剛剛。」

「剛剛？」莉莉絲緊皺眉頭。

「加分任務的第一輪結果不是出來了？」說出這話的是掀開眼皮的白蛇。

莉莉絲越發納悶，她低下頭，看清光屏上的訊息。

所謂第一輪結果，是指各組的名單和任務會顯現在各組成員的通訊器光屏上。

莉莉絲目光飛快掃過光屏。

任務名稱：尋找「人魚之淚」和「薔薇花公主的眼淚」

組員：……

莉莉絲碧瞳收縮。

艾草困惑地與梁炫、長照互望一眼，突地從她眼前橫來一隻手臂。

「自己看清楚。」不把艾草視作女孩子後，拉格斐便不再一心只想和她保持距離。雖說態度還是硬邦邦的，但已不那麼不友善。

艾草依言仔細看過光屏上的訊息，包括組員名單也沒有遺漏。

名單顯示，他們的成員總共有白蛇、莉莉絲、拉格斐、她，以及……

「咦？」艾草發出小小聲低呼，睜大了黑眸。

「小姐，怎麼了？」梁炫和長照立即關切問道。

「這上面……」艾草伸出白細的食指，指著光屏，「僅僅只有白蛇、莉莉絲、拉格斐和吾的名字，再無其他。」

但是，不該是這樣的。

艾草記得清楚，對方當時確實曾上講台寫下名字。

他寫了什麼？艾草發現自己一點印象也沒有，她那時沒有留意黑板，之後所有文字更是化作銀光消失。

然後呢？四節課裡，那名少年好像一直都在，又好像不在……等等，這不對勁！

艾草的眼神從困惑轉為不再保留稚氣的凜然。

「你動了何種手腳？或者吾該問你，施了何種術法嗎？」艾草的質問飽含猛烈力道，小小個子卻威勢十足。

「只是，一點小小的幻術和暗示而已。」面對艾草的質問及莉莉絲和拉格斐身上散發的敵意，少年神情自若地笑著坦承了，「放心好了，沒什麼害處的，否則黑荊棘老師第一時間就會將我逐出教室。這裡不是適合談話的地方，我們換個地點好嗎？」

嘴上有禮地詢問，可這名黑髮金眸少年已然起身，彷彿篤定艾草幾人一定會跟上。

事實的確如此。

爲了弄清眞相，以及對方冒充一A學生的意圖，莉莉絲、拉格斐和艾草即刻追了出去。

不過中途艾草又折返回來，她拉住白蛇的手臂。

早已閉上眼的白蛇再次張眼，與那雙黑瞳沉默注視，半晌後厭煩地吐出一口氣。

白蛇終於站了起來。

「走。」艾草拉著白蛇追上。

沒一會兒，他們就在隱蔽的窄巷內找到黑髮金眸少年的身影。

「我想和你們同組是眞，我想幫忙也是眞。」少年似乎不在意自己身後無路，他佇立牆前，微微一笑說道：「黑荊棘老師知道我是誰，她也告訴我，我的名字就算寫上去也沒用。我不是一A的學生，分組任務系統不會承認我的。」

「話是你在說，誰知道你的目的是什麼？」莉莉絲環胸冷笑，艷麗的臉蛋上寫著不信任，「對我們下幻術和暗示的傢伙，難不成我們還要哭著感謝嗎？」

「我的確施了一點幻術和暗示，不過我只是在既有的基礎上動些手腳而已。」少年溫和地說，「沒有記住班上同學的人，擅自認定他人認識我的人，對班級尙一無所知的人。其實，我也只是利用這些而已。也許我可以說，是你們不該將這些漏洞全攤在我眼前？」

「強詞奪理也要有個限度！」拉格斐繃緊了聲音。

「你那惹人厭的說話方式讓我想起另一個惹人厭的傢伙。」莉莉絲瞇細眼，心中快速組織對方說的一切。

那傢伙沒說錯，嚴格來說，他其實只是利用原本就存在的盲點……而白蛇，則是沒被這些盲點糊弄過去的人！

莉莉絲想起白蛇毫不意外的態度，還有他那句像是指示的話。

「加分任務的第一輪結果不是出來了？」

「冷血的，為什麼你一開始不說？」莉莉絲尖銳的目光瞬間射向自己的同伴。

「妳有問我嗎？」白蛇淡淡地說，「我不知道他是不是一A的人，在我確定他的身分前。」

莉莉絲本來差點因為白蛇的第一句話發飆，可下句話又讓她猛然醒悟到另一件事。

比起自己，對任何事都像是提不起興趣、一天有大半時間都在睡的白蛇，根本不曾記下班上同學的名字。因此他的意思是說，要不是先確認那名少年的身分，他也不會知道原來對方不是一A的一分子。

白蛇認識且記住的人不多，大部分她也認得……

「莉莉絲，身為妳的朋友，我不想說得那麼明白，可是，」白蛇輕揚眉毛，「妳的眼睛是裝飾品嗎？妳難道不會注意一下影子？」

影子？莉莉絲無視白蛇的嘲諷，反射性低下頭。

艾草沒有依照白蛇的提示低頭，她的雙眼瞬也不瞬地望著佇立牆前的少年。對方相貌無疑是陌生的，然而那黑髮金瞳，還有剛才的說明方式，在在散發著某種熟悉感。

「貝洛……切爾？」艾草帶著疑問地喃喃吐出這個名字。

這一瞬間，黑髮金眸的少年純粹地笑了開來。他的身前乍然有什麼碎裂，原先呈現在眾人眼前的少年身影，忽地就像一片破碎玻璃，裂成大小不一的碎片。

碎片崩落後，一抹修長優雅的身形正式顯現在眾人眼前。

依舊是黑髮金眸，只不過是少年變成了男人，全身散發著渾然天成的貴氣。

「妳能不依靠提示認出我，這令我感到無上喜悅，我的主人。」

原名是可魯貝洛斯．切爾契．卡洛尼爾達，真正身分是地獄三頭犬的男人，對著艾草屈膝下跪。

十四 南瓜與野薔薇

眼前的一幕超乎拉格斐預料，他錯愕地盯著那名對艾草下跪的黑髮男人，他自然也認得對方。

那是成人進修組的貝洛切爾。

賽米絲學園除了一般學制，也提供成年人精進魔法、武器、學力，或是其他方面技能的機會。

這些申請通過的人會被編入成人進修組，簡稱成進組。他們大部分有各自的工作，空檔時才至學園上課。

雖說成進組成員在賽米絲學園內佔不到四分之一，然數量也不算少。

這種情況下，拉格斐會記住貝洛切爾的名字並不是沒有原因——貝洛切爾可是以魔法天賦強大聞名、倍受師長讚美的有名人物。

但這樣一個男人，居然無端混入他們班上，還對著艾草稱呼……主人？

最奇異的是，在場似乎只有他一人感到吃驚。

「這是怎麼回事？」拉格斐喃喃地說，隨即沉下小臉，厲聲質問，「這是怎麼一回事！」

「什麼啊？總之就是那麼一回事。」莉莉絲是從貝洛切爾的影子辨認出他的身分。她低頭留意的剎那，瞧見對方的影子由人形迅速變爲三頭犬，下一秒又像是毫無異常。

自從發現是貝洛切爾後，莉莉絲便對他所做一切的意圖失去了興趣。

根本不用想，他定是爲了艾草而來。

沒有多少人知道，貝洛切爾其實是失職未歸的地獄看門犬。爲了追尋前世記憶，他離開地獄來到賽米絲學園就讀。之後幸得艾草求情，才讓莉莉絲同意幫忙免除他失職的刑罰，並還他自由之身。

爲了報答恩情，他自願臣服於艾草，獻上他的忠誠。

只不過這複雜的來龍去脈，莉莉絲一點也不打算向拉格斐解釋。她覺得麻煩死了，而且沒必要。

想了想，莉莉絲決定用簡單的說法草草帶過。

「總之，貝洛切爾其實是我地獄的子民，算是我部下。」莉莉絲隨手指了下貝洛切爾，再指向被對方下跪一事弄得呆住的艾草——就算艾草臉上面無表情，可莉莉絲看得出來，她的眼神一片呆然，「然後他迷戀上小米粒，決定改當她部下了。」

「……哎？」呆住不代表沒在聽人說話艾草飛快眨下眼，抬起臉，「等一下，莉莉絲，爲什麼吾覺得……有哪裡怪怪的？」

「不，絕對沒有這種事。」斬釘截鐵如此說的人是梁炫，「莉莉絲大人說的一點也沒錯，小姐太可愛了，才會讓人輕易迷戀上。」

「小姐的可愛是誰都無法與之比擬的。」長照在一旁點點頭，「那名叫貝洛切爾的男人會迷戀上小姐，也是無庸置疑的。」

「吾，吾眞的覺得有哪裡……」艾草試圖反駁。

「沒有那樣的事。」仍維持單膝跪姿的貝洛切爾露出眞摯笑容，「大家都沒說錯哪。」

「哎？但是、但是……」艾草張口欲言，可看著周遭一雙雙再堅定不過的眼睛，她微鼓了下臉頰，小小聲地嘀咕，「明明，就不是那一回事……吾才沒有記錯呢。」

那副模樣落在貝洛切爾眼裡，只覺令人格外想疼愛。他幾乎忍不住要摸摸艾草的頭，但他還記得艾草身邊的部下斷不會允許他這麼做。在他碰觸到那頭烏黑柔軟的髮絲之前，閃爍著森冷光芒的刀與劍想必就會先出鞘。

將遺憾收進心頭，貝洛切爾重新直起身子，「抱歉，稍微施了些小手段。不過我眞的相當在意主人第一天上課的情形，因此才特別向黑荊棘老師提出請求，設法讓我待在一A。」

「那個貓控教師居然會答應你？」拉格斐接受了其他人的說法，當然他不至於相信「迷戀」這檔事，「她不是向來堅持她的教室裡只有學生跟貓才可以進入嗎？」

對於這條詭異的規定，梁炫和長照也感到不滿。但他們畢竟是客，要入境隨俗，況且艾草也不希望他們隨意出手。

「黑荊棘老師倒是沒違背她的信條。」貝洛切爾微笑，「就算是成進組，我也仍是學生。只是，我想這不是須要多加討論的事。現在更重要的，應該還是學弟、學妹你們的兩個加分任務。」

「那種事也毋須你多操心。」寂冷的嗓音傳來，原先無聲無息到令人以爲又睡著的白蛇開口，「既然你自曝不是一A的人，自然也不算是我們的組員。在礙事之前，先自行消失如何？」

「我明白加分任務不可由無關者擅自幫忙，一旦發現，視情形扣分。但我希望能在我暫時離開學園前，守護在我的主人身邊。」即使面對白蛇冷漠又刻薄的話語，貝洛切爾臉上笑意未變，依舊是遊刃有餘的優雅態度。

「暫時離開？貝洛切爾，你要離開嗎？」艾草有些吃驚地問。

「是的，我思考過了，我還是想去尋找我所失去的。」貝洛切爾說道。

除了不知詳情的拉格斐，所有人都知道他指的是前世的記憶。

一般來說，由路西法利用破碎靈魂製造出來的地獄三頭犬不會擁有前生的記憶。可是貝洛切爾卻似乎保留了不連貫的記憶碎片，這令他忍不住生起追尋之心，也是他最初來到因帕德休島的原因。

貝洛切爾以爲艾草不會對此表示什麼，但眼前的小女孩總出乎他意料之外。

「能夠做自己想做的事，吾覺得很好。」艾草認眞地說，「但是，吾也會想念你。」

那坦率而不加修飾的言語，令貝洛切爾心裡湧起一股暖流，金色眼瞳變得越發柔軟。

看著那具嬌小卻蘊含強大意志與力量的身子，貝洛切爾極力忍耐想要擁抱的欲望。

他很想抱抱艾草，摸摸她的頭髮——如果他做這些之前，不會面臨刀劍招呼的危機。

「想念這傢伙做什麼？小米粒，這種浪費時間的事，妳完全不須要去做。」莉莉絲不客氣地說。她本來就對貝洛切爾沒有好感，尤其還曾在追捕擅離職守的他時吃過虧。現在聽聞他將要離開，紅潤的嘴唇當即彎出一抹冷笑，「冷血的說的沒錯，乾脆提早出發如何？現在就出發吧，別妨礙我們的加分任務。」

「很好，總算還有人記得重點是加分任務。」從旁傳出用盡力氣忍耐的咬牙切齒聲音。

眼見話題不知不覺偏移，從剛剛就被晾著的拉格斐終於忍無可忍地發飆了。

「你們離題也離太過了吧！搞什麼鬼啊！」個頭矮小的金髮天使暴怒道，精緻的面孔上覆罩著寒霜，「我找你們出來是爲了討論那個嗎？不是，當然不是！」

「拉格斐沒有參與到話題，覺得寂寞了嗎？」艾草直勾勾地凝視著拉格斐。

拉格斐一愣，瞬間氣急敗壞地漲紅一張小臉。

「誰、誰會……」但拉格斐的怒吼還未完整吼出，有什麼搶先一步砸上他無防備的後腦勺。

「誰！」拉格斐扭頭厲喝一聲，藍眼凶猛猙獰。

只是他萬萬沒想到，映入眼中的赫然是——

「南瓜……？」艾草眸子睜圓，不自覺地說出了話。

就在拉格斐身後矮牆上，竟探出一顆擁有眼睛、鼻子和嘴巴的南瓜。明顯充當頭顱的橘色小南瓜下還接連著身體。

更確切的說法是，那是用布料做成的簡單身體。

事實上，那是一個頂著南瓜頭的手偶。

誰也沒想到會無端出現南瓜手偶，眾人都怔住了。

「看什麼看？沒看過帥哥嗎？」南瓜手偶的腦袋動了動，發出尖銳的聲音。它兩隻小短手合攏舉起，再往下做出一個扔擲的動作。

拉格斐哪可能再吃一次虧，在誰也沒看清的情況下，他的白色羽翼瞬間張啓，即刻就將那顆向自己飛來的小石子搧擊出去。

「你是哪來的混帳東西？」拉格斐的嗓音透出絕對零度。

莉莉絲瞇起寶石般的碧眸，隱約覺得那個突兀出場的南瓜手偶似乎在哪見過。

「梁炫。」艾草回頭看著自己的夜遊巡將軍，「南瓜是可以吃的。那個會說話的南瓜，也是能吃的嗎？」

「小姐想嘗試嗎？」梁炫柔聲問，纖長手指已放至腰間刀柄上。

「這種小事就交由我們吧，小姐。」長照的手同樣放至腰間劍柄，大有艾草一下令，他就立刻拔劍行動的意味。

「我個人認爲，那不適合食用。不過……妳喜歡燉湯還是涼拌，我的主人？」貝洛切爾溫柔微笑，金黃瞳孔變得如針尖般細長。

不等艾草回答，從矮牆後探出身子的南瓜手偶已發出歇斯底里的尖叫。

「謀殺！這裡要發生謀殺啦！居然連一顆無辜南瓜都不放過，你們是哪來的隨機殺人魔嗎？太過分了，我可是好心想告訴你們那個什麼加分任務的提示！不過我現在決定不告訴……」

「請，不要造成別人的困擾啊，細細。」伴隨另一道嗓音，矮牆後突地探出一隻白皙的手，迅速摀住南瓜手偶的嘴巴。

南瓜手偶不甘願地拚命掙扎，無奈嘴上那隻手摀得密密實實，使得它只能發出一些哼哼唧唧的無意義聲音。

「真的非常抱歉，我一沒注意，細細就亂來。請稍等我一下。」那道嗓音又說。

顯然被眼下越來越離奇的發展奪去反應能力，一時誰也沒開口。

南瓜手偶和白皙的手都收回，接著聽見牆後傳來一些聲響。

很快地，一抹纖弱人影像是以什麼當作踏腳的支撐，出現在矮牆後，兩隻腳小心翼翼地跨出。然後人影再往下一跳，落於艾草等人眼前。

細心地壓平裙襬縐褶、重新直起身子的是一名文靜秀氣的女孩子。栗色鬈髮長至肩膀，深棕色大眼令人聯想到小動物，綻放的微笑略帶一絲拘謹和緊張，看起來有點怕生。

而在女孩左手上，赫然戴著那隻南瓜手偶。

「再次向你們道歉，我和細細並不是故意要偷聽你們說話，我們剛好就在牆後面。」女孩彎下腰，輕聲說，「細細一聽到熟悉的關鍵字，忍不住有些激動。細細，你也應該要跟大家道歉才對。」

聽到栗色長髮女孩的責備，南瓜手偶頓時激動地抖動起來。

「什麼？我才不要！我才沒有做錯，是妳太軟弱了！笨蛋、笨蛋、笨蛋，妳不懂『強硬』兩個字要怎麼寫嗎？」被稱作「細細」的南瓜手偶氣沖沖地罵道。

「這……」梁炫掩去眼中閃過的一絲訝色，「是腹語術嗎？還是……」

在梁炫看來，那名忽然出現的女孩就像在跟自己的左手對話。但戴在她左手上的南瓜手偶確實發出了截然不同的男聲，如同擁有獨立的個性與生命。

「莫非那手偶，寄宿著另一股意志？」長照低聲與梁炫交換意見。

「我知道那兩字怎麼寫，但現在不是需要它的場合。細細，你再多嘴說些什麼讓人生氣的話，我、我會封住你的嘴巴，我說真的。」女孩蹙起秀氣的眉，放出威脅的話，隨後又多禮地朝眾人輕點下頭，「抱歉打擾到你們了，白蛇、莉莉絲、拉格斐、貝洛切爾學長，還有艾草。」

「妳……」知道吾？艾草的話還沒出口，就罕見地被白蛇舉起的手打斷。

「妳爲什麼知道艾草的名字？」白蛇話說得慢吞吞的，可血色紅眸直盯著對方，猶如陰冷的蛇注視捕食的獵物。

栗子色鬈髮的女孩看似緊張地微顫一下。

「什麼叫爲什麼會知道？人家爲什麼會不知道？冷血的，你的腦子才是需要定時整理一下吧?」莉莉絲搶過話,手指一揮,指向了女孩,「偶爾記一下同班同學的臉會怎樣?她也是一A的,叫野……野什麼來著的。」

「太棒了,我已經不奢求你們兩個究竟記得班上多少人的名字。」拉格斐諷刺地說,再瞥向戴著南瓜手偶的女孩,「野薔薇,那顆南瓜說要給我們加分任務的提示,這是怎麼回事?」

「誰是南瓜?我是細細!野薔薇,別理他們,別理這群粗魯又沒禮貌的傢伙。」南瓜手偶氣憤地喊,「就算知道什麼也都別說啦。」

「細細,別這樣。」野薔薇低低責備一聲。

南瓜手偶發出大大的哼聲,轉過頭,兩隻小短手抱胸,一副「我在生氣」的模樣。

「對不起,細細這幾天脾氣不太好,但是,我們確實知道些什麼。」野薔薇停頓了下才又說道:「關於你們的加分任務。甚至,我可以說,沒有我們的幫忙,你們可能無法完成其中一項。」

「妳這什麼意思?」拉格斐緊皺眉頭,不喜這種話中有話的溝通方式,「我不想跟妳浪費時間,有話直說。」

「我以爲,這應該是很明顯的提示了,我的名字。」野薔薇退去先前的侷促神色,露出一抹文靜秀雅的微笑,「請讓我幫助你們,作爲交換條件,我希望你們能替我找一個人。」

名字?野薔薇的名字?

拉格斐等人的愕然只是一瞬,緊接著他們就將線索串聯起來。

野薔薇，薔薇花公主的眼淚。

拉格斐迅速與莉莉絲對視一眼，就算彼此不對盤，但不像白蛇對班上事務漠不關心，也不似艾草和貝洛切爾對一A的事一無所知，他們兩人都曾聽過一個傳聞。

——從外貌上難以辨識種族的野薔薇，據說是花精一族。

「妳要找誰？」莉莉絲這話無異是同意雙方的條件交換。

像是早已預料到結果，野薔薇清秀的臉蛋上沒有顯現意外。她垂下眼睫，微笑裡滲入了憂傷、惆悵，以及誰也無法忽視的深深情感。

她說：「請幫我找……我愛的那個人。」

野薔薇的心愛之人究竟是誰？

在這個疑問還沒獲得解答之前，所有人的注意力猝然被街道上響起的鐘聲奪走。

不只艾草他們所在位置，那陣嘹亮的鐘聲響徹雲霄，籠罩整座學園都市。

下一剎那，艾草聽見眾多奔跑聲自附近湧現，像是要急忙趕到什麼地方去。

腳步聲、人聲、躁動聲，剛剛平靜的街道，瞬間騷動起來。

艾草看見小巷外有許多人呼啦啦地跑過，她甚至還看見不少人張開背後羽翼或是騎乘異獸，迅捷地衝上天空。和地面的人們一樣，他們也趕往同一方向。

鐘聲仍在持續。

怎麼了？是發生什麼事嗎？艾草一雙黑若深潭的眸子流露訝異，下意識想東張西望，但一隻手抓住了她。

「小米粒，妳還在看什麼？我們也要趕緊回學園廣場了。」莉莉絲催促道，背上漆黑的羽翼已完全展開。

不僅莉莉絲，拉格斐背後也伸出一對純白翅膀。

艾草的目光頓時被那兩對翅膀吸引，眸底亮起星光，小手無意識伸出後又猛地收回。

不對、不對，現在不是被羽毛迷惑的時候，就算莉莉絲和拉格斐的羽毛再怎麼漂亮，也……也是不行的！艾草努力穩住動搖的心思，不讓視線瞥向黑色羽毛與純白雙翅。

「廣場有什麼嗎？這個鐘聲跟上下課的鐘聲不太一樣。」艾草注意到兩者的不同。

「當然不一樣。笨蛋、矮子、飛機場，賽米絲學園的學生居然不知道這是加分任務最終結果出來的鐘聲嗎？」野薔薇手上的南瓜手偶咯咯咯地大肆嘲笑，「哇哈哈哈！笨蛋、笨蛋，比野薔薇還要平的飛機……！」

南瓜手偶的嘲笑戛然而止，它全身僵直，一動也不敢動，兩個窟窿般的眼睛戰戰兢兢地盯著轉瞬已來到自己面前的長劍與長刀。

不論是劍尖或刀尖，都泛著森冷光芒。

「我家小姐豈是區區南瓜可以嘲笑的？」梁炫眸光銳利，像是能在人身上刺出洞。

「選一個你喜歡的方式吧？剁掉、砍掉或斬掉？」長照沉聲道，文弱面龐吐出狠毒無比的話語。

「啊啊？說什麼呢？直接燒了不是更好嗎？」莉莉絲傲慢地一抬下巴，攤開的掌心跳動著一簇幽黑火焰。

「不，照我的意見，我建議我們可以先至廣場，回頭再來處理這位南瓜先生……我猜是先生。」貝洛切爾語氣溫和理智，但說出的話一點也沒有達到打圓場的效用——當然，前提是貝洛切爾眞的有心想打圓場。

「我……我剛剛什麼話也沒說！你們全都聽錯了！剛說話的絕對不是我！喂，野薔薇，妳也替我說下話啊！」眼見自己命在旦夕，南瓜手偶急得不得了。假使它能冒汗，此刻想必已汗如雨下，「野薔薇！」

「是細細你不好。我不是說了，不要造成別人的困擾嗎？」野薔薇看著左手上的南瓜手偶，慢悠悠地說，「而且，你剛剛最後一句說的是什麼呢？」

「可惡，妳是在記恨那句話吧？妳這個關鍵時刻派不上用場的笨蛋，我自救給妳看！」南瓜手偶深吸一口氣，挺起身子，裝作沒看見緊貼自己的刀與劍，「喂喂，我說了啊，剛說那些話的才不是我。我說的是，那邊那個可愛得不得了的小女生，妳不知道這是加分任務分派名單出來的鐘聲嗎？不知道也沒關係的啦，人總有不知道的事嘛。」

轉得有夠硬。拉格斐不屑地輕撇唇角，覺得這種鬼話要是能讓人信服，那眞的是見鬼了。殊不知下一秒，抵在南瓜手偶前的長刀與長劍竟有志一同地收回，迅速滑回鞘內。

拉格斐張口結舌。還眞見鬼了。

「你能理解我家小姐的可愛之處，令人感到欣慰。」梁炫淡淡地說，「請你務必記得，我家小姐沒有一處是不可愛的。」

「再有出言不遜，剁掉、砍掉或斬掉，還請自行選一個。」長照嚴肅的模樣表明他不是在開玩笑。

南瓜手偶忙不迭大力點頭。

「梁炫、長照，你們又……吾不是說過了嗎？明明，不須太保護吾的……」艾草後半句說得極輕。嚥下了句尾，她小跑步至野薔薇面前，「野薔薇、南瓜先生，很對不住，梁炫和長照並非有意如此。」

「不，我一點也沒關係的。」野薔薇綻出秀氣的笑，她抬頭望了下鐘聲逐漸轉弱的天空，「不過，我們不趕過去好嗎？我是獨自行動，加分任務也只有一個。但是，你們的任務是兩個吧？說不定會和哪一組重疊。」

「就算兩個都重疊也無所謂，本小姐會害怕嗎？」莉莉絲傲氣十足地一撩華麗的粉紅色長鬈髮，「我們當然要過去，任務的提示關鍵字只在那才看得到。」

「對此，我有一個提議，由我直接送大家前往廣場吧。」貝洛切爾說道：「放心，我不會完全顯現出我的原形姿態的。」

原形？拉格斐和野薔薇眼中閃過一抹困惑，他們並不知道貝洛切爾的眞正身分。

莉莉絲爽快地點下頭，抱胸等待。

很快地，修長優雅的黑髮男人消失了，取而代之的是一隻巨大黑犬矗立於眾人前方。金黃的眼瞳，漆黑毛髮覆蓋在強健的肌肉上，從口中呼出的吐息一接觸到空氣，就化成淡淡的焰火，森白利爪和銳齒讓人見了忍不住心生恐懼。

艾草總算知道，貝洛切爾說的不會完全顯現出原形姿態是何種意思。

貝洛切爾的真正身分是地獄三頭犬，但現在的他並未暴露另外兩顆頭顱，體型也控制在適當的大小。若他此時顯現原形，這條巷子及附近的矮牆全會被毀壞殆盡。

「還請各位上來我的背上吧。」地獄犬伏低身子，屬於貝洛切爾獨有的優雅嗓音直接在眾人腦海內浮現。

「小米粒，走吧。」莉莉絲拉著艾草，毫不猶豫地坐上對方化形後寬大的背脊。

看著面前的巨犬，拉格斐和野薔薇眼中的吃驚旋即消失不見。

這座島上的住民沒有誰是一般人類，貝洛切爾自然不例外。他們只是沒想到，對方的真實姿態會是一隻黑色巨犬。

所以說……是犬妖嗎？

抱持著不甚重要的猜測，拉格斐和野薔薇也採取了行動。

待眾人在自己背上坐定，地獄犬的金瞳燃起一簇火焰，四肢拔起，宛若離弦之箭迅雷不及掩耳地竄躍至空中。

十五 A班與C班的對立

在貝洛切爾化身的地獄犬護送下，花不了多久時間，位於學園教學區和行政區之間的賽米絲大廣場便出現在艾草等人視野中。

爲了避免當眾變回人身引起騷動，地獄犬在靠近廣場前，先將艾草他們放下，接著重新化回人形，再與大夥一塊踏入廣場。

此刻賽米絲大廣場上聚集滿滿人潮，全是聽見鐘聲、陸續自島上各地趕來的各年級學生。

而就在學生們頭頂上，一面巨大光屏正浮立著。

淡淡白光投映出的螢幕上，密密麻麻地烙著字，那些就是加分任務的最終完整資訊。

除了標出任務名稱、分數及提示外，也顯示分發到此任務的組別成員。

雖說加分任務是爲了讓學生賺取額外積分，卻不代表每一組分配到的都是不同任務。有時候會有好幾組分配到同一任務，唯有最先完成的那組才能獲得分數。

「好多人。」艾草來到賽米絲學園後還是頭一次瞧見這麼多學生同時聚在一起。各式髮色、眼色，還有不同風格的服裝，差點眩花了她的眼。

「是很多，差不多三分之二以上的學生都在這裡了吧？」沒有向前擠進人群，莉莉絲抬起手腕，又一次從手環裡叫出小型光屏。

艾草注意到了，廣場上的學生們都做出相同行為，沒有誰爭先恐後地急著擠到最前方。

「不用上前觀看嗎？」艾草指著遠方的巨大動作，不解地問道。

「啊，當然不用。」莉莉絲心不在焉地回答，她正把手環對準空中光屏的方向。下一剎那，手環上的小型螢幕飛快浮現文字，「這樣就可以直接讀到我們這組的任務資訊，用不著人擠人。」

「簡單地說，只要憑靠這個通訊器，」貝洛切爾也指指左手上的暗紅色手環，那是代表成進組的顏色，「就能讀取到空中公布欄的資訊。一般不須來到公布欄前，不過想看加分任務的資訊就必須親自前來了，而且能讀取到的只有自己這組的相關訊息。我想這應該是學校的惡趣味，也許是想強調加分任務的重要性。可惜我是成進組的，沒辦法讓主人看到你們這組的資料。」

「不是主人，吾是艾草。」艾草睜著烏黑的眸子，瞬也不瞬地盯著貝洛切爾，眼中的堅持相當明顯。

貝洛切爾一怔，隨即微笑，從善如流地改過，「是的，艾草小姐。」

「……是艾草，不是小姐。」艾草臉上掠過一瞬沮喪，「貝洛切爾跟梁炫、長照一樣，都是固執鬼。」

「我們會將這當成小姐對我們的讚美的。」小心守在艾草身畔，不讓她被人群淹沒的梁炫說道。

長照在一旁點點頭。

艾草潔白的臉龐上看不出特別表情，但從她垂掩下來的漆黑眼睫，能看出她更加喪氣了，彷彿拿自己下屬的固執沒辦法。

「要看資訊的話，我的可以先借妳。」拉格斐硬邦邦地說，小手伸至艾草眼前，「看見了沒有？上面的那些字。」

「提示……湖？森林？」艾草看見他們這組的成員名單、任務名稱，卻對提示下方的字詞不太能理解。

「就是指我們的任務與森林或湖泊有關，是執行任務的線索。」莉莉絲目光雖然停在自己的通訊器上，但仍聽見了艾草的疑問，她一心二用地回答，「看樣子，我們可以鎖定同時有湖跟森林的……嘖，這次是來這招嗎？」

莉莉絲不知為何咂了下舌，發出不快的彈舌聲。

「莉莉絲？」艾草抬起臉。

「沒什麼，只是這次任務還真的和其他組重疊了。真煩，居然遇上這種事。」莉莉絲按了下手環收起光屏。嘴上這樣說，可眉眼洩露出的不愉快清楚表示事情不像她說的那般。

「誰誰誰？誰跟你們的任務重疊到了？」一直保持安靜、深怕說錯話惹來危機的南瓜手偶再也忍耐不住，它在野薔薇的手上扭動身子，喋喋不休地好奇問道：「也說給我們聽吧？就算本大爺其實不想聽，但野薔薇這個笨蛋也一定想聽的。說吧、說吧，快說吧。」

「如果可以的話，能告訴我們嗎？」野薔薇的棕眸裡也浮現一抹渴望。

莉莉絲瞄了眼白蛇，發現他根本連通訊器都沒打開，顯然不在意任何訊息。她再瞥了拉格斐，「喂，小矮子。你負責說，本小姐討厭那兩個名字，不想說。」

「妳敢再叫我一次小矮子，我會先跟妳翻臉的，莉莉絲。」拉格斐陰冷警告。他討厭女人，也討厭有人拿他的身高作文章。

拉格斐手指在光屏上抹劃幾下，讓下一頁的訊息跳出來。

這一看，小個子天使臉上的表情也瞬間變了。

「居然是那班嗎？」拉格斐勾起冷笑，「哇喔，這可有趣了。」

「那班？哪一班？」還沒將訊息看完的艾草納悶地問，不明白莉莉絲與拉格斐的反應。

相較於艾草的疑問，聽見拉格斐吐出「那班」的野薔薇與南瓜手偶，發出恍然大悟的低呼聲，連白蛇也掀開一隻血紅眼睛。

「那班？那班是C班對吧？」南瓜手偶壓低音量，語氣激動地喊：「是C班的誰？野薔薇，快把妳的手伸過去一點，讓我好好看清楚上面的人名……喔喔！我看到了、我看到了，是……！」

南瓜手偶忽然發出如同噎到的聲音。

「是伊梵還有菈菈。」梁炫視力極好，即使沒有靠近拉格斐，也能看清通訊器光屏上的字，「他們兩人，有何不對嗎？」

「他們兩人是暗夜眷族，也就是俗稱的，」野薔薇輕聲地說，「吸血族。」

「笨蛋、笨蛋，野薔薇妳的說明太簡略了！」南瓜手偶一抖身子，昂起頭顱，「暗夜眷族都是陰險、卑鄙、愛吸食血液，就像本大爺最討厭的蚊子一樣！噢，牠們老是在半夜趁我不注意時叮我腦袋，牠們以爲能吸到南瓜汁嗎？」

「等一下，細細……」

「雖然本大爺其實不怎麼認識那兩個叫伊梵和菈菈的，可是他們是暗夜眷族，他們一定會玩什麼手段！尤其是他們兩人，還是跟在『那位』的繼承人身邊的暗夜眷族！」

「細細，拜託你先停……」

「野薔薇，妳囁囁嚅嚅地是在說什麼？說話就要大聲說，像本大爺一樣，都是大聲地說出……」

「說出對我們暗夜眷族的不滿嗎？」回應的並不是野薔薇，而是一道低沉嗓音。

南瓜手偶登時僵住，它用慢得像是齒輪沒上油的速度扭過了腦袋，看見右手邊的位置不知何時站著一高一矮兩抹人影。

南瓜手偶倒抽一口冷氣。

出現在艾草等人面前的，是一名少年和一名少女。

兩人同樣擁有暗夜般的深黑髮絲、紫水晶一樣的眼眸，精緻的五官細看下有絲相像之處，讓人忍不住猜測起兩人之間是否有血緣關係。

「在背後說人壞話，這樣會不會太過分了一點呢？」少女雙手揹後，笑咪咪地說，天眞爛漫的臉上卻有一絲不協調的陰狠，「原來A班的風度只不過爾爾？」

「未免也太過可笑。」少年冷冰冰地說，「簡直令人失望至極，即使原本就不抱太大希望。」

「吾……」艾草反射性就想開口，但剛吐出一個字，野薔薇就迅速地把她拉至自己身旁。

「不，不可以。」野薔薇對艾草輕輕搖頭，音量放低，「我們班和C班本就處不好，他們不知道妳是誰，只會以爲妳是來添亂的，這會讓事情變得更複雜。」

「但是，吾……」看見野薔薇雙眸中閃過異色，艾草的話不由自主地斷在舌尖處。她眨了眨眼，然而眼前那雙眼睛依舊是深棕色，沒有其他奇異變化。

是眼花了嗎？

趁艾草閃神的剎那，野薔薇將她拉往身後。

幾乎同一時間，梁炫、長照與貝洛切爾圍在艾草周圍。他們三人並不清楚對方的身分，但能輕易感受到對方散發的敵意。

「細細，跟他們道歉，是你不該亂說話。」野薔薇柔弱的聲音裡透出些許強硬。

「知、知道了……本大爺會道歉的。笨蛋野薔薇，妳不用說我也知道。」南瓜手偶嘀咕著，接著它小心翼翼地瞅向黑髮紫眸的少年和少女，「咳，剛剛那些言論是本大爺不好，我向你們道歉。」

殊不知南瓜手偶此話一出，不但沒有減輕兩名一C學生的敵意，反令他們眼中怒意加深。

「等一下、等一下，你們A班是認眞的嗎？」少女誇張地睜大紫眸。

「居然要一顆南瓜來道歉？」少年嗓音低了一階，「看不起人也要有限度！」

「要有個限度的是你們，伊梵、菈菈。」莉莉絲手一揮，攔下南瓜手偶和野薔薇想再說的話。她碧眸微瞇，昂起潔白的下巴，眼神睥睨傲慢，「你們說完了沒？說完了可以換我說了吧——你們嘰嘰喳喳地吵死人了！我們不說話，就眞當我們是啞巴嗎？啊？開什麼玩笑，別讓人笑掉大牙了行不行？有南瓜跟你們道歉，你們就要偷笑了。」

「妄想要我道歉，在夢裡等還比較快。」拉格斐個子小，氣勢不輸人，言詞更是刻薄。他自認沒做錯事，面前兩人咄咄逼人的態度點燃了他的怒火，「這一次的任務你們乾脆放棄吧，反正也不可能贏過我們。別忘記，C班的排名總是在我們班後面。」

「死矮子，你說什麼！」菈菈褪去天眞的笑容，唇間牙齒瞬間轉爲尖利，其中兩顆更是化成怵目的細長獠牙，就連紫晶色眸子也轉成不祥的暗紅，那是暗夜眷族情緒起伏時的特徵。

「誰准妳叫我矮子的，臭女人！」被踩到痛處的拉格斐勃然大怒，背後雪白羽翼倏然展開。

就算是在人多聲雜的大廣場上，不代表這處引發的騷動無人注意。

尤其菈菈、拉格斐的音量絲毫沒有壓低的打算。

「吵架了，有人吵架了。」

立即有學生竊竊私語。

「那是A班的吧?」

「另外兩個是C班的吧?」

「不會吧?這兩班又來了嗎?等一下該不會又是……」

從四周言論不難聽出一A與一C之間的嫌隙早已眾所周知，不是什麼隱藏的祕密。

「不想別人這樣叫，就努力長高點如何?」與甜美外貌相反，菈菈吐出的皆是不客氣的諷刺，「還有，我不是臭女人，我是菈菈，暗夜眷族的菈菈．賽夏克。」

「聽都沒聽過。」雖然慢吞吞，但輕易就能撩撥他人怒氣的寂冷嗓音唯有某人擁有。

看起來冷漠、事不關己的白蛇，居然也蹚進了這灘渾水。

「C班不是本就排在A班之後?認清這個事實，我想應該不至於太困難?」白蛇又說。

「哇，冷血的，你怎麼忽然轉性了?你不是任何事都嫌麻煩嗎?」莉莉絲吃驚於白蛇不尋常的行爲。

「華雅其麗婭的限量刨冰，上週被C班買光了。」白蛇毫無起伏地說道。

這下子莉莉絲理解了，她這名搭檔對冰品向來特別執著。

沒有細聽兩人的低聲交談，菈菈已被白蛇說的那番話氣壞了。

「你再說一次?你這個該死的、自大的伊甸之蛇的後裔!」菈菈咬牙切齒，後背竟也猛地張開一對翅膀。

與拉格斐、莉莉絲擁有的華美羽毛不同，那對翅膀光滑、黝黑，如同蝠翼一樣。

「那是因爲那位大人不在，否則我們上次的總分也不會輸給你們A班！」

「說得好像那傢伙一回來，你們就能立刻贏過我們一樣哪。」莉莉絲用小指掏掏耳朵，「怎麼辦，我好怕喔。」

「妳！」菈菈氣極，肩膀卻被一隻大手按住。

是她的堂兄，伊梵。

與此同時，莉莉絲這邊也有人衝出來了。

「請，還請到此爲止！」給人文靜怕生印象的野薔薇罕見地拉高音量。她跑出莉莉絲的保護範圍，纖細的肩膀微微發顫，但仍像是用盡力氣地挺直背脊，一手緊揪裙面，直視著不論是菈菈或伊梵都已轉爲暗紅的眼睛。

「野薔薇，妳是白痴嗎？幹嘛跑出來？妳那麼弱，一咬就被人咬死了啊！」野薔薇手上的南瓜手偶驚慌叫道：「快躲回去，不要牽連本大爺我啊！」

「眞的，非常抱歉。」野薔薇充耳不聞，向菈菈和伊梵彎下腰。她的聲音和身體明顯都在發抖，可依舊堅持不願退開。她抬起頭，清秀的臉蛋閃過不安，「這一切，都是我跟細細的錯。說錯話的是我們，不是莉莉絲、不是拉格斐，也不是白蛇。」

「什麼？等一下，野薔薇，說錯話的明明只有那顆蠢南瓜吧？」莉莉絲不禁詫異地挑高眉毛，「妳沒事幹嘛自己往槍口撞？」

「我……細細的錯也算是我的錯。」野薔薇緊張地說，不安的眼神又望向伊梵和菈菈。擁有栗色鬈髮和一雙棕色眼睛的女孩此刻看起來像隻誤闖叢林的小白兔，柔弱又瑟瑟發抖的模樣令人覺得可憐。

伊梵直到這時才正視野薔薇。至方才爲止，他都沒將那抹躲在後方的瘦弱身影放在眼裡。他看著野薔薇，看著那張清秀的臉蛋，因情緒激動而轉爲暗紅的眼眸突然浮上一瞬恍惚。

毫無來由地，伊梵感到心跳的速度比往常還快。他沒辦法解釋在看清對方臉孔時，衝上心頭的感覺該如何形容。似混雜著緊張，又或者是其他什麼。

有異樣感覺的人，似乎不只伊梵。

野薔薇注意到伊梵的目光停留在自己臉上時，先是一慌，可緊接著視線也像被黏住，只能怔怔地看著對方的臉孔。

「你……」野薔薇無意識地張啓唇瓣。

「伊梵，怎麼了？」發現堂哥走神，菈菈困惑地輕推一下他的手臂。

這一推，讓伊梵猛然回過神。

「不……不，沒什麼事。」意識到自己不知不覺竟盯著野薔薇的臉，伊梵飛快藏起眼內的狼狽，盡量讓聲音聽起來如平時冰冷。

「眞的？」菈菈覺得狐疑，但當她想向伊梵再度確認時，一道低啞嗓音伴著一抹大步走來的高瘦身影同時出現。

「你們在這裡幹什麼？要吵架、要打架，選一個我們看不見的地方去，不要隨便增加老師的麻煩！」

鮮紅高跟鞋、黑色菱紋網襪，還有一身被風吹動而衣襬飄揚的白袍。

就算這些特徵不足以讓所有人辨識出身分，但性感的身材上戴著可愛的貓咪頭套，絕對能使人第一時間認出對方是誰！

一年A班的班導師，黑荊棘。

——據說到目前為止，還沒有任何學生見過她的真面目。

「大老遠就聽見你們那吵死人的聲音，是有那麼閒嗎？啊？」黑荊棘大步流星地走近艾草等人，凡是她經過之處，學生莫不下意識往後退，彷彿替她開了一條通道。

在艾草幾人面前站定，黑荊棘單手扠腰，低啞嗓音再次充滿魄力地喝道：「十個字解釋一切，敢增加我的麻煩，當心我踢你們屁股。」

「混蛋！妳這是老師該說的話嗎？」拉格斐暴跳如雷，只差沒指著黑荊棘的鼻子。他沒真的這麼做的原因，一來是他身高不夠，二來是他根本不知道黑荊棘的鼻子在哪裡。

「那學生就能無故增加教師的煩惱嗎？」黑荊棘不客氣地將問題扔回去。她跳過莉莉絲和白蛇，直接點名艾草，「小不點，到底是發生什麼事？」

「吾……」被點到名的艾草沒有驚訝，反倒露出一副為難的樣子，「吾沒辦法用十個字解釋一切。」

「我可以、我可以，黑荊棘老師，本大爺可以的！」南瓜手偶奮力舉高一隻小短手，等貓咪頭套往它轉來，它馬上指向伊梵和菈菈，「C班的找我們吵架！」

「胡說，明明就是你們A班的不對！」菈菈氣得又露出獠牙，紅眼閃動獰光，彷彿只要黑荊棘不在場，就會撲上去攻擊。

下一秒，一隻手放在菈菈肩膀上，彷彿想安撫住她的怒氣。

菈菈以為那又是伊梵，正當她想向對方表達不滿，並質疑他怎麼轉了性子時，她發覺對方壓根沒在聽她說話。

伊梵緊皺眉頭，像是困惑又像是恍惚地盯住那名栗色鬈髮的女孩。

接著，菈菈更留意到周遭圍觀的學生現在正屏息望著她身後，那反應就和他們稍早前見到黑荊棘一樣

除此之外，那個面生的黑髮小女孩嘴巴居然張成O字形，宛如瞧見什麼令她目瞪口呆的光景。

難道是……菈菈連忙轉過頭，睜圓暗紅色的眼眸，失聲驚呼，「雷文哈特老師？你是什麼時候……」

雷文哈特？艾草一愣，覺得自己好像曾在哪聽過這個名字。

倏然間，一段記憶自動跳出來。

艾草想起來了，第一節課時，沙羅他們就是被C班的雷文哈特老師電成鳥窩頭的。

「這可是……」長照喃喃地說，「還好我等地府無人有此種癖好，否則我每天光看……就胃痛死了……」

艾草表面看不出情緒，實則內心贊同萬分。她看著一C班導師挪開放在菈菈肩上的手，大步走向前。

「小孩子的事，就讓小孩子自己去處理吧，我們做大人的不用特地插手，不是嗎？」與黑荊棘的低啞嗓音相反，雷文哈特的聲音清澈溫和，「當然，如果黑荊棘老師童心未泯想插手，我也一定不反對。」

雖然清澈溫和，但字裡行間夾槍帶棒，連四周學生們都感受得到。

「成熟的大人的確偶爾也會童心未泯，不過我想這種感覺未經人事的小處男是很難理解的。」黑荊棘冷笑，「你說是不是呢，雷文哈特？」

「妳說什麼？妳說誰是小處男？妳這個連頭套也拿不下來的老女人閉嘴！」

「囉嗦！不會喝酒、不敢抽菸，連女人也不會泡，不是小處男是什麼？你到底有沒有長小雞雞啊？」

「黑荊棘！」

「哇！等一下，雷文哈特老師！深呼吸、快深呼吸，認真你就輸了。」

「黑荊棘老師，妳也冷靜一點，袖子不要挽起來。」

菈菈和野薔薇慌張地拉住自己的班導，就怕學生還沒打起來，兩位老師先互毆成一團。

艾草很確定自己聽見附近的學生嘆著氣，說：「啊啊，果然又變成他們吵起來了。」看樣子，大家對於這樣的發展見怪不怪。

「他們兩個吵起來就不干我們的事了。走了、走了，小米粒，我們去別處晃晃吧。」莉莉絲伸個懶腰，「哎？冷血的又不見了？估計又跑去哪裝死了吧……」

「莉莉絲。」艾草拉拉莉莉絲的袖角，待她低下頭，才細聲問道：「野薔薇跟吾說，A班和C班處得不好？」

「是沒錯，我們兩班算是死對頭吧。」莉莉絲毫不隱瞞地說，「這事應該全校都知道得差不多了。」

「確實是呢，就連成進組的我也有所耳聞。」貝洛切爾說道，目光停留在兩位一年級的班導師身上，「雖然我也是第一次目睹，但雷文哈特老師給我一種親切感。啊，我不是指記憶方面的。」

就算貝洛切爾沒解釋，艾草也知道那股親切感從何而來。

「那個，莉莉絲，吾想再問一件事。」艾草細聲地說道：「A班和C班的對立，吾想，該不會是源自兩位老師？」

「咦，小米粒妳怎麼知道？野薔薇連這也告訴妳了嗎？」莉莉絲一臉訝然。

這個問題，艾草一時之間還眞不知該如何回答。她刮刮臉頰，抬頭望了下梁炫和長照，在他們眼中看見和自己相同的心思。

——因爲太明顯了嘛。

艾草吞下這句話，視線投向一C班導。

淡綠色的優雅衣飾，罩著一件長袍，雷文哈特的氣質就和他的嗓音一樣，給人如沐春風的親切感。只不過，卻無法看清他的面貌。

因爲他頭部以上，赫然戴著可愛的小狗頭套！

——所以這絕對是貓控與狗控的戰爭嘛。

「莉莉絲，C班該不會也有一條規定——『只有狗和學生才可以進入教室』吧？」

「哇！小米粒，妳連這都知道？原來妳那麼聰明？」

「……吾想，這跟聰不聰明無關。還有，『原來』那兩個字不加也可以，加上反倒讓吾有點受到打擊……」

十六 海藍夢境

即使在賽米絲大廣場上曾發生這段插曲，甚至差點引起大騷動，但艾草很快就將這件事暫時拋至腦後。因爲緊接而來的許多新課程、新老師、新的學習環境，讓她沒有多餘心力再去思考。

每天、每天，這名來自東方地府的嬌小神祇就像忙碌的小蜜蜂，抱著課本與同班同學一起在教室間跑來跑去。

除了第一堂課，學生們並不是每節都有課要上，除了必修的專業科目，也可以從五花八門的選修科目裡找自己感興趣的學習。

以艾草來說，她第一次來到西方世界，因此對這裡的歷史相當有興趣，另外也對西方的魔法和東方的法術是否有差異感到好奇，所以她和莉莉絲一塊選修了「非人歷史」、「魔法學」、「魔法知識」等課程。

意外的是，這些課程拉格斐、野薔薇，及白蛇都有選修。

於是不知不覺間，這群由加分任務分組開始有所聯繫的學生們，變得更像是個團隊了。

在其他人眼裡，看到他們幾人聚在一起已成爲很自然的事。

貝洛切爾還是會用幻術建構出來的假身分混進一Ａ教室，但其餘時間卻消失得不見人影。

艾草沒有問，可她知道貝洛切爾一定是在爲離開學園的事做準備，她覺得自己會想念對方的。

在這些充實又忙碌的日子中，艾草身邊還有一個最大的改變。

——梁炫和長照不再無時無刻緊守在艾草身旁。

這其實源自於艾草的命令。

艾草不可能沒發覺到，自從踏上這塊土地後，她消耗的力量無法再快速補充回來。因爲這裡是因帕德休島，是西方世界，不是她原本所守護的領地，她無法吸收人們的信仰之力。

「城隍」，畢竟是東方之神。

身爲「城隍」的艾草都已明顯感到力量流失，更不用說身爲她下屬的日、夜遊巡將軍。明白梁炫和長照絕不會主動說出口，也不肯在她面前示弱，艾草強硬地下達命令，要兩人毋須時刻跟著她一同行動，他們也該擁有自己的休息時間。

面對這項命令，梁炫和長照只能遵守，然而不代表他們不會彈性調整。

就像現在——

沒課的空堂時間，艾草難得沒跟莉莉絲在一起，而是獨自來到位於地下室的圖書館。

賽米絲學園的圖書館一反常理，不是蓋在地面上，而是隱於學園地面下。雖然建築於地下，但面積相當寬廣，據說含括了地面上的大廣場和教學區。

光是繞一圈就不知道要花多少時間。

更何況圖書館不只一層。

總共五層樓的圖書館，前四層收藏的書冊皆可提供學生借閱，最底層則為教師及行政人員專用，沒有教師簽名的臨時通行證，一般學生不得進入。

艾草目前只去過地下一樓，還不曾至其他樓層轉轉繞繞。

在見到藏書量比城隍府還驚人的書庫後，艾草如獲至寶，每天一定要到圖書館報到。目標是看完第一層樓的所有書冊，再進攻第二層、第三層、第四層。

不過，她今天來到這裡，並不單純為了享受閱讀樂趣。

艾草是為了加分任務而來。

自從加分任務分組、抽籤完成至今，已過一段時間。期間因緊湊的課程、作業，還有老師們突發奇想冒出的各科小測驗，艾草他們一時還找不出適當機會正式執行任務。

好不容易明天開始就是三天連續假日，拉格斐不由分說地拍板定案，決定明天展開行動。

為此，艾草想趁機再補充一點任務的相關知識。

雖然野薔薇已經保證可以幫助他們完成其中一項任務，但不管是「薔薇花公主的眼淚」或是「人魚之淚」，艾草都想知道更多資訊。

「這麼說起來，野薔薇似乎尚未對吾等說過，她想尋之人是何模樣？」站在書架間的通道，艾草若有所思地喃喃說道。

也許野薔薇是打算等他們的加分任務結束後再說吧，不過艾草忍不住好奇，想知道野薔薇和她心愛之人是發生何事，爲何兩人會失去聯絡？

「啊，不行、不行，吾不能像羅剎、阿防那樣太八卦。必安說過，他們是不良榜樣。」似乎想到了什麼，艾草挺起平平的小胸膛，小臉正經嚴肅，「吾是好上司，要做好榜樣才行。」

強迫自己收起好奇心，艾草重新把注意力放回原本要做的事上。

薔薇花公主的眼淚，艾草之前已來找過幾次資料，不過都空手而歸，無論怎麼搜尋都找不到相關的文獻記載。

「難道……就眞的只是指野薔薇的眼淚嗎？」艾草滿心納悶，但她這次的目標是放在人魚之淚上。

和「人魚」相關的書籍倒是不難找，艾草一下子拿了好幾本書，接著她又在最上層書架發現一本相關書籍。

《人魚與水妖》。

艾草眼睛一亮，下意識就想伸手拿取，隨即才反應過來憑自己這迷你的身高，想拿下書簡直天方夜譚。

艾草往左右看了看，發現通道前端正好有一個供人拿上層書的小樓梯。她趕緊搬來重新嘗試。

雖說有了小樓梯輔助，無奈最上層書架眞的太高。艾草不管再怎麼拚命伸直手、踮起腳尖，和那本《人魚與水妖》的距離就是差了一截。

「嗚！」艾草潔白的小臉閃過一絲挫敗，她微鼓了下腮幫子，大眼固執地盯著那本彷彿在嘲笑自己的書。

即使外表看起來冷淡、早熟，但脾氣一上來，艾草其實固執得無人能比。

「吾，一定要拿下你。」艾草伸出食指，氣勢威凜地宣告。

瞄了瞄前後左右，確定四下無人後，艾草閉下眼。待她再次睜開，那雙黑若潭水的眼眸深處似乎有近於銀星的點點光芒閃動。

艾草側臉沉靜，再次伸出手。

剎那間，那具嬌小身子竟模糊了輪廓，她身形改變，伸出的右手好似變得纖細修長——

突然，另一隻手從後邊伸出，比艾草快一步拿起那本《人魚與水妖》。

「小姐要拿的是這本書嗎？」

這聲音是！艾草眸底銀光迅速消逸，飛快地轉過身。

「梁……！」艾草喊出第一個音節時，瞬間憶起這裡是圖書館，不能大聲喧譁。她吞下後面的字句，睜大的黑眸看著應該在自己宿舍房間休息的梁炫。

「為，為什麼梁炫會在這裡？」艾草放輕聲音問，缺乏表情的臉蛋看不出來內心的緊張。

被……被看到了嗎？有被梁炫看到自己居然要做出那種事嗎？

「我也在這裡的，小姐。」另一道沉靜的少年嗓音冒出。

「哎？」艾草眸子睜得更圓，看著從書架空隙後飛出的巴掌大身影。

雖然身體變得迷你，但那五官與那身白衣，是長照。

「爲什麼你們……吾不是要你們多休息嗎？」艾草指指梁炫，又指指長照，稚氣的聲音流洩出驚訝，又好似帶著些許不滿，不樂見兩位部下不自覺消耗力量。

「請放心好了，我的小姐，我等是變爲省力模式才出來的。」梁炫把書遞給還站在小樓梯上的艾草後，身形倏然產生變化，從原本的高眺變成與長照相同大小，「比起這事，我等更想向小姐確認，剛剛小姐是否……」

「沒有、沒有，吾什麼都沒做。」艾草迅速截斷梁炫的疑問，她用力搖搖頭，「眞的，梁炫你們一定是看錯了。吾，吾可以用閻王的頭髮發誓。」

同一時間，遠在東方地府的羅言莫名地打了個噴嚏。他摸摸頭髮，覺得好像有某種危機感，卻又說不上來。

「吾要去看書了，吾好忙啊。」艾草跳下小樓梯，嬌小身子像隻紅蝶靈巧地鑽出書架間。

「小姐。」

「小姐！」

梁炫和長照不約而同地追在後面。

艾草倒是沒有特意跑給部下追，她只是想轉移話題，不讓他們注意到自己原本想做的那件事。

因此一跑出書架間的通道後，艾草抱著找到的一大疊書，往眼前的閱覽區望了望，最後選定靠牆的一張大桌子。

由於不是熱門時段，圖書館一樓沒有太多人，只有三三兩兩的學生坐在位子上看書、寫作業，或是趴下來休息。就算有人瞧見變成迷你身形在空中飛舞的梁炫和長照，也不會大驚小怪。

因爲這裡是賽米絲學園，所有學生都不是人類，看見什麼都不會感到奇怪。

「小姐，下次請別再輕易那樣做了。」梁炫飛至寬大的桌面上站定，身子迷你卻依舊不減逼人的英氣，「我等會擔心的。尤其是長照，妳看，他已經快承受不起了哪。」

正如梁炫所說，長照在旁一站穩，就扶著身旁那疊堆起來比現在的他還高的書，臉色發白，額角直冒冷汗，嘴裡還喃喃唸著什麼，看起來虛弱得隨時會暈倒。

「……吾明白了。」艾草小小聲地說，小臉沒有特別表情，但墨黑大眼裡浮出一絲愧疚。

「眞的？小姐沒騙我們？」聽見艾草的話，長照馬上停止喃喃自語，挺直身子。他從口袋裡抽出一條手帕擦去汗水，臉色也恢復正常，似乎方才的一切不過是場幻覺，「太好了，小姐，能獲得妳的保證，我等眞是歡喜異常。」

「……吾覺得，吾好像被騙了。」艾草嘀咕。

「不，小姐妳想太多了。」長照斬釘截鐵地說，向來總是嚴肅深鎖的眉頭鬆開，他露出不常見的笑容，「小姐不是要看書嗎？」

「咦？啊。」艾草頓時被轉移注意力，「吾差點忘了，吾的目的是要看完這些書。」

「《人魚的童話》、《人魚的身分探究》、《人魚與水妖》……」梁炫仰頭將書背上的名字逐一讀出來，「小姐是要研究和『人魚之淚』有關的資料嗎？」

「嗯。」艾草點了點頭，伸手抽起最上面一本翻閱。

知道艾草看書時喜靜，梁炫和長照也不打擾，他們一左一右飛到艾草身旁，安靜陪伴。

艾草開始看起關於人魚的資料。

人魚，擁有魚尾人身，能在海中來去自如，亦能化爲純粹的人形上岸，容姿能輕易魅惑人心，常在暴風雨來臨時浮出海面。在人類眼中，是不存在於世界上的夢幻生物。

可事實上，「人魚」只是一個針對外表的稱呼。

此種族的眞正名稱是「水妖」。髮絲和眼眸皆蔚藍如大海，耳朵呈魚鰭狀，落下的眼淚會變成珍珠，故這一種方式形成的珍珠又名「人魚之淚」。珍珠顏色依水妖力量的高低而有不同，普遍是雪白，王族則是剔透的淡藍。

除此之外，在人類世界廣泛流傳的「人魚公主」故事，實際上就是水妖先祖曾發生的眞實事件。

「人魚公主……吾知道，吾也有聽過這故事。」艾草發出小小的輕呼，沒想到曾聽過的故事居然是眞的，「吾記得，是說人魚公主愛上了陸地上的王子……」

「小姐，這時候就換這本好了。」長照體型雖小，但力量沒因此減弱，他俐落地自書堆中抽出一本書。

書名是《給好孩子看的人魚公主》。

艾草翻開了書，重新溫習在東方就聽過的童話故事。

很久很久以前，海底有一位美麗的人魚公主。她在暴風雨來臨那日，偶然解救了從船上墜海的王子。她第一眼就愛上王子，原想在他身邊待久一點，但察覺有人類女子發現王子而過來後，只能匆匆躲回海裡……

爲了讓自己的魚尾變成人類的雙腳，好在陸地上行走，她向海底的女巫求得靈藥，以聲音交換，終於來到陸地、來到王子身邊……

圖書館裡氣氛寧靜，偶爾從他處傳來翻動書頁的沙沙聲。

雖說建於地底，但卻不會讓人覺得悶，四周牆壁還以魔法呈現四季變化。

今天正好是春季的景象。

在這股慵懶氛圍下，艾草忍不住有些昏昏欲睡了，她的眼皮不受控制地逐漸往下掉。

梁炫和長照當然不會沒發現，他們對望一眼，眸子裡都染上寵溺的色彩。

「小姐，換我來唸給妳聽，好嗎？」梁炫微笑。

艾草點了下頭，也不知道她是眞有聽見，抑或是打盹而無意識點頭。

見狀，梁炫唇角笑意加深。她看著書上的文字，將故事說了下去。

「……知道王子將娶鄰國公主，也就是那一日差點撞見她真實身分的人類女子爲妻後，人魚公主傷心欲絕……」

艾草覺得傳進耳內的女性聲音變得越來越遠、越來越模糊，恍惚之間，她完全閉上眼。

然後，她聽見了水聲。

咕嚕咕嚕的，水裡有氣泡不停冒出、破碎。再然後……

「哪，妳有聽過這樣一個故事嗎？一個哀傷、沒有結果的愛的故事。」

黑暗中，一道柔軟輕緩、彷彿水輕拂過身畔的悅耳嗓音響起。

「來自異國的小小神明，妳願意聽我說一個哀傷、沒有結果的愛的故事嗎？」

聲音再次響起，柔柔低語，像是距離遙遠，又像是依附在耳邊。

「那是一個發生在很久以前的故事。從前從前，有一位海底公主，她愛上了不該愛的人，她愛上了陸地王國的……」

下一瞬間，一雙皎白的手驀然自黑暗中伸出，捧住艾草的臉，往下一拉。

艾草最後看見的是一條華麗碩大的湛藍魚尾，所有鱗片都像藍寶石似地閃閃發亮。

啪啦！

艾草猛地睜開雙眼，彈起身子，耳邊同時聽見一道呼喊。

「小米粒？」

艾草眼前出現了莉莉絲，那名擁有粉紅長髮的華麗少女此刻正面露困惑，表情混著一絲擔心。

「莉……莉莉絲？」艾草慢慢地眨下眼，發現眼前不只莉莉絲，還有野薔薇、拉格斐、貝洛切爾，就連總是不知不覺消失無蹤的白蛇也在。

「小姐，妳作惡夢嗎？」梁炫合上書，關切地問道。

「吾……」艾草一時間還分不清夢境與現實，她又眨下眼，輕輕吐出一口氣，「吾，似乎作了個夢。」

「妳這樣坐著也能睡著，睡著還能作夢？我該說妳這小不點太厲害嗎？」或許是個性使然，拉格斐吐出的話語都像嘲諷一樣，「作了什麼夢？說出來給我聽聽也可以。」

「啊啦，明明個子比別人矮，還好意思說別人是小不點嗎？」莉莉絲最容不得有人針對艾草，不管對方有意無意，她立刻跳出來反擊，「拉格斐，你要不要站一起和小米粒比比看？」

「喔喔！吵架了！本大爺最喜歡看人吵架了，吵架和火災都是這間學校的必備品啊！」野薔薇手上的南瓜手偶興奮地鼓躁。

「胡說，沒有這回事的。細細，你別再亂說話。」野薔薇一把捂住南瓜手偶的嘴巴。她傾身靠近艾草，「我們這有個說法，把惡夢說出來讓人聽，就不會發生了。」

「哎？」艾草怔了怔，看見野薔薇對她眨下眼睛。

「野薔薇大人的意思是，拉格斐大人的行爲其實相當體貼人。」長照說，「不過這不表示我等就會允許他太過親近小姐，這可是兩回事。」

「什……誰、誰想親近那個小不點啊！」沒忽視艾草這方動靜的拉格斐立即停下與莉莉絲的針鋒相對，高傲的假面具碎裂，藍眼睛噴出惱怒的焰火，「這話才叫胡說八道，混帳！」

「很抱歉，這話我等絕對不能無視。」梁炫飛至書堆上，黑眸銳利，如她的佩刀，「拉格斐大人，你這是對我家小姐有意見嗎？」

「我家小姐哪裡不好？我家小姐豈可能會有哪裡不好？」長照的手指已按上劍柄。

拉格斐瞠目結舌，簡直氣結。這兩個走火入魔的笨蛋是怎樣？親近也不行？不親近也不行？更何況，他對艾草本就沒興趣。艾草沒胸沒屁股，對他來說和男的差不多，他討厭女人，也不喜歡男人。

「糟了。」沒想到戰事擴大的野薔薇不禁慌張，她看看這個，看看那個，卻不知要阻止哪方才好。

「等他們終於發現自己是在浪費時間、準備要談正事時，再來叫我。」白蛇乾脆拉開艾草身旁的一張椅子坐下，雙手環胸，頭顱微低，眼眸閉起，不到三秒立刻進入睡眠狀態。

眼見還未說出來此目的，幾個朋友和自己的部下就要吵作一團，艾草不免也緊張起來。就在這關鍵時刻，一聲輕咳自旁落了下來。

「不好意思，讓我打個岔，好嗎？」那是一道溫和優雅的男性嗓音，「我個人的建議是，請務必讓我打岔。」

這似乎隱含威脅的句子，頓時成功阻止這場繼續放任就會一發不可收拾的紛爭。

所有人全都轉過頭，看見是貝洛切爾。

「這裡不是適合談話的好地點，我剛向管理員申請了小會議室。」黑髮金眸的俊美男人露出慣有的微笑，展示手中鑰匙，「另外，圖書館禁止大聲喧譁，否則容易引起眾怒哪。」

聞言，莉莉絲等人一驚，這才猛然憶起自己現在所處地點。他們朝四周一望，發現閱覽區的其他學生正對他們怒目而視。

艾草鬆口氣，深刻感受到貝洛切爾不愧是他們的學長，果然是最有常識的人。

艾草決定要向他看齊，這樣等她回到地府後，一定可以變成一個更好的上司！

十七 原罪殘骸

圖書館裡的小會議室是適合小組討論的好地方。一來隱蔽性高，隔音良好，不用擔心受人打擾，也不會打擾到圖書館裡的其他人；二來假使討論途中需要參考資料，只要直接到外頭尋找即可。

「唰」的一聲，莉莉絲將借來的學園地圖攤開在大桌上，讓所有人都能清楚看見上頭的位置分布。

「依照我們的任務提示，關鍵字是森林和湖。」莉莉絲單手扠腰，掌控了主導權，另一手指著地圖上幾個點，「同時有湖又有森林的地點，在因帕德休島上說多不多、說少也不少，起碼有十來處。」

「莉莉絲，所以吾等要一處處去找嗎？」艾草舉起手，虛心發問。

「錯。」莉莉絲一彈手指，腳下影子突地冒出一抹黑色人形，正是暗中隨侍在她身旁的影侍——沒有她的命令，不會隨意露面。

貝洛切爾、白蛇和艾草他們都曾見過影侍；拉格斐身為天使，又是米迦勒的弟子，對地獄的了解不比惡魔少，自然也知道影侍的存在。

野薔薇是初次見到，她睜大眼，表示吃驚。至於她手上的南瓜手偶則感興趣地發出「喔喔」的叫聲，最後被自己文靜的主人隨手拿起桌上的杯子，直接塞進它的嘴巴裡。

在莉莉絲示意下，影侍不知從哪變出一面白板。

「聽好了，小米粒。」接過影侍遞上的筆，莉莉絲將筆指向艾草，「當然不可能一處一處找，我說的是起碼十來處，也就是說，真正的數字只會比這更多。」

「……三十七個。」野薔薇忽然輕聲開口，這話頓時引起大家的注意。

「三十七個？這具體的數字是怎麼來的？」拉格斐瞇起眼，眸光犀利。

「我對島上的環境做過一些研究，在正式進來學園就讀前就先做了。」似乎不習慣受人注目，野薔薇清秀的臉蛋上表情略顯侷促，身子也不安地在椅子上動了下，「我喜歡湖，所以才……真的。」

「野薔薇可沒有說謊騙你們，問這個她最了解了。」好不容易弄出卡在嘴中的杯子，南瓜手偶馬上大聲道，「她說有三十七個就是三十七個！雖然她是個飛機場笨蛋就是……嗚噗！」

杯子又一次被塞進南瓜手偶嘴裡。

「三十七個嗎？那麼扣掉白之森裡的真實之湖，就是三十六個了。」莉莉絲說道。

白之森？真實之湖？艾草還是初次聽見這陌生的名字，下意識望向梁炫和長照，兩人也輕搖了下頭，表示他們對此並不清楚。

「是學園禁止學生進入的禁地。」白蛇寂冷的嗓音響起，他難得沒有睡著，維持清醒。

「禁地？」艾草的困惑更加明顯，「是像吾城隍府內的書庫那樣，尋常人不得接近的意思嗎？」

「……啊？」拉格斐直接用這聲單音表達眾人共同的疑問。

「不，我猜想這和府內書庫還是不太一樣，小姐。」梁炫解釋道：「書庫會禁止不知情者靠近，是因爲……莉莉絲大人和白蛇大人，藉由小姐第一日上課前的事，應該可以明白的。」

「小米粒第一日上課前的事？噢。」莉莉絲想起來了，表情變得有點複雜。畢竟被一堆從衣櫃內滿出的衣物埋住的經驗，可不是誰都會有。

同時她也明白小米粒家的書庫爲什麼會被列爲禁地，估計是小米粒不懂整理和收納的結果吧。

光是想像那幅畫面，莉莉絲就腦門發寒。

「喂，不要在那做只有你們才懂的神祕交流。沒有要說出來，就不要給我浪費時間，重點是我們的加分任務。你們的耳朵應該不是裝飾品吧？」拉格斐不悅地用手指敲敲桌子，小臉滿是惱色。

「拉格斐因爲沒參與到，所以又覺得寂寞了嗎？」艾草眨巴著眼望向拉格斐，認眞問道。

紅潮衝上拉格斐的臉，那是氣紅的。

「誰寂寞了啊？妳眞的是笨蛋嗎？」拉格斐額角迸出青筋，手指用力指向艾草的臉，「我拉格斐．帝哪可能因爲這種無聊小事寂寞！」

「不是都有怕女人這種無聊毛病了嗎？」

「莉、莉、絲！」

「好了，學弟、莉莉絲殿下，還請別再吵起來了。」貝洛切爾拍拍手打圓場，優雅的微笑中透出傷腦筋的意味，「眞實之湖是禁地的原因，還未向艾草小姐說明哪。」

「囉嗦，明明就不用在場的傢伙還敢說這些？」莉莉絲抬手一撥髮絲，不再與拉格斐進行無謂的爭執，「小米粒，眞實之湖妳絕對不能踏進一步。聽好了，一步也不行。小米粒的兩位部下也要記好，是絕、對，不可以讓她跑進去，你們也不例外。」

莉莉絲悅耳的嗓音裡罕見地帶著一絲嚴厲。

拉格斐抱著胸，也點了點頭。

「爲什麼？」艾草問了，她想知道原因。

小會議室裡一陣沉默，就連拔出嘴中杯子的南瓜手偶也反常地沒有喋喋不休。

最後打破沉默的，是向來懶得在這類場合發聲的白蛇。

那名白髮紅眼、膚色蒼白到死氣沉沉，在他身上找不出一絲和「幹勁」相關的少年，用他一貫寂冷的嗓音開口，說：

「因爲那裡有原罪的部分殘骸，『原罪·憤怒』的部分殘骸就沉在眞實之湖裡。」

原罪是什麼？

「憤怒」是什麼？

殘骸指的究竟又是……

會議上，誰也沒有對此多說，話題很快被轉了回去，他們將實際上只有四人的小組分成三個小隊。

艾草和白蛇一隊，莉莉絲、拉格斐一人各為一隊。

野薔薇與貝洛切爾則是輔助角色，從旁協助可以，可一旦涉及任務內容便不得出手。畢竟加分任務的規定是若有無關者介入，就會視情況扣分。

而艾草他們三小隊的工作，就是去調查分配到的可能地點。

按照野薔薇的說法，因帕德休島上同時有湖又有森林的場所共有三十七處。扣除被學園列為禁地的眞實之湖，則有三十六處。而水妖非是喜於在他人面前露面的種族，棲息地一定要澄淨隱密。

依照這兩點特色，艾草他們又將範圍縮得更小，最後鎖定九處，正好一小隊負責三處。

對於自己必須和白蛇同隊，無法單獨一人行動，艾草也曾表達抗議。她自認非是孩童，可以獨立行事，即使一個人也能順利完成。

面對她的抗議，莉莉絲只不客氣地彈了下艾草額頭，再彎下腰，將臉湊近。

「聽好了，小米粒，妳的手腳比別人短，當然需要一個手長腳長的傢伙幫忙。妳的兩位部下不算，他們可不是小組成員，任務中是不能出手的。要不是我猜拳猜輸了，還輪不到那個冷血的跟妳一隊。」

這番說辭當下讓艾草找不出話來反駁，等她憶起拉格斐的個子比自己還矮，爲什麼卻能獨自行動時，事已成定局。

也就演變成目前的情況。

來自東方地府的嬌小神祇藏身在樹叢後，透過樹葉間隙，專心致志地觀察前方月光下的澄淨湖泊，她的左右肩膀各踞著一抹巴掌大身影。

那是堅持跟來並保證不隨意出手的粱炫和長照。她後方則有一抹削瘦身影倚樹閉眼假寐。

照理說應當與艾草一同執行任務的白蛇，卻逕自進入了夢鄉。

這段時間，早已習慣白蛇說睡就睡的習性，同時也知道白蛇沒睡飽力量就會不足，艾草並沒有出聲打擾他，依舊目不轉睛地凝視前方湖泊。

水妖除了會在暴風雨時出現，書上還曾說過，當月光灑滿湖面或海面，也有較高機率發現水妖蹤跡。

這也是艾草晚上不睡覺，跑來這裡觀察湖泊的原因了。

雖然明天才是連假第一天，可艾草今夜已忍不住採取行動，希望能盡早幫上大家的忙。

銀白月光在無聲無息中偏移角度，從原本的湖泊邊緣漸漸移往湖心。

終於，月亮完全倒映在湖泊正中央了。

從艾草的位置來看，前方湖泊乍看下就像一枚發光的美麗鱗片。

但是，什麼異樣也沒有發生。

染成銀白的湖面只有夜風吹過時造成的波紋，偶有細微的濺水聲傳來，卻是湖裡的魚拍動尾巴，躍出又沉下。

盯著那隻彷彿被月光染色的小魚，艾草想起在夢中見到的碩大魚尾，既華麗又神祕，所有鱗片都像藍寶石一樣閃閃發亮。

那個夢……究竟是怎麼回事？

「哪，妳有聽過這樣一個故事嗎？一個哀傷、沒有結果的愛的故事。」是什麼故事？告訴吾吧。不說的話，吾不會知道的啊。

「小姐？小姐？」梁炫的聲音在耳畔響起。

「咦？」艾草倏然回過神，眼眸內映出飛至眼前的梁炫。

「小姐，月亮已經偏移，湖面上依舊毫無異常。」梁炫報告完情況後，清冷的聲音滲入關切，「小姐，妳在掛心什麼事嗎？倘若有的話，請務必說出來讓我等一同分擔。」

「能分擔小姐的煩惱就是我等的榮幸。」長照也嚴肅說道：「要是小姐不說出來，我等勢必寢食難安，睡不好、吃不飽，說不定還會壓力過大，開始掉頭髮。」

「吾，吾沒有不說，長照你不能掉頭髮。」艾草冷靜稚氣的聲音染上一抹緊張，「阿防和羅剎告訴吾，說長照你會是大家之中最早禿頭的，吾不想看到長照的頭髮掉光光。」

「所以只要小姐和我等一同分享煩惱，此事就不會發生了。」長照表面不動聲色，可暗地裡已狠狠詛咒起那對雙子同事。

很好，阿防、羅剎，這筆帳我記下了，別奢想我會把小姐的睡顏畫像帶回去分享。

不知眼前文弱少年心中所想，艾草看看毫無異狀的湖泊，再回頭看看倚樹假寐的白蛇。她拾起一根小樹枝，輕戳白蛇手背一下。

白蛇掀開一隻紅眼。

黑夜中，他那如鮮血般懾人的眼瞳，看起來教人越發膽戰心驚了。

「吾觀察完了，去附近走走。」艾草沒有挪開目光，就像初次與白蛇見面那樣，依然筆直坦率地望著他，「白蛇你可以先回宿舍。」

白蛇沒有給予回應，眼睛又閉上。

逐漸摸索出和對方相處方式的艾草知道，這是表示他有聽見的意思。

拍拍衣裙及袖子上沾到的塵土，艾草朝梁炫和長照比出一個噤聲手勢，示意他們跟她到另一邊說話。

入夜的森林相當寧靜，即使這裡離賽米絲學園的宿舍區不算太遠，但此刻已是大部分學生的就寢時間，因此也聽不見什麼人聲傳至此地。

「吾，今日在圖書館作了一個夢。」艾草輕鬆地在黑暗森林中漫步，夜色對她的視線並沒有造成太大影響。

「我等記得，小姐那時有說起，卻沒有適當的機會將夢中內容說出。」梁炫飛至艾草身邊，不忘暗中留意四周狀況。

這裡終究是森林，沒人知道裡頭是否有獸類潛伏。

根據《三分鐘讓你對西方世界就上手》一書記載，賽米絲學園採取與自然共存的方針，不破壞周遭環境，也不驅趕原生動物，只要你不犯我，我也不犯你。

因此森林、原野、山區突然冒出妖獸，也不是什麼讓人大驚小怪的事。

「小姐究竟作了什麼夢？」飛在艾草另一側的長照自然也沒有放鬆警戒。

「吾夢到水，夢到有人對吾說話，夢到一條很漂亮的魚尾巴。」艾草以實相告，「吾還記得夢中那人問吾，『妳有聽過這樣一個故事嗎？一個哀傷、沒有結果的愛的故事。』」

「魚尾巴……哀傷、沒有結果的愛的故事……」梁炫沉吟，「這個，難道是在指『人魚公主』的故事嗎？」

「哎？」艾草停下腳步，她完全沒想到這方向，「人魚公主？」

「梁炫說的沒錯，小姐。」長照在思考時會習慣性地皺著眉頭，「如果把那幾項線索套進去，確實說得通。」

——因為人魚公主，就是一個哀傷、沒有結果的愛的故事。

為了心愛的王子，住在海底的人魚公主化身為人，來到岸上，卻因將聲音拿去交換雙腳，而無法開口對王子說出自己就是暴風雨那一日救起他的人。

然後，王子將要迎娶鄰國公主。

爲了不讓妹妹陷入痛苦，人魚公主的姊姊們以頭髮向海底女巫換來一把匕首。只要將匕首刺進王子心臟，她們的妹妹就能回復原來模樣，不用化作泡沫，消失於世上。

但，人魚公主最終還是下不了手。

「吾怎麼會沒想到……」艾草懊惱地敲敲額頭，這樣她就沒辦法樹立一個好上司的榜樣了，「吾眞是，一個不成熟的上司。」

「不，絕對沒有這種事的。」覺得沮喪的上司也好可愛，梁炫不著痕跡地將拍好照的手機移到背後，再按下傳送鍵，把照片分享給長照，「請恕我直言，除了小姐外，我等絕不會再承認他人爲我等上司。小姐已經極爲成熟，要是再成熟獨立下去，我等都會寂寞的。」

「相信莉莉絲大人也一定認同小姐的成熟。」長照小心收起存下照片的手機，接著說道：「否則也不會讓白蛇大人與小姐一組。畢竟這段時間以來，我等都知道，有白蛇大人在或不在，全然沒什麼差別。」

聽著自己部下斬釘截鐵的斷言，艾草一時還眞找不出話反駁。

「小姐也可以現在問問莉莉絲大人。」梁炫柔聲說道。

艾草想了想，還是伸手按下左手腕的藍色手環，那是一年級的通訊器。

雖說現在是半夜，但艾草卻可以猜出莉莉絲一定正和她做著一樣的事。

正如艾草所猜想，她才按下通訊器一會兒，一面方形光屏迅速跳出。

光屏裡是莉莉絲艷麗非凡的臉蛋，而她身後的背景明顯不是宿舍房間內。

顯然莉莉絲也注意到艾草所處環境，她微瞇碧眸，接著咂了下舌，「什麼啊，小米粒妳果然也開始行動了。妳在月鱗湖那吧？我猜妳會挑離宿舍最近的地點先……結果我們這組的默契居然展現在這種地方嗎？我還以爲我們這組鐵定沒那東西的。」

「拉格斐也是嗎？」艾草沒有忽略莉莉絲話中含意，好奇問道。

「啊啊，那矮子也是，聽說連野薔薇也自告奮勇來幫忙了。」莉莉絲撩了下垂在肩前的長髮，「我猜貝洛切爾估計也是，他有在妳那嗎？」

「無。」艾草搖搖頭，「吾只和白蛇，梁炫、長照也跟著吾。」

「那他說不定哪時就神不知、鬼不覺地出現了，那個惹人厭的男人倒是很擅長這招。」

提起貝洛切爾，莉莉絲語氣好不到哪，「冷血的呢？他有好好跟妳一起行動對吧？」

「有，很認眞。」很認眞地在睡覺。艾草將眞相放在心裡，決定說點適當的善意謊言。

「這還眞神奇，原來那傢伙還知道『認眞』兩字怎麼寫？」光屏裡的莉莉絲忍不住詫異，旋即露出誇獎的笑容，「眞不愧是小米粒哪。」

艾草只能故作鎭定地裝傻。

好在莉莉絲也沒有提出看看白蛇情況的要求——她看白蛇那張顏面神經失調的臉早就看膩了，寧願多盯艾草的臉。

「我這裡的湖什麼鬼動靜也沒有。小米粒，妳那邊呢？」莉莉絲又問。

「也無。」艾草小幅度地搖一下頭，想起自己找莉莉絲的原本目的，「莉莉絲，吾有事想問妳。妳覺得吾，成熟嗎？」

「啊？當然不成熟吧。」莉莉絲快人快語地答道，腦海裡則浮現艾草平板的身材，渾然沒留意到艾草瞬間倍受打擊的表情，「不過如果是心智的話，小米粒妳就算是很……小米粒？喂，小米粒，妳又怎麼了？」

艾草壓根沒聽到莉莉絲後一句解釋，她自信全無地在一棵樹下縮起身體，散發失落氣息。

「等一下，小米粒妳幹嘛沮喪啊？本小姐有說錯什麼話嗎？」莉莉絲有絲緊張，「妳這樣可憐到我會想立刻衝過去耶。喂，小米粒，不然我讓妳隨便問一個問題，妳問什麼我都回答妳，這可是本小姐難得的體貼大拍賣時間喔。」

「眞的？沒騙吾？」艾草馬上抬起頭，小臉上的喪氣一掃而空。就算沒有表情變化，但一雙烏黑眸子已亮起光芒，「那，吾想要知道原罪．憤怒的殘骸是指什麼？」

「……妳怎麼還沒忘記這事啊。」莉莉絲張口結舌，沒想到對方一提就是他們下午避免談到的話題。

但承諾已經說出，莉莉絲也不會出爾反爾，她吐出一口氣，用手指耙梳一下髮絲。

「眞拿妳沒辦法……我之前說過了吧，我家那臭老頭是管理地獄的。不過在他掌管之前，地獄裡就有六大惡魔公爵各自佔地爲王。他們的代稱分別是『嫉妒』、『色欲』、『暴食』、『貪婪』、『憤怒』、『怠惰』，也就是我們這裡所稱的原罪。我老爸到地獄也有一個原罪代稱，叫『傲慢』。不過這不重要，而且我更想幫他改作『自戀』或『臭屁』，不是本小姐要說，他眞的超煩的。雖然我老爸是奉上帝命令掌管地獄，但原本的六大公爵哪肯服從這種空降部隊，所以他們和臭老頭打起來了……」

那是一場在地獄、天界都被記載下來的激烈戰役。

來到地獄之前，路西法本就是力量僅次於上帝的大天使長，即使是以一敵六，仍佔了上風。接著在陸續有公爵願意臣服於他後，更是獲得壓倒性的優勢。

最後，五大公爵都成爲路西法的部下，唯獨「憤怒」薩麥爾仍不肯低頭，甚至還採取極端手段，試圖挾路西法的妻子爲人質作爲要脅。

「別看我家那臭老頭傲慢、自戀又臭屁……噢，我忘了，小米粒妳還沒看過。總之，他是個妻奴。所以據說那時候，我老爸徹底抓狂了。」

盛怒之下的路西法不再壓抑任何力量，他奪回自己的妻子，封印住「憤怒」的元神，再將其軀體分成數大塊，散布於各地。其中一塊，正好沉於白之森的眞實之湖裡。

原本路西法是要連「憤怒」的元神一併抹殺，但在五大公爵及上帝派遣而來的米迦勒極力勸阻下，終於讓懲罰改成封印。然而「憤怒」的家族必須付出忠誠爲代價，宣誓服從他，不得再有異心。

至於那塊沉在眞實之湖的原罪殘骸，據說在千年時光下，如今已化爲白骨。

但眞實如何，無人得以窺知。

因爲眞實之湖不但被賽米絲學園劃爲禁地，在原罪殘骸影響下，湖水竟成爲一片雪白。

沒人知道踏入那片異變湖水中會有什麼後果——至今無人敢嘗試，就怕承擔不起代價。

「不過老實說，我是有想嘗試一次啦。」莉莉絲在光屏裡撇了撇唇，「但我老爸一定會發現的，我可不想被他用這名義禁足。至於白蛇，他是懶得去。反正原罪的事大概就是這樣，我已經說完了，妳可不准再擺出那種沮喪的樣子給我看，不然我眞的會立刻衝過去找妳的。」

「吾知道了。莉莉絲，吾還有事要跟妳說……」艾草原本是想提自己奇異的夢境，可她突然停住話，小臉甚至轉向一邊，就像是發現了什麼。

「小米粒？」

「莉莉絲，吾晚點再說給妳聽，吾待會再跟妳聯絡。」

「咦？什麼？小米粒，等——」

莉莉絲的面容和呼喊隨著光屏瞬間收起而消失。

「粱炫、長照，汝等也有聽到嗎？」忽視腕上手環閃動的光點，艾草沉著地問兩名部下。

「是的，小姐。」黑衣女子和白衣少年異口同聲地說道。

「很好。」艾草眸光冷靜，稚嫩側臉威凜得令人難以想像她只是一名孩童。

毋須多餘言語，粱炫和長照對視一眼，毫不遲疑地緊追在那抹竄出的嬌小身影之後，朝著黑夜裡陡生的異樣而去。

朝著幾乎細不可聞的夜半歌聲！

❀❀❀

「小米粒？小米粒！噢，這可惡的……就是讓人放不下心的小米粒！」

瞪著化作一片漆黑、無論再怎麼發出通訊要求都沒反應的光屏，莉莉絲惱火地收起。從艾草最後的反應來看，她定是發現了什麼不尋常的事，才會急著結束通訊，好趕去一探究竟。

環視一圈盯梢了整夜，卻什麼動靜也沒有的林中湖泊，莉莉絲嘖了一聲，更改原本擬定好的計畫。

本來她是想前往自己分配到的第二個地點，可現在先放棄了。

「眞是的，絕不能讓小米粒被那冷血的帶壞，養成什麼都不說的性子。」莉莉絲飛快又在手環上點幾下，光屏重新浮出。

畫面上是金髮藍眼、宛如罩上一層寒霜的精緻小臉，赫然是在外展開調查的拉格斐。

「沒有重要的事就別浪費我的時間。」拉格斐一開口就是嗆烈不耐煩的語氣，「妳是沒看到我在忙嗎？別跟我說妳眼睛瞎了。」

「吵死了，別逼本小姐說出你太矮所以看不見你在忙的話。」莉莉絲無視那張鐵青的臉蛋，直接切入重點，「野薔薇也在你附近對不對？貝洛切爾有在嗎？不管他在不在，你們都先趕到月鱗湖去，就是離宿舍區最近的那座湖。」

「發生了什麼事?」拉格斐從莉莉絲的話中嗅到一絲不對勁,壓下衝上來的怒氣,銳利逼問:「那是那個小不點分配到的調查範圍,她惹出什麼麻煩了嗎?」

「小米粒好像發現什麼了。廢話省去,我也會趕過去的。」不再解釋一句,莉莉絲單方面結束通訊。她沒考慮聯絡白蛇確認艾草的安危,對方晚上不戴通訊器,「剩下貝洛切爾,不過那傢伙鼻子靈,估計有辦法自己找到小米粒。」

莉莉絲喃喃自語間,黑靴同時一蹬地。

纖細又華麗的身影轉眼間就來到湖畔一棵大樹頂端。

踩著細細的樹枝,莉莉絲卻如立平地之上,身子沒有一絲晃動。她瞇眼凝視遠方,搜尋起月鱗湖。

可突然間,莉莉絲嬌顏乍變。她鎖定了月鱗湖的方向,但她也看見就在那方向的上空,盤旋著無數蝙蝠。

就算蝙蝠是夜行性生物,也不會無端在某個地方有秩序地徘徊不去。

而在這世界裡,誰都知道蝙蝠就是某個種族的從屬——暗夜眷族。

伊梵和菈菈!

「別以為可以搶先我們一步,這些小蝙蝠!」莉莉絲背後倏然張開碩大華美的漆黑羽翼,如同要遮蔽天際。

她碧眸淬亮,黑翼猛地一拍振——

十八 暗夜眷族

闇夜森林中，艾草不知道自己跑了多久，唯一能確定的是她離月鱗湖和白蛇越來越遠，距那陣飄緲優美的歌聲則越來越近。

歌聲已從一開始的細不可聞逐漸變得清晰。

艾草能分辨出那是一道女性嗓音，但說也奇怪，她卻無法理解歌聲內容。

在巴別塔的運作下，一切語言和文字不是都會被轉換成共通的嗎？

但是，艾草眞的聽不懂那歌究竟在唱什麼。

她問了兩名部下。

梁炫的回答：「她睡不著，所以以此擾人清夢嗎？」

長照的回答：「也許她肚子餓了？」

「唔……還是當吾什麼都沒問好了。」艾草覺得那陣優美的歌聲如果因爲這樣的解答失去美感就太可憐了。

腳步速度未減，艾草身形靈巧地躍上樹，再大步飛躍於交錯的樹枝間。

倘若有人碰巧撞見艾草的身影，恐怕會誤以爲自己是看見紅蝶飛舞。

在經過一番追尋後，艾草與兩名部下來到歌聲源頭。

她自樹上躍下，小巧的繡花鞋無聲無息地落於濕軟地面，眼前豁然開朗。

一座不受任何遮蔽的湖泊就展示在艾草他們的正前方。

這座湖泊的湖水和月鱗湖同樣清澈，只不過在湖心中央有一座小島，島上居然突兀至極地倒立著一座塔。

是的，倒立。

那座灰黝的塔完全違反一般建築理論，該是塔尖的位置深深地埋進小島裡，地基部分則是向上暴露在空中。

古怪的不只這一點。

那座灰塔的外圍牆壁竟找不出任何一絲縫隙，光滑得像是一體成形——也就是說，那座塔沒有窗、沒有門，沒有一處可以作爲出入口。

偏偏那陣歌聲，就是從灰塔內部傳出的。

艾草記得野薔薇說過，月鱗湖附近還有一座湖。但此湖中央的島上有一棟建築物，既存人煙，就不用將此處列入調查範圍了。

「這……還眞是特立獨行的建築物。」看著島上的灰塔，艾草吶吶地說道。

比起自家上司保留的說法，梁炫和長照並不認爲必須將「客氣」用在這上面。

「毫無美感。」梁炫說。

「難看。」長照說。

「其實吾也這樣覺得……咳，不對，吾要說的不是這個。」發現一不小心說出眞心話，艾草趕忙搖搖頭，小臉上再端起平時的無表情，「吾，吾要說的是，梁炫、長照不可妄動，吾等要在這等候莉莉絲他們前來，吾現在就先跟莉莉絲聯絡。」

「小姐，當眞不行直接一舉破壞此塔至裡頭一探究竟嗎？」長照文弱的面龐上閃過一絲蠢蠢欲動。

這名少年只有外表上看起來是無害的。

「不可。」艾草堅定地搖搖頭，「這是吾等的任務，無論長照或梁炫都不可擅自先出手，必須要等到莉莉絲、拉格斐、白蛇……噓，先噤聲。」

似乎察覺到什麼動靜，艾草眼神一凜，飛快做出不要開口的手勢，身子閃躲進樹叢後。

小心翼翼探出臉，艾草謹愼地觀察湖上景象。

湖上什麼異樣也沒有，那陣歌聲依舊斷斷續續地自灰塔內傳出。

但是湖上沒有，不代表湖對岸沒有。

下一刹那，對岸陡生異變。

無數小蝙蝠毫無預警地自夜空中呈小隊竄下，在來到地面前的瞬間，所有蝙蝠又分散成兩團，竟凝聚成人形。

眨眼間，兩抹一高一矮的身影就出現在地面上。

高的那名是少年，矮的那名是少女。

兩人都擁有如暗夜的漆黑髮絲、紫水晶般的眼眸，精緻的五官依稀有絲相似之處。

「是他們。」艾草微微睜大眼眸。她記得那兩人是一年C班的學生，與他們小組重疊到同一任務。

伊梵與菈菈。

「小姐。」梁炫也壓低了聲音，「看此情況，恐怕……」

「吾明白。」艾草冷靜說道，將身子縮回樹叢後。

伊梵和菈菈絕不會無故前來此地，想必他們也是循著灰塔內的歌聲而來。恐怕，他們同樣認為那陣歌聲極可能和「人魚之淚」的任務有關。

「梁炫、長照，吾有命令要給汝等。」艾草果斷地做出決定，「立即前去尋找莉莉絲他們，此地由吾留守，不得有異。」

「小姐。」

「小姐。」

梁炫和長照才吐出兩字，艾草就已抬起手，深若黑潭的眼眸裡是難以撼動的堅定意志。

梁炫二人明白艾草不會更改決定，也明白對方此舉是為了盯住伊梵、菈菈的一舉一動——若換成他們倆的任一人留下，萬一與對方起了衝突，理虧的會是他們這一方，畢竟他們本來就不是任務小組的成員。

於是沉默一瞬後，黑衣女子和白衣少年同時屈膝低頭。

「謹遵命令。」

當最後一字落入空氣中，兩抹巴掌大的身影眨眼化成黑色霧氣，迅捷地往來時的森林方向衝掠出去，悄無聲息地躲過兩名暗夜眷族的耳目。

見梁炫和長照依言離去，艾草深吸一口氣，再次小心翼翼地將臉探出，好觀察伊梵他們的動靜。

萬萬沒想到，竟驚見少年、少女張開背後蝠翼，飛至小島上。

艾草壓住著急之心，原想繼續按兵不動直到莉莉絲等人到來。但見到伊梵、菈菈意圖在灰塔牆壁上直接弄出入口後，她再也無法忍耐了。

不能讓任務被搶走！

「且慢！」艾草高聲一喝，抓準島上兩人吃驚回頭的一瞬，足尖一蹬，快速竄至上方枝葉間，再如同飛箭自空中飛掠而下，紅黑袍袖一翻轉，帶出颯颯風聲的同時，黑霧已在白嫩掌心中浮現。

下一秒，黑霧化作黑鍊，朝伊梵、菈菈兩人射下。

❀❀❀

伊梵和菈菈並不是直到今天才展開「人魚之淚」的調查。

他們從獲知自己的加分任務爲何後，就開始依照任務提示的關鍵字「森林、湖」，逐一調查同時符合兩項條件的地點。

但因帕德休島上的這類地點不少，無法馬上巡查完畢，因此他們便以離宿舍區最近的森林湖泊爲起始，再一個個往外推展。

雖然是辛苦的方法，卻也能避免遺漏。

而今夜，伊梵和菈菈的目標是月鱗湖，卻沒想到準備降落時，會先捕捉到一陣幾乎細不可聞的優美歌聲。

他們循聲追來，發現一座在地圖上沒有標出的湖泊與灰塔。

但他們更沒想到的是，正當他們設法闖入傳出歌聲的詭異灰塔時，竟出現了第三者！

一聽到那聲稚氣清冽的「且慢」，伊梵和菈菈一震，下意識轉頭往湖岸搜尋，可眼中卻空無一人，隨即他們的頭頂上空傳來風聲。

這讓伊梵二人反射性地仰頭。

瞬間，兩名暗夜眷族睜大眼，撞入他們眼內的赫然是多條漆黑鎖鍊襲來！

「什……」菈菈不自覺張嘴。

「菈菈，快避開！」伊梵暴喝一聲。

菈菈猛然回神，搶在黑鍊落下之前，身體崩散爲無數蝙蝠，飛快地向兩側退開，再呼啦啦地飛往伊梵身旁，重新凝聚回少女樣貌。

與此同時，黑鍊末端已射入地面，但刺入的地點離菈菈原本站的位置偏移了幾寸。

在菈菈注意到那黑鍊只是想困住人時，所有漆黑鎖鍊「唰唰唰」地都落了地，在地面交錯纏繞。

接著，一抹嬌小可氣勢威凜的人影落足在黑鍊前方。

艾草俐落地再一揮袖，黑鍊轉眼消失，隱沒於她的背後。

「是妳……一A的交換學生！」菈菈認出艾草的臉，紫眸登時轉成暗紅，「你們A班的還眞像金魚大便，甩也甩不掉，連這時候都要妨礙我們C班嗎？」

「否，吾不認爲吾像金魚大便。」艾草萬分嚴肅地說。

「不對啦，我說的不是妳長得像金魚大便。」菈菈一愣，連忙也認眞解釋，「我指的是你們A班的作風……」

「菈菈，沒必要多解釋。」伊梵從旁打斷，他盯著艾草的眼眸也從淡紫轉成暗紅。

「咦？對喔，我幹嘛還浪費時間跟妳解釋呢？」菈菈轉頭環視四周，目光再盯回艾草平淡無波的小臉，「只有妳一個人，其他A班的討厭鬼沒來嗎？」

如果是一般人，面對這樣的詢問，大多會虛張聲勢地說自己還有許多同伴在旁埋伏，或是力持鎮定地說同伴馬上就趕到了。

可是，艾草哪一種也不是。

這名來自東方的嬌小神祇，老老實實地點頭，再老老實實地說，「嗯，只有吾一人。」

似乎沒料到艾草會如此乾脆承認，這下子吃驚的人換成伊梵和菈菈。

這對堂兄妹猶豫地對視一眼，彷彿在評估艾草話語的真實性。對方過於坦然的態度，反倒令他們不禁懷疑其中是否有詐。

不過很快地，他們做出決定。

「既然只有妳一個人，還主動跳到我們面前。」菈菈露出天真爛漫的笑容，眸子瞇得像彎彎月牙，就連唇間的兩顆牙齒也化成月牙般彎長，「那就別以爲我們會對妳客氣唷！」

話聲驟落，菈菈一彈指，響亮的聲音迴盪在小島上，湖岸周圍的林子霎時一陣沙沙騷動，眾多黑影從林間飛竄出來，竟是成群的黑蝙蝠。

這些蝙蝠拍著翅膀，迅雷不及掩耳地往島上最嬌小的那抹人影衝去。

菈菈打算利用這些蝙蝠牽制艾草行動，她和伊梵則趁機闖入塔內；畢竟他們的優先事項是找到「人魚之淚」，或獲得「人魚之淚」的情報，而不是浪費時間和艾草無意義地纏鬥。

然而事情的發展卻出乎菈菈的意料。她與伊梵還沒抓到好時機，就見那名一A交換學生腳下黑影湧動，旋即黑影竟化成實體暴衝出來，瞬間又見無數漆黑鎖鍊飛快環繞，層層疊疊。

那些飛得快的蝙蝠頓時被黑鍊掃飛出去，至於那些慢一步的——

「退。」艾草張口，吐出平靜一聲。

但就是這狀似平靜的一字，造成了驚人光景。

一股強烈的無形氣流自黑鍊外圍彈開，凶猛的力道甚至在空氣中產生類似爆炸的音響。

「砰」的一聲，來不及散逸的蝙蝠無一倖免地全都受到波及，不是被吹到高空，就是落入湖裡，也有的彈回林子中。

就這麼一眨眼，本來要攻擊艾草的蝙蝠軍團連她的衣角都沒沾到，便已潰不成軍。

「不是吧？這是在開什麼玩笑啊……」莅莅瞠目結舌，她可沒想到那具矮不隆咚的身子裡居然蘊藏了令人吃驚的力量，「一下子就把我的蝙蝠……那我接下來能用什麼招式？——妳以爲我會這樣說嗎？那就大錯特錯啦。伊梵，你先進去塔裡，這裡就交給我吧！」

「好，正巧我也有此打算。」伊梵毫不猶豫地贊同。

「咦？等等！我只是說說而已，你回答得未免也太快了吧？」莅莅微笑僵住，慌張地想拉住對方。

「我也只是說說而已。」伊梵仍是那張冷冰冰的臉，他並沒有眞的向灰塔移動，相反地，他張開五指，指甲變得尖利，接著突然握緊拳，讓指甲深深刺入掌心，鮮紅的血液從攢緊的掌心內往下滴。

當鮮血滴下手掌的那瞬間，血的形態變了。

伊梵右手飛快地往那滴血的方向一抓，一柄鮮紅如血的長劍立刻被他握在手中。

「你那種無聊的幽默感不要在這時候展現啦。」莅莅不滿地說，她的指甲也在不知不覺中變長。不過不像伊梵是握住掌心，她直接以指甲在潔白的手臂上劃出一條血痕。

隨著血液從傷口湧出，相同的情況也發生在菈菈身上。鮮血化作武器，只是握在她手中的並不是長劍，而是一柄通體透紅的弧形鐮刀。

「好了，讓妳久等了。爲了表示敬佩，我和伊梵也會拿出全力。」菈菈綻出甜美笑靨，然而紅眸卻閃動著陰狠，「但是呢，輸了的話，還請別說我們兩人以大欺小哪。」

「請放心，吾不會說的。」就算目睹兩名暗夜眷族以血化爲武器，艾草的聲音仍舊四平八穩。她一派淡然地直視對方二人，最多是微歪了下腦袋，再問道：「但吾可以問嗎？那位，也是汝等拿出全力而出現的？」

那位？哪位？伊梵和菈菈愣了愣，在彼此眼中瞧見困惑。

「汝等身後那位。」艾草體貼地伸手指出方向。

伊梵和菈菈猛地回身，暗紅瞳孔隨之收縮。

即使月光已偏移，小島和湖面都變得幽暗，但暗夜眷族的視力在夜間本就不受影響，因此他們再清楚不過地看見先前空無一物的湖面上，不知何時竟冒出半顆碩大光滑的腦袋，大小可比一張桌子，紫灰色的皮膚上有黏液造成的光澤，兩顆眼睛在夜間閃動詭異光芒。

湖裡竟有妖獸！

伊梵和菈菈大吃一驚，反射性就想先壓制那隻無預警冒出的不明妖獸，卻又忍不住顧忌背後的艾草會不會趁隙對他們出手或是闖入灰塔內。

在這躊躇的一瞬間，他們已失去反擊的先機了。

湖內生物露出完整的碩圓頭部，居然是一隻體型遠遠超出尋常的巨大章魚！對準島上三抹身影，章魚噴出一灘墨黑液體，突地濺了伊梵、菈菈和艾草一身。

「哇！討厭啊！」

在菈菈的驚叫聲中，平靜湖水湧動，刹那間自湖面下竄出多條粗大觸手，飛也似地襲向艾草等人。

一、二、三，三條覆有吸盤的觸手立刻成功達成任務。它們迅捷地纏捲住伊梵、菈菈、艾草，牢牢捆住他們身體，壓迫的力道使三人動彈不得。

捕捉到三人的大章魚毫不遲疑，馬上就往湖裡快速沉下。

三人被扯入湖中所激起的水花是終於趕至此處的莉莉絲等人唯一來得及看見的一幕。

水花激濺又落下，湖面轉眼恢復平靜，只餘一圈圈晃蕩漣漪，證明這裡曾發生過的事。

「小米粒……」莉莉絲呆立湖邊，碧眸睜大。

在莉莉絲尚未反應過來之際，耳邊先傳來兩聲撲通的落水聲。

聲音驚回莉莉絲的神智，她飛快轉頭，立時發現陸續會合的同伴裡少了誰。

「那兩個笨蛋護主狂，動作也太快了吧？」莉莉絲彈了下舌頭，語氣中隱約有絲不甘，像是沒想到自己的動作會慢人一步。

「可惡，本小姐一點也不喜歡水……小米粒，看妳之後怎麼回報我。」

話聲一落，第三道撲通聲響起，岸上又少了一人。

「等一下，野薔薇！妳不會也要下去吧？不要啊！不要啊！本大爺絕對不要下水啊！」發現野薔薇已默默脫掉鞋襪，套在她手上的南瓜手偶登時慌亂地抗議，它的尖叫在夜間森林及湖畔邊聽起來格外淒厲。

「我會溺水的！水會從我的眼睛、鼻子、嘴巴咕嚕咕嚕地灌進去，還會有小魚游進去！不下去、不下去，南瓜是不下水的！野薔薇，妳不要裝作沒聽見我說話，也不要把鞋子擺得那麼整齊，萬一等下有人經過，還以爲是誰想不開跳湖自殺了怎麼辦？啊，我看妳順便留個遺書如何？」

「細細。」已赤腳踩進淺水區的野薔薇文靜地說，「你再吵的話，我會把鞋子塞進你嘴巴裡唷。」

南瓜手偶瞬間噤聲，但接著又含糊地咕噥，「……我又沒說錯，妳明明沒學過游泳。」

「妳不會游泳？」還瞪著湖面，像是下不了決心的拉格斐驀然抬起頭，「那妳下去幹嘛？搶當水鬼嗎？」

「嗯……我猜總會有辦法的？」野薔薇小小聲地說，「之前《簡單實用的生活魔法》這堂課，剛好有教如何在水裡長時間張開眼睛……」

拉格斐聽不下去了，食指突然朝野薔薇的方向勾勒出奇異的圖案，接著那圖案在空中發光，再分解成無數細小分子，一晃眼在野薔薇身周環繞一圈，最後隱沒不見。

「要是妳這樣還能淹死，我就佩服妳。」拉格斐冷哼一聲，明明個子小，但態度比野薔薇還高傲，「作爲交換條件，妳等等先幫忙把我推下去。」

「咦？」野薔薇愣住，「呃，所以拉格斐你難道……」

「妳要是以爲我不會游泳，那妳的大腦鐵定有問題。」拉格斐鄙夷地看著野薔薇，「我討厭進水裡不行嗎？動作快，不要再浪費時間。」

「啊，原來。」野薔薇表示理解地點點頭，重新走上岸，來到拉格斐身後，知道他排斥女性還特地與他保持適當距離。

接著，她果斷俐落地將拉格斐一腳踢進湖裡。

隨著撲通落水聲響起，野薔薇也走上前，她捏住鼻子、閉上眼，毫不猶豫地跳了下去。

短短時間裡，原先人數眾多的湖岸頓時杳無人煙，一片靜謐籠罩在湖面上。

沒想到就在下一剎那，又一抹修長身影疾速無聲地欺近湖岸。來人金黃的眼眸迅速掃視四周，最後再落於岸邊那雙擺得整整齊齊的鞋子上。

那是女孩子的尺寸，但，並不是他主人的鞋子。

貝洛切爾瞇起金眸，原本與常人無異的瞳孔瞬時轉成豎長。他又往前走了一步，目光盯住偶起漣漪的湖面。

雖然水氣濃烈，但其中依稀殘留一絲艾草的氣息。

縱使不知找到這裡之前曾發生何事，可無庸置疑地，他的主人確實在湖裡。

「而你的出現，更加證實我的猜測，學弟。」貝洛切爾忽地轉頭望向森林另一側。那裡正緩緩走出一名體型削瘦的白髮少年。

少年猩紅的眼睛在闇夜森林中看起來如此詭異。

「不過更讓我訝異的，還是你居然會來這件事。」貝洛切爾唇角浮起一貫的優雅淺笑，「我還以爲你該待在宿舍或隨便哪個地方，睡得不管世事才對。」

「相信這不會比一個分明不是別人小組成員，卻自以爲是一分子的這件事還來得讓人吃驚才是。」白蛇淡淡地說，聲音沒有起伏。從他的表情和語氣，都難以判斷出他此刻情緒。

他走至湖前，紅玉般的眼眸倒映不見底的湖水，眸底透出的情緒更加讓人無法捉摸。

「就算艾草不會溺死，但她是我撿回來的，這次我也會再撿她回來——我忘了你對艾草水性很好這件事一無所知。」

「我確實不知。」貝洛切爾優雅的微笑沒有改變一絲弧度，「但艾草小姐是我的主人。學弟，你就依你平時的習慣，直接找棵樹睡覺如何？相信任何一棵樹都很適合蛇把身子掛上去的。」

「那你怎麼不去追著骨頭跑？記得可以順便汪汪叫幾聲。」白蛇不爲所動地打了個呵欠，仍舊是一張沒有表情的臉。

貝洛切爾微笑，白蛇面無表情。

下一瞬，湖岸上的兩道身影就像在較勁誰的速度更快一樣，迅速跳進湖裡。

十九 援兵到來！

艾草已不是第一次被突然拉進水裡。早在她當初來到因帕德休島時，便是跌入螢火光原內的水潭，然後被莉莉絲及白蛇發現。

甚至就連最近的奇異夢境中，她也是被拉入水裡。

大量冰冷液體包圍艾草，她可以感覺到身子隨著那隻大章魚的下潛，正在快速地墜落、墜落、再墜落。

她不知道大章魚想把自己……不對，是想把他們帶到哪裡？

艾草肩膀以下都被章魚觸手緊緊纏捆，幸好脖子仍能轉動。她看見和自己一同遇難的伊梵、菈菈試圖掙扎，只是依舊徒勞無功。

大章魚下潛速度奇快無比，艾草覺得說不定只經過幾分鐘，但她已分不清方向了。

下一秒，冰冷的水「嘩啦」一聲退去，乾燥的空氣重新包圍在他們周身。

還來不及理解發生何事，艾草已發現身上束縛鬆開，隨後她從高處筆直地墜落。

就算面對此種危機，她那張濕漉漉的潔白小臉也沒有明顯表情，最多是本來放空的眼神變得銳利。

紅黑長袖倏然往空中甩去，艾草嬌小的身子一扭轉，瞬時改變頭下腳上的墜落姿勢，眨眼間，穩穩地落至堅硬的石板地面。

「水，吸太多了。」艾草晃晃雖然仍甩得起來，但重量確實增加的袖子。包裹在袖內的白細手指一揮彈，身上所有水氣剎那間竟剝離開來，在她身前凝結成一團水球。

「什麼？妳連這種事情也做得到？妳到底是哪一族的？」另一邊，靠著背後蝠翼靈巧落地的菈菈目睹這幕，不禁吃驚地指著艾草。

他們暗夜眷族也有辦法在水中不沾水，但那要先做準備，而不是像這次一樣毫無預警地就被章魚觸手拽到水裡。

對了，那隻該死的臭章魚呢？

想到這裡，菈菈急忙又往旁望了望，然而只看到自己的堂兄臭著一張俊臉，萬分不高興地扭出衣角的水。

大章魚似乎神不知、鬼不覺地再次潛入水裡了。

牠到底抓我們來這裡做什麼？菈菈滿心納悶，開始仔細打量三人此刻所處環境。

剛被扔至地面時，她以爲他們被帶到了哪一座洞窟，不過現在有餘力觀察，就發現這裡不是什麼洞窟，而是建築物的內部空間。

周圍牆壁是石頭砌成的，天花板高且深，刷著一層細砂般的白色。材料也許摻雜了什麼奇異物質，整片透出光芒，替這個完全看不見外界景象的空間帶來光源。

同樣由石塊砌成的地面接連著一處偌大水池，方才大章魚就是從那把他們扔上來的。

很明顯，那隻章魚一定有人飼養，否則這裡不會那麼剛好闢出足以供牠通過的水池。但是，是誰養的？那隻章魚抓他們過來，是受那人指使的嗎？

菈菈越想越不明白，「伊梵，你也幫我想看看，這是怎麼一回事？」

「等離開這裡再想也一樣。」伊梵硬邦邦地說，繼續擰著袖子的水。他討厭渾身濕答答的，也沒辦法理解堂妹爲什麼在滴著水的情況下還能活蹦亂跳。

「伊梵，你不是指從水裡離開吧？」菈菈皺起甜美的臉蛋，「我猜你應該不會忘了這事，但我還是再提醒你一遍比較好。就算我們這次不會弄濕，可在水裡跟一隻水生生物打？吃虧的估計是我們。」

「我沒說我們要從那該死的水裡離開。」伊梵暴躁地說，「門在我背後，它只是不夠明顯而已。」

「……啊，喔。」知道堂哥心情被身上的水弄得很糟，菈菈摸摸鼻子，識相地不再跟他多說，轉至一直沒出聲的艾草，「欸，交換生，妳在想什麼？妳應該是在想什麼吧？」

暗夜眷族的少女不是很肯定地問。因爲在她看來，那名黑髮黑眼的小女孩臉上表情令人猜不出是在思考還是發呆。

「吾不叫交換生，吾是艾草。」不過從艾草立即回答的反應來看，她顯然不是在發呆，「吾在想，吾在此地究竟算是哪一族？吾和莉莉絲應該有點接……」

「那不重要啦。」菈菈想也不想地揮手打斷她的話，「反正妳們是A班，要跟我們搶任務的。而且比起這個，我比較希望能趕快把我跟伊梵弄乾。」

「居然，不重要嗎？吾剛剛真的很努力在想的……」艾草眼中閃過一瞬失落，她隨手向伊梵和菈菈一揮，只見他們兩人身上的水氣全數脫離，飛至水池內。

伊梵睜大暗紅的眼，像是有些吃驚自己竟在轉眼間恢復乾爽。

「真的乾了耶！」菈菈也驚奇地看著自己的雙手，接著再望向艾草，「謝啦，不過這不表示我們就會把任務讓給妳。『人魚之淚』最後只會落入我和伊梵手中哪。」

「吾並無以此做人情的意思。吾等的小組任務，吾也不會拱手讓人。」艾草句尾未落，已有所行動。

這名嬌小的東方神祇突地再揮袍袖，紅黑兩色的袖子立即捲往此處唯一一扇門。

見狀，伊梵和菈菈的速度也不慢，在蝠翼加速下，他們兩人的手幾乎要快艾草一步地觸及大門。

幾乎。

一條觸手更快地重重壓上門板。

準確一點的說法，是一隻長有眾多吸盤的粗大觸手。

艾草、伊梵、菈菈瞬間收住衝勢，三雙眼睛直瞪著那條再眼熟不過的觸手，再不約而同地回過頭。

——大章魚歸來了。

面對虎視眈眈的兩隻巨大眼睛，一時間，無論艾草、菈菈、伊梵都不敢輕舉妄動。大章魚一條觸手還緊緊抵著門板不放，水面下又伸出了第二條觸手。

「嘩」的一聲，那條觸手鬆開捲著的末端，頓時一堆魚蝦、貝類撒在地面——顯然大章魚的消失就是去獵捕這些生物。

但是，牠現在要做什麼？這是現場三人的疑問。

應該不可能是要給我們吃的吧？

如果是的話才奇怪。

吾，忽然想吃碳烤海鮮。

三人用眼神做起無聲的交流。

對艾草等人內心的疑惑渾然不知，大章魚只繼續以兩顆嚇人的眼珠子盯住他們，預防他們有任何動作。

接著，水面下又竄出兩條觸手，一條朝角落不被人注意的箱子探去，輕鬆將之捲起，再把箱子內的東西傾倒出來。

木柴？艾草他們疑惑更深，猜不出這隻妖獸的葫蘆裡在賣什麼藥，總不可能眞的要在這裡生火烤魚、烤蝦、烤貝類吧？

怎麼可能嘛！這是兩位暗夜眷族的想法。

回去後跟梁炫他們一起來烤海鮮吧。這是艾草的想法。

一條觸手傾倒出箱內木柴的同時，另一條觸手也沒有閒著，它向著房間另一端而去。

三人的眼睛只來得及跟著前一條觸手轉，無暇窺見另一條觸手的動靜。

等到他們眼角餘光捕捉到原先不存在的橘紅色光芒時，那條不被注意的觸手已完成工作。它舉著一根點燃的火把回來，扔到那堆木柴上，燃出了更大的火。

熊熊火光映著大章魚發光的眼睛，看起來更加詭異。

這時候與其研究怎麼突破大章魚的防線、打開門衝出去，艾草他們不得不承認，他們更想知道大章魚下一步會做什麼。

這隻巨大妖獸倒沒有賣太久關子，牠靈巧地再伸來兩條觸手，一條觸手的末端捲著一根尖銳的樹枝，一條觸手將魚排好。

噗滋！頓時串起一串魚，然後將魚放至柴火堆上烤。

「怎麼可能啊！」伊梵和菈菈瞠目結舌，不約而同地大叫。

章魚居然在烤魚？就算牠是妖獸，未免也太扯了！

沒想到這兩聲大叫引來了大章魚的注意。大章魚暫時放下烤魚，兩隻眼睛瞬也不瞬地盯住他們。

下一秒，艾草、伊梵、菈菈聽見了水聲。

又有兩條觸手冒出來了。

它們舉得高高的，末端各捲著一支不知從哪弄來的刀與叉。

就算彼此之間無法溝通，但現在誰都看得出來，大章魚眼中赤裸裸的光芒叫作「食欲」。

而艾草他們三人，就是讓牠食指大動的對象！

沒有任何預兆，大章魚所有觸手猛地全動了起來，它們濺起大片水花，波及了仍在燃燒的火堆。

不管自己生起的火已滅，大章魚張牙舞爪地揮舞觸手，每條都像鞭子似地轉向艾草三人。

利用自己體型嬌小的優勢，艾草靈活迅速地躲過兩條觸手的攻擊，再一回身，紅黑袍袖挾帶凌厲風壓，往下方重重一甩。

伴隨著這聲宛如空氣被撕開的音響，艾草周身浮現多簇碧綠幽火。

可她怎樣也沒料到，自己的火焰剛一成形，頭頂上那片發光的天花板居然嘩啦啦地灑下一片水。

火焰登時盡數熄滅。

艾草的小臉雖沒有露出太多表情，但此刻確實是目瞪口呆。

這是什麼？這裡原來還有防火警報器嗎？偵測到火焰就會灑水下來嗎？那剛剛為什麼不先把那堆火滅了？

艾草心裡閃過一堆疑問。

但抱怨歸抱怨，艾草並未大意到對觸手的逆襲全無防備。

先前攻擊落空的觸手又折返回來，這次還加入另一條。

面對來勢洶洶的進攻，艾草臉色未變，黑眸威凜。她放棄用火，改張開掌心，抓住瞬間由黑氣凝成的漆黑鎖鍊往前拋出。

黑色鎖鍊在中途一分爲三，反封住三條觸手的去路，轉瞬死死纏捆住它們，使其無法再輕易動彈。

另一邊，伊梵和菈菈再次以血化出武器。鮮紅長劍和鐮刀短時間內便反制欲捲向他們的觸手。鋒利的武器尖端貫穿觸手，將它們牢固釘在地面。

但這樣只解決了兩條，還有兩條觸手氣勢凶猛地從兩名暗夜眷族的背後空隙展開偷襲。

「封。」

比兩條觸手還快的是從旁橫出的漆黑鎖鍊。

黑鍊迅速纏繞，眨眼間也奪走了觸手的行動力。

伊梵和菈菈轉頭望去，瞧見艾草抓住五條黑鎖鍊，嬌小的身子動也不動，堅穩如山，彷彿不將大章魚的反抗放在眼裡。

眼見艾草出手幫忙解決危機，菈菈和伊梵對望，菈菈張口想說點什麼。

可就在這瞬間，以爲被剝奪大半行動力的大章魚又有了新的反擊。

牠無預警地張開形狀奇特的嘴巴，露出一圈嚇人尖牙，接著從嘴內快速噴吐出什麼。

不是墨汁，竟是大量白絲！

完全沒有預料到這招的艾草、伊梵、菈菈大吃一驚，他們根本就沒想到章魚居然會像蜘蛛一樣吐絲。

饒是艾草那張無時無刻似乎都毫無表情的小臉，也破天荒地露出動搖的震驚神情。

艾草等人因錯愕而錯失閃躲時機，白絲輕易捆住他們的身子，登時三抹身影都被捆成人形繭，只留一顆腦袋暴露在外。

大章魚一直壓著門板的那條觸手收了回來，它輕輕鬆鬆地一口氣捲起三個人形繭，往上空一拋，嘴裡再吐出少量白絲。

天花板轉瞬垂吊著三個白色的人形繭。

伊梵和莅莅臉色鐵青，因爲大意而淪於此種境地，對素來心高氣傲的暗夜眷族來說，無異是種屈辱。

相較之下，艾草的表情沒有太多變化。不過只要仔細觀察，就會發現她眼神都放空了。

可很快地，底下某個動靜吸引了三人的注意力。

將自己的獵物吊至天花板下後，大章魚繼續活動，牠的觸手同時設法拔開黑鍊、長劍、鐮刀。

慢著，同時拔開？

上方三人睜大了眼，映入他們眼中的是一、二、三，三條觸手。

但是，被他們武器封住行動的……有七條。

「請問，汝等處的章魚都是十隻腳嗎？」艾草秉持著有問題就要發問的精神，虛心求教。

「怎麼可能？章魚不是八隻腳嗎？問題是……這隻眞的還算是章魚嗎？」菈菈吶吶地說道，看著下方生物靈活拆解那些束縛物，「而且妳幹嘛用『這裡』，說得自己好像是來自哪個世界一樣。」

「吾……」艾草本想回答她的確不是西方世界的一分子，只是這些話還來不及說出口，底下的大章魚已解開所有束縛。

十條粗大觸手全恢復自由，歡快地舞動著。

大章魚仰起頭，巨大的眼睛燃起更加熱情的光芒──艾草他們絕不會解讀錯誤，那是對食欲的熱情！

「伊梵，你猜是我們的速度快，還是那隻妖獸的速度快？」菈菈鎮定的語氣中仍洩露了一絲緊張。

「比了才知道。」伊梵繃著聲音道，紅眸凌厲。

接下來的事，發生在短短一瞬間。

大章魚的兩隻眼睛亮起光芒，三條觸手竄向垂吊在天花板下的獵物。

伊梵和菈菈身上的白繭傳出了類似撕割的聲音。

觸手越來越近。

觸手逼得更近。

就在觸手即將觸及白繭的剎那間，伊梵和菈菈也掙脫了身上的白絲。

白色絲線斷裂成無數碎片，從空中灑下。

兩名暗夜眷族的指甲變得銳利如刀，他們張開背後蝠翼，雙雙朝同一方向疾速行動。

兩道紅光乍然閃動，有什麼東西重重地掉至地上。

各持長劍和鐮刀，伊梵和菈菈及時擋在艾草之前，削掉了三條觸手的末端，阻止了大章魚的攻擊行爲。

「就當還妳的。」菈菈說。

「暗夜眷族可不是知恩不報的一族。」伊梵說。

大章魚痛得急縮回三條受創的觸手，取而代之的是群起攻擊的另外七條觸手。

比起方才，現在的情況只能說更加驚險。

伊梵和菈菈畢竟沒有三頭六臂，使用的武器也非大範圍高級類型，更何況艾草尚未從白繭中脫困。

面對諸多不利因素，伊梵和菈菈非但沒有閃避的打算，暗紅眼眸內甚至還掠過嗜血的光芒。

如果會在這時候退怯，那麼他們就不是驕傲的暗夜眷族了！

沒有任何猶豫，伊梵二人氣勢凶猛地迎向面前對手。

說時遲、那時快，水池下猛然衝出一黑一白兩抹身影。

意料外的動靜讓大章魚、伊梵和菈菈動作不由得一頓。這瞬間，黑白身影已快若雷電地出手了。

偌大房間裡又見黑鍊層疊、快速交纏。

宛若黑暗具現化的鎖鍊轉眼封住大半觸手。

還來不及看清此刻狀況，伊梵和菈菈驚見水池內再度竄出兩條黑影，其中還伴隨著利光一閃而逝。

待他們定睛一看，才發現扯住鎖鍊另一端的是一名黑衣女子和白衣少年。

而另一邊，個子矮小的金髮小男孩與容姿華麗的粉紅長髮少女則將墜落於兩人腳邊的觸手尾端踢下水池，他們手上各持著軍刀和漆黑光刺。

來的正是梁炫、長照、莉莉絲，還有拉格斐！

局面登時完全逆轉。

最後，水面又出現水花，一顆栗子色的腦袋冒了出來。

野薔薇用有些笨拙的姿勢爬上岸。

所有的一切都讓伊梵和菈菈目瞪口呆，但他們也不是光顧著看而忘了做事的人。

沒浪費時間，二人立刻削開艾草身上的白絲，讓那具嬌小身子重獲自由。

一感覺手腳恢復行動力，艾草馬上躍落地面。

「小姐！」梁炫和長照將手上黑鎖鍊往旁拋射，讓它們的末端射入牆內，隨即奔上前。

「小姐，妳可無事？」梁炫屈膝下跪，清冷的嗓音早已充斥焦灼。

「小姐，我等眞的要擔心死了！」長照亦單腳跪地，他面龐蒼白，「萬一、萬一……小姐妳要是……我等該如何是好？我等……」

「你們班那個交換學生，也是你們地獄裡的什麼人物嗎？」菈菈收起蝠翼和鐮刀，暗紅眼眸轉為淡紫，難掩好奇地問著莉莉絲，「那兩個是她的隨從吧？力量看起來不小。」

「啊？妳在說什麼？」莉莉絲眉毛挑了起來，她隨手以黑刺釘住一條被自己斬斷部分的觸手，不讓它偷偷行動。接著她習慣性抱起雙臂，碧眸睨向兩名暗夜眷族，「你們有帶眼睛在身上嗎？小米粒怎麼看都不像我地獄之人吧？」

「可是，是她自己說她和妳有點接近。」菈菈選擇性地跳過那些諷刺話語，「不是惡魔的話，她又是什麼？」

「是神，她是東方的神。」莉莉絲倒是沒想到至今還沒人知道艾草身分，不過轉念一想，她沒跟人說過，白蛇也不可能主動找人說，包括他們班導也沒提起。

那麼，不知道似乎也是理所當然。

菈菈以為自己聽錯了，她瞪大紫水晶似的眸子，不敢置信地看著被兩名部下包圍的艾草，再回頭看向伊梵。

伊梵也一臉錯愕。

「幹嘛一副震驚的樣子？我們一A不能有東方來的交換學生嗎？」莉莉絲鄙視地望了兩名競爭對手一眼，「不服氣的話，你們C班不會也去想辦法弄一個？」

回應莉莉絲這番話的，是銳器砸落在地的聲音。

拉格斐看起來簡直比伊梵他們還要震驚。

「神……？東方的神？怎麼可能！」拉格斐氣急敗壞地大叫出聲，「那個矮不隆咚的小不點看起來哪裡像神了？」

「吾抗議，吾比拉格斐高。」艾草挺直了她的小身板，「身高」、「身材」之類的敏感字眼，向來很難逃過她的耳朵。

「說的沒錯，在場最矮的明明是你這傢伙吧？還好意思說小米粒矮不隆咚？」莉莉絲鄙夷的目光這回投向自己的班上同學，「乾脆把自己扔進水裡清醒一下如何？人家野薔薇都沒有你這麼大驚小怪。」

野薔薇？一聽見這個令自己在意的名字，伊梵下意識搜尋對方身影。他看見那名文靜秀氣的女孩正繞著水池，似乎在好奇地研究那隻被黑鍊纏得無法動彈的大章魚。

「一、二、三、四、五、六、七、八、九、十，這隻章魚居然有十隻腳！」野薔薇手上的南瓜手偶驚奇地高聲宣布，彷彿發現這件事比聽見艾草是東方神祇來得更重要，「喂！野薔薇，笨蛋野薔薇，依本大爺的看法，這麼大隻的章魚，可以當作好幾天的糧食了吧？」

「不行，不可以的，萬一、萬一這是誰養的呢？」野薔薇不安地急忙搖著頭，不願採納南瓜手偶的提議。

但這話反而引起眾人注意。

野生妖獸不可能待在人造建築裡，一定有誰圈養著牠。而這棟建築物，有可能就是湖心小島上的那座灰塔。

灰塔、歌聲，「人魚之淚」的線索可能就在這裡！

同時想到這點的莉莉絲、拉格斐、伊梵、菈菈不約而同箭步衝出，目標是房裡唯一的一扇門。

「任務！」艾草也想起來了，小臉瞬凜，立即加入眾人行列。

可誰也沒想到，所有人的注意都放在大門上之際，被黑鍊捆住的大章魚居然張開了嘴。

「小姐小心！」一直留意艾草安危的梁炫立即將她往懷中一帶，迅速閃避至他方。

長照則持劍擋在她們身前。

聽到梁炫示警的其餘人也反射性轉過頭，正好瞧見章魚張嘴對著他們的方向。

「小心，牠會吐絲！」曾吃過虧的艾草高聲喊道。

大章魚確實在下一秒吐出了什麼。

可是，不是墨汁，也不是白絲，而是一陣顏色極淡的青煙。

什……什麼？原本做好防備的大夥都呆住了。他們傻愣愣地看著那陣煙往四周飄散，越變越淡，然後消失不見。

莫名的發展令人一時反應不過來。

然而就在下一剎那，最先吸入青煙的野薔薇忽地雙腳一軟。

「野薔薇？野薔薇！」南瓜手偶驚慌失措地大叫，「妳怎麼了？天啊！其他人也怎麼了？」

不只野薔薇，莉莉絲、拉格斐、伊梵、菈菈同時發現自己的力氣在流失，身體變得虛軟無力。

就連艾草幾人也是。

難道那陣煙……有毒！

悚然的念頭立時躍入眾人腦海。

但讓人不安的不只如此。

很快地，又有人發現那些纏繞大章魚觸手的鎖鍊正開始變得模糊，彷彿再一點時間它們就會消逸無蹤。

一旦黑鍊消失，等待他們的是何種下場不言而喻。

「梁炫、長照！」艾草短促地倒抽一口氣，小臉流露明顯的心焦。唯有她最明白黑鍊淡化的原因，那表示操縱者的力量在快速減弱，難有餘力維持。

梁炫二人本就處於力量衰退狀態，如今又碰上毒煙侵蝕，頓成最快受到影響的人。

「小姐，請放心……我等還可以……」梁炫力持語氣平穩，不願見到那張潔白小臉露出那般表情。可她蒼白的臉色和輪廓逐漸模糊的身軀，卻已洩露出力不從心的事實。

長照也一樣，加上他外表本就文弱，看上去更是虛弱得嚇人。

即使如此，兩位將軍仍不肯放棄最後一絲抵抗。他們必須撐下去，否則黑鍊消失，那隻妖獸就會獲得自由。

「怎麼辦？怎麼辦？」目睹此景的南瓜手偶歇斯底里地尖叫，它或許是所有人中最不受影響的，「啊啊！都是野薔薇妳的錯！本大爺就說不要下來了，現在眞的要寫遺書了！呀啊啊——變小了！那兩個傢伙變小了！眞的完——」

南瓜手偶的尖叫在看見漆黑鎖鍊終於化爲一縷黑霧並消失之際，跟著震驚地戛然而止。梁炫和長照變爲巴掌般大小。

黑鍊消失了。

大章魚重獲自由。

被斬斷尾端的觸手瞬間重新生長，回復到毫髮未傷的狀態，同時大章魚張口一吐，這次噴射出艾草、伊梵、菈菈都曾吃過虧的白絲。

就算艾草事先警告過，但莉莉絲他們沒想到章魚眞的可以像蜘蛛般吐出白絲。

大量白絲頓時如天羅地網般撒向所有人。

或許是嫌一個個包成人形繭太費力，大章魚這回一口氣將所有人都用白絲覆住，讓他們的身軀被困在牆壁與白絲之間，動彈不得。

記得先前伊梵和菈菈曾割破白絲脫逃成功，大章魚還特地在他們身上多加幾層。

菈菈沮喪地發現，自己的指甲割不開那些白絲了。

本來逆轉的局勢，這下再度被轉了回來。

「真不敢相信，本小姐居然會淪落至此……」莉莉絲惱怒地呻吟，這話也是拉格斐的感受。

金髮天使青著一張臉，只希望這副丟臉模樣不要讓他人見到。

偏偏，事情往往不從人願。

水面下，從大章魚舞動的觸手間，竟突地又衝出了兩道身影。

又是一黑一白，竟是貝洛切爾與白蛇！

「騙人吧？那冷血的竟然會出動！」莉莉絲吃驚至極。她不敢保證自己全然了解白蛇，但好歹也摸清了他的幾分性子。

那名白髮少年不是向來最懶得蹚渾水、最懶得管閒事嗎？

「學長，小心後面！」野薔薇拉高了平時細弱的嗓音，就怕緊急之刻出現的兩人也來不及防備妖獸的偷襲。

「沒錯，小心牠的毒煙！」菈菈也叫道。

「當心牠會吐絲！」拉格斐緊接著喊道。

「還有牠的墨汁！」伊梵最後補充道。

三人的原意是想讓白蛇和貝洛切爾可以提高戒備，不要像他們一樣措手不及。卻沒料到多重意見同時一喊，反倒使來者一怔。

墨汁他們還能理解，畢竟是章魚……但是毒煙？吐絲？那是章魚沒錯吧？就是這個瞬間的愣怔，讓大章魚成功張嘴吐出了漫漫青煙——人質再添兩名。

「噢，雪特！」莉莉絲咒罵一聲，本來以爲來的是最強救援，結果還沒開打就加入了他們的行列。

「吾，有些失望哪……」艾草小小聲地說。

這稚氣的無心之語像箭矢刺入白蛇和貝洛切爾心中，就算兩人表面仍是一貫的面無表情與優雅，但多少還是感到有些面子掃地。

面對自己的獵物一口氣增加許多人，水池裡的大章魚顯然異常興奮，眼睛發出亮光，嘴巴張得更大，露出那圈嚇人的牙齒。

牠伸出一條觸手，來到被白絲覆住的艾草等人面前，像挑揀貨品般在每個人前方移動。最後像是難以做出決定，大章魚乾脆再舉起兩條觸手，尾端都捲著一支鋒利的大叉子。它們來到人質群兩側，擺明是要一次全叉起來吃掉！

不要、不要，吾不要吾的朋友受到傷害，吾不允許！艾草的心臟激烈跳動，墨黑眸子底處有銀星似的光芒在閃動。

如果會發生這種事，吾寧願……

「吾寧願……」

「小姐不可！」

「小姐，用妳的戒指！」

發覺艾草的意圖，梁炫和長照拚命擠出力氣，只希望阻止艾草的行爲。

戒指？艾草反射性動了動手指，那上面戴著梁炫之前交予她的戒指。

緊接著發生的一切，就像是在跟時間競賽一樣。

大章魚的兩條觸手毫不減速。

艾草手指上的戒指發出銀白光芒，光芒匯聚成光束，筆直地投射至上空。

奇異的事發生了。

原本空無一物的空中平空出現了一面偌大的鏡子，邊框華麗細緻，鏡面有如水波，泛起一圈圈波紋。

艾草瞳孔收縮，她記得這面鏡子，這是——空間之鏡！

梁炫和長照等候的就是這一瞬間。

拚上僅存的力量，他倆身形化作黑霧，迅雷不及掩耳地直衝鏡中。

剎那間，黑霧沒入鏡裡，與此同時，有另外兩隻手臂穿出。

簡直就像交換一樣，當黑霧完全消失，一高一矮兩抹身影也脫出鏡面，躍入這處空間。

不待人看清楚，兩抹身影已各飛掠向一側。

白光、黑光飛快一閃，硬物撞擊的猛烈聲音驟然響起。

巨大的叉子遭遇阻擋，被一柄白羽毛扇和黑紗折扇。

「哎呀，太粗暴可是會惹人厭的。不過我猜人類的語言你也無法理解，不如等會兒直接用更深刻的方式讓你體驗一遍，想必會讓你沒齒難忘，如果你還有命可以回味的話。」

「呀哈哈哈哈！妳說那麼長牠一定聽不懂的啦，牠只是一隻章魚，而且看起來超適合當下酒菜的！」

急轉直下的發展，別說打得莉莉絲一干人措手不及，饒是大章魚也反應不過來，甚至讓牠一時忘了揮舞其他觸手。

說話的人，分別是一名白衣女子與黑衣女孩。

前者長髮過腰，髮絲蓬鬆微鬈，充滿古典美的雪白臉蛋上佩戴一副細框眼鏡，嘴角噙著溫柔似水的笑，手持白羽扇，頭戴一頂奇異白色高帽。

後者皮膚黧黑，可愛的臉蛋上帶著一絲野性，眼眸好勝，唇間微露虎牙，手持黑紗折扇，腰間插著一面黑底金邊的令牌。

而不論是女子或女孩，在莉莉絲他們看來，服裝與梁炫、長照有異曲同工之妙。

緊繃的心情放鬆，艾草的小臉染上欣喜，再也忍不住喊出了專屬她的私下稱呼。

「七娘！八娘！」

白衣女子和黑衣女孩回過頭，她們眼內閃動著無上喜悅。

危急之刻，代替梁炫、長照出現的不是別人，正是艾草手下，「城隍」手下的八大將軍中的——
謝將軍，謝必安！
范將軍，范無救！

《城隍·賽米絲物語 1》完

黑之傾慕

凌晨四點多，就連天都還籠罩著暗色，曙光尚未撕開天邊一角時，旅館三樓的豪華套房裡就有了活動的聲響。

床鋪上擺滿衣物，每一套風格、款式不盡相同，另一邊的沙發也被鋪上衣服。乍看下，房間主人彷彿要把這裡變成一個衣物展示空間。

貝洛切爾當然不是打算這麼做才把自己大部分衣服都搬出來。

黑髮男人佇立在床前，眉頭微鎖，一臉認真嚴肅，好似正面臨莫大的困難。

他目光從左掃到右，再從右掃回左，來來回回不知重複多少次，卻依舊拿不定主意。

五個小時後的約會……究竟該穿哪一套衣服才好。

貝洛切爾深深感受到，這是個比學園任何一項測驗都還要棘手的問題。

正當他深陷煩惱、不知如何是好之際，隨意擱在房間角落的手機忽然響起，暗下的螢幕也跟著亮起光芒。

貝洛切爾本就擰起的眉宇皺得更緊。

當他瞧見螢幕上顯示的來電者是二十七號後，眉頭更像是要打結一樣。

會在這種時間點打電話過來，不是沒常識，就是出生忘記帶禮貌。

而二十七號兩者皆是。

貝洛切爾彈下舌頭，手指往掛掉電話的圖案移去，在即將碰觸前又移了回來。

「喂？」他還是接起了那通電話，想著二十七號也許眞有重要的事找他。

「喂喂？十三號啊！」粗啞的大嗓門從手機傳出。

「我必須提醒你，有禮貌的人是絕不會選在這個時間點打電話的。」

「哈哈哈哈！我又不是人！」手機另一端笑得嘎嘎作響，「你也不是啊！幹嘛學人類計較起這種無聊的小事？反正我們三頭犬在半夜都嘛不睡覺！我就很閒，隨便選個號碼就選到你了！」

貝洛切爾捏捏眉心，開始後悔方才的決定，他果然不該接起這通電話。

「換我來跟他說，二十七號你滾旁邊一點！」又一道偏細男聲傳來，接著聽見好幾道犬吠響起，彷彿有群狗聚在一起凶惡爭吵。

過了一會兒，手機另端的爭執似乎平息下來。

「好久不見了，十三號。」細嗓音成功搶到手機，旁邊還能聽到二十七號不爽的咕噥聲。

「你又是哪位？」貝洛切爾溫和又冷漠無比地說。

「你居然認不出我是誰？你都認得出二十七號了，為什麼卻認不出我？」細嗓音不敢置信地質問，一副大受打擊的態度。

「手機有來電顯示。」貝洛切爾冷淡地回應，「一百多隻三頭犬，我沒有每一隻都記住，畢竟腦子還是記憶有用的事物更值得。」

「他什麼意思？」二十七號湊過來問。

「意思就是其他三頭犬不值得他記啦。」細嗓音哼了一聲，「算啦，不跟你這被開除的傢伙計較。我是六十六號，記好了，六十六！這麼惡魔的數字超好記的吧！」

「你有什麼事嗎？」貝洛切爾選擇忽略六十六號的話，「沒事我要掛斷了，我還有重要的事要處理。」

潛含意就是──和你們講電話眞的是浪費我的時間。

「啊等等！等等！有事！有天大的事！」六十六號忙不迭地嚷，「你先開個視訊！」

貝洛切爾輕嘆口氣，不是很想看見一張醜臉，也許是三張。

假如六十六號沒化成人形的話。

在他看來，所有地獄三頭犬中，自己是最好看的那隻。

毛皮最滑順，金瞳最熾亮，就連尖牙、利爪都鋒銳得像能反光，有如精心雕琢的藝術品。

想到這裡，貝洛切爾不免有些小得意。

他相信艾草當初那麼快原諒自己，除了她心胸寬大、性情善良、純眞無邪──以下省略將近千字小論文篇幅的讚美──還有一個因素，就是他優異的外貌。

長得好看的狗狗才能獲得主人歡心。

看在六十六號語氣急促的份上，貝洛切爾依言打開視訊。

螢幕裡立刻出現一名瘦高男人，他瞇起偏細的眼睛，手裡拿著另一支手機，炫耀似地將它貼近鏡頭。

「快看快看，我小女兒可不可愛？三個月了，會翻身了！翻身的姿勢特別流暢，未來一定是個天才！快看她肉肉的腳掌、濕潤的鼻頭，還有那雙圓滾滾的大眼睛，不覺得看她一眼，心都要融化了嗎？」

「不可愛、不覺得、請滾吧。」貝洛切爾微笑地說。

六十六號一臉天崩地裂的表情，「怎麼可能不可愛？我女兒絕對是世界第一可愛！」

「我的……」主人兩字剛來到舌尖，貝洛切爾就吞回去。

私心而言，他不想讓艾草的存在被這群蠢狗知道。

但他仍是在心裡補完想說的話——我的主人才是世界第一可愛。

而他等等就要跟如此可愛的主人約會了。

貝洛切爾原本要結束這毫無意義的通訊，可他突然想起一件事。

一百多隻三頭犬超過三分之二都是單身，相當符合現在流行的「單身狗」這個稱呼。

而六十六號，則屬於三分之一那派。

既然人家有妻有女，堪稱犬生贏家，那麼他對討女性歡心也許相當有一套。

「問你一個問題。」貝洛切爾切換成後置鏡頭，對準床鋪上那些衣飾，「今天我要和重要的人約會，穿哪一套衣服比較適合？」

「約會？什麼？你這混蛋也要背叛我們這些單身狗了嗎？」二十七號憤怒地汪汪大叫。

「吼，你眞的吵死了！先滾到旁邊去！」六十六號轉眼變回巨犬，一腳踹開二十七號，又化成人形。

不得不說結過婚的人還是相當可靠的，比起研究那堆讓人眼花撩亂的衣服，六十六號先指出更關鍵的一點。

「和你約會的人長怎樣？穿搭不能只顧自己，還得和對方配合才可以。你有照片吧，先讓我看看是什麼類型，我才能給意見。」

貝洛切爾從錢包裡拿出照片，這個舉動讓六十六號忍不住驚呼出聲。

「天啊，十三號！現在還有人把照片放錢包裡喔？也太老派了吧！」

貝洛切爾充耳不聞，把照片遞向鏡頭。

看著照片裡外表年紀不超過十歲的黑髮小女孩，六十六號沉默一陣，然後給出由衷建議。

「嗯，爲了避免你們出門被當成父女逛街……十三號你不用挑衣服了，直接變成小狗的模樣吧，小狗狗和小女生最配了！」

貝洛切爾最後沒有選擇變成幼犬。

但六十六號的建議他還是聽了進去，他選擇從男人變爲少年。

還挑了一套休閒輕便、能讓年齡看起來更顯小的服裝。

再怎麼說，他都不想要與艾草走在一起時被人當成父女出遊。

約好的碰面地點在東蘭區廣場的噴水池前。

假日的東蘭區熱鬧萬分，人潮絡繹不絕，周邊還有各種攤位，吃喝玩樂一應俱全。

貝洛切爾快步走向噴水池。

廣場的噴水池是知名集合地點，許多人約碰面地點時，都會選定這裡。

噴水池前或坐或站著不少人。

但在這麼多人當中，貝洛切爾一眼就見到那名個子嬌小的東方神明。

艾草仍梳綁著雙髻，長長的黑髮分成兩束垂落在肩後，白瓷般的臉蛋一本正經，雙眼直直地望向某個方向。

乍看之下，好似正在嚴肅地思考人生問題。

但和她相處過一段時日後，就能了解她只是單純在發呆而已。那雙看似凜凜的黑眸處於放空狀態，就連焦距都是渙散的。

貝洛切爾一瞧見艾草的身影，眉眼就抑制不住地浮上笑意。

假如有鏡子在他面前，一定能看見他的嘴角不自覺地上揚。

愉快剛暈染在貝洛切爾眉間，下一瞬又被訝然取代。

艾草獨自一人坐在池緣，身旁不見她的兩名下屬。

雖然內心暗暗期待過能與她單獨相處，但見識過她部下的護主和黏人程度，貝洛切爾明白這估計是奢望。

沒想到奢望意外成眞了。

貝洛切爾在內心讚頌地獄之主的名字，感謝有祂的保佑，腳下步伐加大。

「小姐！」

這一聲喊出來，廣場上十位女性中起碼有八位反射性回頭。

一看是不認識的美少年，多瞄了幾眼又再轉回頭。

而這八位自然不包括艾草。

維持孩童體型的她沒把自己劃進小姐的範圍，依舊眼神放空地凝望遠方。

「我的主人。」貝洛切爾來到艾草面前，彎下身，朝愣住的艾草伸出手。

「貝洛切爾……？」艾草迷惑地眨眨眼，「身高縮水了？也變年輕了？」

「主人不滿意我現在的身高嗎？我可以馬上調整。」貝洛切爾直起身子，彷彿在評估要讓自己長高多少。

「吾沒有不滿。」艾草立即搖頭，跟著站起，「高很好，矮也很親切。」

瞅了一眼如今只比自己高小半顆頭的貝洛切爾，她慎重地點點頭。

「嗯，很親切。還有不是主人，喊吾艾草即可。」

「艾草……」見艾草眼中亮起期待，貝洛切爾覺得自己要做的事有些壞心眼，但徘徊在唇齒間的後面兩字還是滑了出口，「主人。」

艾草的小臉沒太多表情，可眼裡浮上沮喪，「固執鬼，貝洛切爾。」

「那艾草小姐。」貝洛切爾漾開笑容，再次朝艾草伸出手，手心向上，形成邀請手勢。

有了前面的「主人」作爲對比，艾草很快就接受「小姐」這個稱呼了。

看著遞至面前的手，她將自己細白的手指擱上貝洛切爾的掌心。

當貝洛切爾握住艾草小手的瞬間，感受到兩道銳利目光如箭矢射來。

他恍然大悟，原來艾草的兩位下屬不是沒來，而是藏在他處。

「今天沒看到小姐的部下呢。」貝洛切爾明知故問地說。

「梁炫和長照送吾來這，待會兒就會回去了。吾交代過他們，認路這事要吾獨自學習才行。」艾草偏過頭，朝某兩個地方舉起手擺了擺。

是了，這次的行程並不是約會。

實際上是由貝洛切爾帶領艾草熟悉東蘭區。

貝洛切爾順勢望去——

賣著氣球的小攤車後面躲著長照；梁炫則坐在水池對面的長椅上，只不過她舉起報紙遮臉，報紙上還戳了兩個洞。

見艾草看過來，梁炫也不藏了，她放下報紙，對艾草露出溫柔的笑臉，再對上貝洛切爾時，微笑瞬地轉爲冷厲。

貝洛切爾視若無睹，將艾草的手完全以掌心包攏住，像藏起一份最重要的珍寶。

雖然朝貝洛切爾射去的目光含帶警告，但梁炫和長照也確實遵照艾草的要求，只目送著他們離去，沒有像條甩不掉的尾巴再黏上去。

這讓貝洛切爾舒心地鬆口氣。

黏人的尾巴，還是由好狗狗來當比較適合。

東蘭區的中心主要由多條熱鬧的商店街組成。

貝洛切爾今天要帶艾草熟悉的就是這個區域，同時也是賽米絲的學生時常來的地方。

艾草還是第一次來東蘭區，沿路琳瑯滿目的店鋪看得她目不暇給。

即便這次行程的名義是導覽，貝洛切爾還是私心地安排幾個符合地獄女性流行雜誌推薦的約會地點。

甜點店、寵物店、拍貼機、花卉公園。

貝洛切爾本來還想排個遊樂園，但時間上似乎不太合適，只好暫且剔除，等日後有更好的時機再重新安排。

貝洛切爾和女性相處的經驗不多。

他身分特殊，由破碎靈魂融合出的三頭犬本就缺失過去記憶，重生後又被投放至地獄大門，負責看守的工作。

因此在這方面，可說是一片空白。

想著六十六號千叮嚀、萬交代：小女生最喜歡甜點了，尤其是可愛繽紛的甜點。記得點一個就好，但要點最貴的，這樣才不會被認爲小氣，又能獲得一起吃的機會！

又想起地獄銷售最好的女性雜誌也時常介紹甜點店，貝洛切爾決心帶艾草多去幾間，好博得對方歡心。

在來到第四間甜點店後，艾草沒有理解貝洛切爾的用意，反而做出另一番解讀。

——原來貝洛切爾是甜食系男子！

她有聽說過，有的男性不好意思在人前暴露自己熱愛甜點的喜好，會藉女性朋友當掩護。

艾草恍然大悟，吃掉最後一口草莓蛋糕，並懊惱自己的粗心大意。

是她太不用心了，都沒注意到貝洛切爾那麼想吃蛋糕，又怕被人投以異樣的眼光。

若非如此，貝洛切爾也不會每間店都只點一份甜點，和她一塊分著享用。

「吾真不該。」艾草握拳敲敲自己的額角。

「小姐，怎麼了嗎？」貝洛切爾關切地望過來。

「吾都知道了。」艾草嚴正地說，「接下來交給吾吧。」

「咦？」貝洛切爾跟不上艾草的思路，他相信這絕對不是東西方的文化差異，只不過是他一時還沒領悟過來而已。

他和他的小姐才沒有太大的溝通問題。

趁著貝洛切爾去櫃台結帳，艾草拿出手機，飛快地向莉莉絲發出詢問。

中心主旨就是——東蘭區有哪些推薦的甜點店？

莉莉絲的回覆很快，一連串甜點食記立刻出現在聊天室裡。

還附上一句保證。

白蛇吃過打包票的，絕對好吃。

唔嗯，原來白蛇也是一位甜食系男子啊。

感覺對自己同學多了新認識，艾草默默記下，開始不著痕跡地展開她的計畫。

「貝洛切爾，吾想去那間蛋糕店看看。」

「貝洛切爾知道這間店怎麼去嗎？莉莉絲說那邊的水果千層很好吃。」

「有冰淇淋攤車，貝洛切爾喜歡什麼口味的？」

「貝洛切爾要不要喝那個？芋泥奶蓋泡泡珠。」

「這個給貝洛切爾，那個也給你……還有這個、那個……」

少年牽著小女孩的手，一一前往她指定的地點，與她一同分享那些甘甜美好的食物。

只是每當貝洛切爾要付錢時，都會被艾草搶先一步。

艾草享受了一把爲別人盡情買買買的滋味。

貝洛切爾慢半拍地發現，自己好像被艾草一路餵食了。

他不禁哭笑不得，可心中又甜滋滋的。

彷彿有無數糖絲在他心底纏繞，最終纏出一支又甜又蓬鬆的棉花糖。

隨著天色漸晚，瑰麗的雲彩遍布天邊，貝洛切爾牽著艾草的手，送她到站牌搭車。

暮色下，黑髮少年的身形輪廓倏然虛化，眨眼成爲男人成熟高大的體型。

「這次導覽得不夠成功呢。」貝洛切爾苦惱地說，「說好要帶妳熟悉東蘭區的。」

結果不知不覺中，東蘭區導覽變成了東蘭區甜點之旅。

「爲了彌補我的過錯，我們過幾天再一起來這一趟吧。」貝洛切爾彎下身，金瞳揉入夕陽餘暉，更顯璀璨。

而在這雙璀璨的眼眸裡，深深地倒映著艾草的身影。

「約好了，我們再一起來這吧，我的小姐。」貝洛切爾伸出他的小指。

「嗯，下次一起。」艾草鄭重地與貝洛切爾打勾勾。

貝洛切爾已經期待起下次約會。

而艾草也想著，下次一定不能讓貝洛切爾有機會先付錢。

成熟的好女人要負責買單！

〈黑之傾慕〉完

後記

早安、午安、晚安，這裡是蒼葵。

我們可可愛愛的艾草終於踏上到賽米絲學園就讀的旅程了！

艾草初登場是在《裏八仙》這部作品裡，當時還是用「小城」作暱稱，直到《城隍·賽米絲物語》，正式有了「艾草」這個名字。

沒有看過《裏八仙》的讀者不用擔心會跟不上劇情進度，兩作都是可以獨立閱讀的。

但如果因此對《裏八仙》產生好奇，想要知道那是怎樣的故事，我會超級開心的！

回到艾草身上，當初想名字的時候眞的是快撓禿腦袋——頭髮現在還好好留著，沒有眞的禿，請不用擔心XDD

後來簡直像是靈感突然大發慈悲降臨，「艾草」這個名字自動浮現在腦海中。

隨著「艾草」浮現，又想起這個植物在民間習俗裡有著驅除鬼怪的效用，而城隍除了是陰間的司法官外，更是守護神，無形中有著呼應。

立刻拍板定案，小城的名字就是艾草了！

會想要寫這個故事，主要是想寫東方神明前往西方學院，碰上天使、惡魔，以及更多種族會擦出什麼樣的火花。

具體表現就是艾草那雙總是亮晶晶的眼睛～～

對艾草來說，這不只是一趟求學，更是踏進並融入一個前所未有的新世界。

封面由莉莉絲拉著艾草奔跑就是呼應了這個主題，而在後方的貝洛切爾則是用縱容的目光看著小學妹。

感謝編輯、感謝夜風大，讓我達成願望，我眞的好想看貝洛切爾與艾草同框啊！

黑髮金眸的溫柔系學長實在是我的心頭好，所以第一集的新收錄番外就送給他了。

寫學長學妹一起逛街好快樂，寫學長努力裝嫩也好快樂。

下一集的新番外，則是要換愛炸毛的天使登場了。

沒錯，就是迷你版可愛、青年版帥氣的拉格斐！

一起來期待下一本的故事吧～最後，感謝拿起這本書，並帶它回家的你！

蒼葵

城隍 賽米絲物語 下集預告

為了解任務，艾草一行人潛進黑荊棘住處，
不只窺破人魚、王子與鄰國公主的糾葛三角戀，
還掉進學園禁地，成為學校高層的重點監控對象。
甚至連原罪．憤怒的繼承人都對她格外關注。

「……妳是貓妖？」
「非，吾不是妖。」
「即使我撓妳的下巴，妳也不會喵一聲？」

第二集．敬請期待！

國家圖書館出版品預行編目資料

城隍．賽米絲物語 1／ 蒼葵 著.—— 初版.——
台北市：魔豆文化有限公司出版：蓋亞文化
有限公司發行，2024.08
冊；　公分.——（Fresh；FS227）
ISBN　978-626-98319-6-8（第一冊：平裝）

863.57　　113007412

fresh FS227

城隍 賽米絲物語 1

作　　者　蒼葵
插　　畫　夜風
封面設計　莊謹銘
責任編輯　林珮緹
總 編 輯　黃致雲
發 行 人　陳常智
出 版 社　魔豆文化有限公司
發　　行　蓋亞文化有限公司
地址：台北市103承德路二段75巷35號1樓
電話：02-2558-5438　　傳眞：02-2558-5439
電子信箱：gaea@gaeabooks.com.tw
投稿信箱：editor@gaeabooks.com.tw
郵撥帳號 19769541　戶名：蓋亞文化有限公司
法律顧問　宇達經貿法律事務所
總 經 銷　聯合發行股份有限公司
地址：新北市新店區寶橋路二三五巷六弄六號二樓
電話：02-2917-8022　　傳眞：02-2915-6275
港澳地區　一代匯集
地址：九龍旺角塘尾道64號龍駒企業大廈10樓B&D室
電話：+852-2783-8102　　傳眞：+852-2396-0050
初版一刷　2024年 8月
定　　價　新台幣 330 元
Published and printed in Taiwan

ISBN 978-626-98319-6-8

FS227

城隍 賽米絲物語 1

魔豆文化　讀者迴響

感謝您在茫茫書海中選擇了魔豆，您的支持是我們最大的動力。
不要缺席喔，讓我們一起乘著夢想的羽翼，穿越時空遨遊天地！

姓名：	性別：□男□女	出生日期：　年　月　日
聯絡電話：	手機：	
學歷：□小學□國中□高中□大學□研究所	職業：	
E-mail：		（請正確填寫）
通訊地址：□□□		
本書購自：　　縣市　　書店		
何處得知本書消息：□逛書店□親友推薦□DM廣告□網路□雜誌報導		
是否購買過魔豆其他書籍：□是，書名：		□否，首次購買
購買本書的動機是：□封面很吸引人□書名取得很讚□喜歡作者□價格便宜 □其他		
是否參加過魔豆所舉辦的活動： □有，參加過　　場　□無，因爲		
喜歡出版社製作什麼樣的贈品： □書卡□文具用品□衣服□作者簽名□海報□無所謂□其他：		
您對本書的意見： ◎內容／□滿意□尚可□待改進　◎編輯／□滿意□尚可□待改進 ◎封面設計／□滿意□尚可□待改進　◎定價／□滿意□尚可□待改進		
推薦好友，讓他們一起分享出版訊息，享有購書優惠 1.姓名：　e-mail： 2.姓名：　e-mail：		
其他建議：		

廣告回信 郵資免付
台北郵局登記證
台北廣字第00675號

TO：魔豆文化有限公司　收

103 台北市承德路二段75巷35號1樓

魔豆

魔豆